CHONGWENGUAN

读古人书　友天下士

百余年前，崇文书局于武昌正觉寺开馆刻书，成晚清四大书局之一。所刻经籍，镌工精雅，数量众多，流布甚广，影响巨大。为赓续前贤，昌明国学，弘扬文化，本社现致力于传统典籍的出版。既专事文献整理，效力学术，亦重文化普及，面向大众。或经学，或史论，或诸子，或诗词，各成系列，统一标识，名之为"崇文馆"。

崇文馆

中 国 古 典 诗 词 校 注 评 丛 书

李清照全集 【汇校汇注汇评】

柯宝成　编著

长江出版传媒 ｜ 崇文书局

郭沫若为李清照纪念祠所题楹联

漱玉詞　　　　　　　宋易安居士李氏清照著

如夢令

昨夜雨疎風驟濃睡不消殘酒試問捲簾人却道海棠依舊知
否知否應是綠肥紅瘦

又

常記溪亭日暮沉醉不知歸路興盡晚回舟誤入藕花深處争
渡争渡起一行鷗鷺

浣溪沙

寂寞深閨柔腸一寸愁千縷惜春春去幾點催花雨　倚樓無

汲古阁未刻词本《漱玉词》书影（一）

漱玉詞

宋　李氏　清照

鳳皇臺上憶吹簫　閨情

香冷金猊被翻紅浪起來慵自梳頭任寶奩塵
滿日上簾鈎生怕離懷別苦多少事欲說還休
新來瘦非干病酒不是悲秋　休休這回去也
千萬遍陽關也則難留念武陵人遠煙鎖秦樓
惟有樓前流水應念我終日凝眸凝眸處從今

漱玉詞

《漱玉词》书影(二)

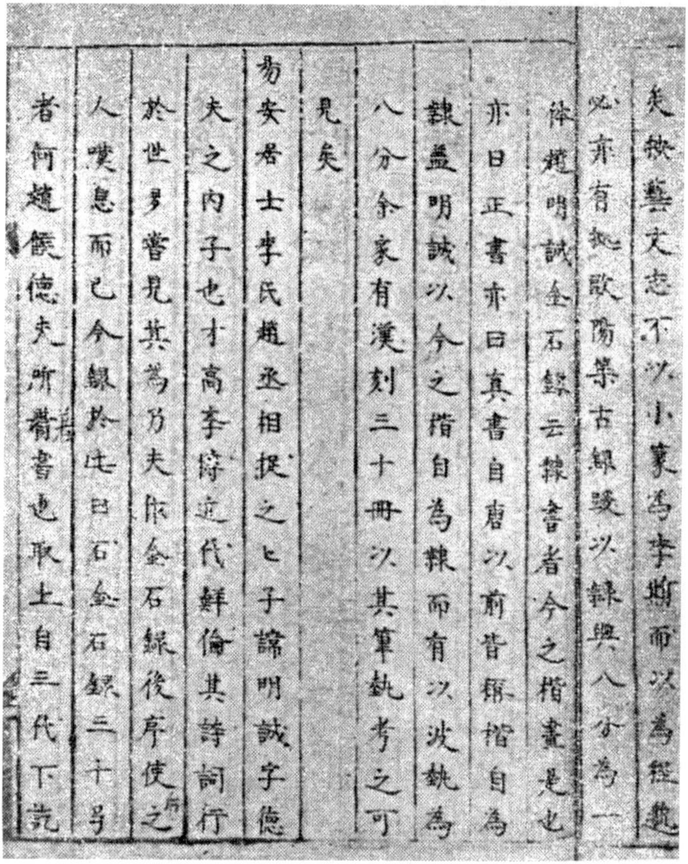

矣歟藝文志不以小篆為李斯而以為程邈
必亦有拠歐陽等古録跋以隸與八分為一
体趙明誠金石録云隸書者今之楷書是也
亦曰正書亦曰真書自唐以前皆稱楷自為
隸蓋明誠以今之楷自為隸而有以波勢為
八分余家有漢刻三十冊以其筆勢考之可
見矣
易安居士李氏趙丞相挺之之子諱明誠字德
夫之內子也才高李府近代鮮倫其詩詞行
於世多嘗見其為乃夫作金石録後序使之
人嘆息而已今録於此曰石金石録三十另
者何趙侯德夫所著書也取上自三代下迄

《瑞桂堂暇录》第二十七条录李清照《金石录后序》

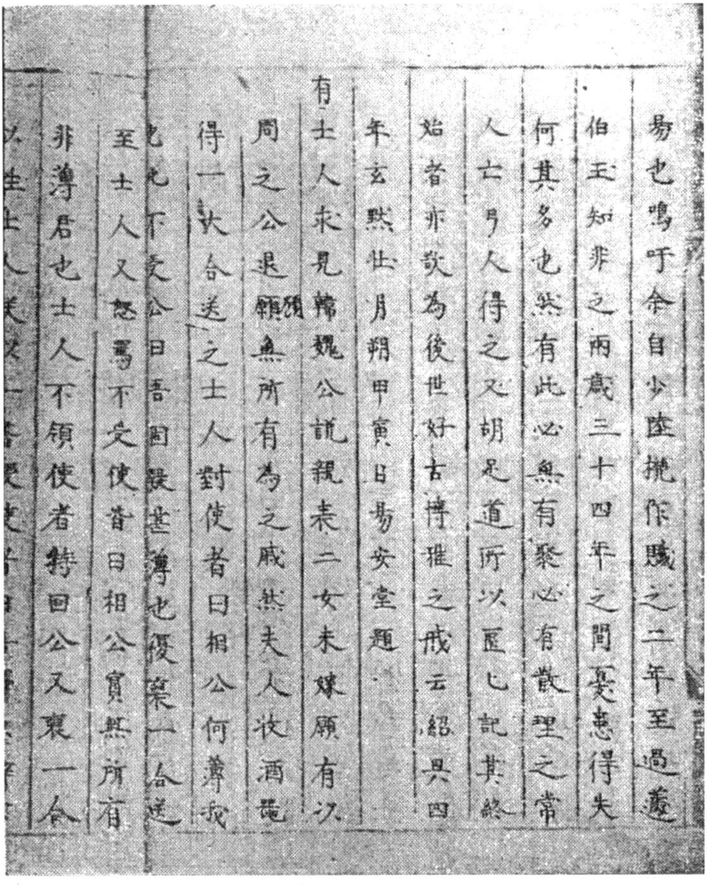

《金石录后序》序尾署年

壬寅歲除日於東萊郡宴堂
重觀舊題不覺悵然時年
四十有三矣

其多識前輩口不載
公昔紙挽其風采兩代八
月□謹題

歐陽文忠公集古所錄蓋千卷也
頃嘗見其曾孫當世家尚二百
本但跋尾及一二名公題字其石
刻謂雖亂後逸之爾今觀此四紙
自趙德父來則在崇寧間已散落
也不然豈其棄耶以校文集所藏

赵明诚手迹(一)

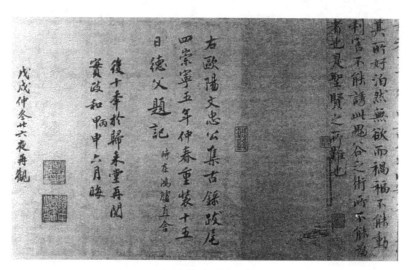

赵明诚手迹(二)

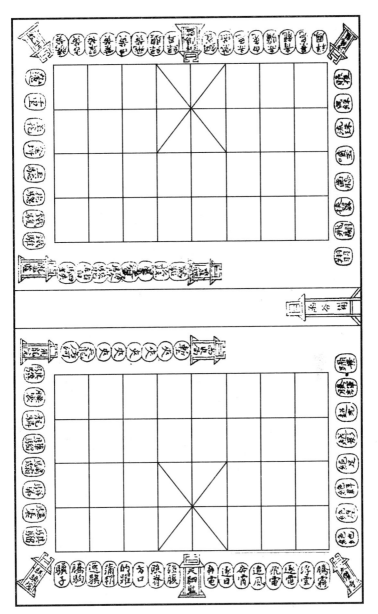

打马图

色样图

编辑说明

一、本书按时间、文体、正文、断句、存疑序列,先词次诗后文赋。

二、词卷先全词,次存疑词,复次断句,再次误署词(又先他人作误署李词,后李作误署他人),末存疑断句。

三、每篇(首)均设有题解、注释、汇评,从题记到存疑词及断句皆统一表述。误署词及存疑断句,仅录原词句并简介其原因。

四、注释中对不同版本的异文类语适量录出,编者用"可、差、次、误、妙、佳"等一字表态,但不赘说明。

五、汇评甚丰,限于篇幅,古代的尽量录全,近现当代的则择优而从,且顾及代表性,并适当删节。评语——注明原文作者、书名、出版单位。

六、附录颇多,力求全而简,故多以图表出之。

目　录

甲卷　全词新编

1

存　疑　词

误　署　词
误题为李清照撰词(29首、断句2则)

附　　录

全词新编

一、待字闺中显早慧(1100—1101年)

如梦令

常记溪亭①日暮,沉醉不知归路。兴尽晚回舟,误入藕花②深处。争渡,争渡③,惊起一滩④鸥鹭。

【题解】

南宋·黄升《花庵词选》题作《酒兴》。《乐府雅词》等多种词书收为易安词。它追忆少女时代一次郊游活动。从内容和情调的欢快活泼来看,当是少女时代的作品。这首小令完整地叙述了整个游程、游兴、游感。既有感情的跌宕起伏,又有场景的动静结合,表现其卓尔不群的情趣,豪放潇洒的风姿,活泼开朗的性格。用白描的艺术手法,创造了一个具有平淡之美的艺术境界,给读者美的享受。

【注释】

①溪亭:历来有四说:一说此系济南七十二名泉之一,位于大明湖畔;二说泛指溪边亭阁;三说确指一处叫做"溪亭"的地名(因苏辙在济南时有《题徐正权秀才城西溪亭》诗);四说系词人原籍章丘明水一带的一处游憩之所,其方位当在历史名山华不注附近。

②藕花:荷花。《花草粹编》等作"芙蕖",可。南唐·鹿虔扆《临江仙》:"藕花相向野塘中,暗伤亡国,清露泣香红。"

③争渡:指奋力划船渡过。有注"怎渡"者,非。岑参诗:"渡口欲黄昏,归人争渡喧。"刘禹锡诗:"日暮行人争渡急。""争渡"连用,更表急奋。

④滩:明·毛晋汲古阁本《漱玉词》作"行",可。

【汇评】

唐圭璋:李清照《如梦令》第一句云"常记溪亭日暮","常"字显然为

"尝"字之误。四部丛刊本《乐府雅词》原为抄本,并非善本,其误抄"尝"为"常",自是意中事,幸宋陈景沂《全芳备祖》卷十一荷花门内引此词正作"尝记",可以纠正《乐府雅词》之误,由此亦可知《全芳备祖》之可贵。综观近日选本,凡选清照此词者无不作"常记",试思常为经常,尝为曾经,作"常"必误无疑,不知何以竟无人深思词意,沿误作"常",以讹传讹,贻误来学,影响甚大。希望以后选清照此词者,务必以《全芳备祖》为据,改"常"作"尝"。(四川文艺出版社《百家唐宋词新话》)

王璠:词中用了日暮、溪亭、藕花、鸥鹭等词儿勾勒出一幅五彩斑斓的荷湖日暮图,又用回舟、误入、争渡、惊起等动作,在这幅画面中渲染迷离动荡的愉悦而迫蹙氛围,把景、物、人、情融会为一,唤起读者美好的想像,从而创造出一种耐人寻味的意境。语言浅近,清新隽永,是一首绝妙好词。(《李清照研究丛稿·女性情怀·词人襟抱》)

薛祥生:这是一首绝妙的大自然的赞歌……寥寥几笔,便勾勒出一幅荡舟晚游图,热情洋溢地赞美了大自然的绚丽多姿,抒发了作者热爱自然的浓厚情趣,具有唤起人们追求自然美的巨大作用。(《李清照词的审美价值》)

如梦令

昨夜雨疏风骤,浓睡不消残酒。试问卷帘人,却道海棠依旧。知否?知否?应是绿肥红瘦①。

【题解】

《词学筌蹄》题为《春晓》;《诗余画谱》题为《春景》;《花镜隽声》题为《春容》;《彤管遗编》等题为《暮春》,均可。当以末题为佳。

这首惜春之作,抒发了少女时代李清照对大自然的热爱。全词语新意隽,通过对话曲折地表现出女主人对百花的怜惜,对春光的珍视,对美好事物的热爱。以构思新颖,造语精巧名垂千古。它化用了韩偓《懒起》诗句:"昨夜三更雨,今朝一阵寒。海棠花在否? 侧卧卷帘看",点铁成金。

【注释】

①绿肥红瘦:绿,指海棠叶子;红,指海棠花。肥、瘦,本指人的,现用来形容叶之繁茂和花之憔悴。这一拟人化手法,新颖别致。此语甚奇,多被词家引用。宋·赵长卿:"绿肥红瘦春归去,恨逼愁侵酒怎宽。"宋·黄机《谒金门》:"风雨后,枝上绿肥红瘦。"

【汇评】

宋·胡仔:近时妇人能文词,如李易安颇多佳句。小词云:"绿肥红瘦",此语甚新。(《苕溪渔隐丛话》前集卷六十)

宋·陈郁:李易安工造语,《如梦令》"绿肥红瘦"之句,天下称之。余爱赵彦若《剪彩花》诗云:"花随红意发,叶就绿情新。""绿情""红意",似尤胜于李云。(《藏一话腴》内篇卷下)

明·李攀龙:(眉批)语新意隽,更有丰情。(评语)写出妇人声口,可与朱淑真并擅词华。(《草堂诗余隽》)

明·张綖:韩偓诗云:"昨夜三更雨,今朝一阵寒。海棠花在否,侧卧卷帘看。"此词盖用其语点缀,结句尤为委曲精工,含蓄无穷之意焉。可谓女流藻思者矣。(《草堂诗余别录》)

明·蒋一葵:李易安又有《如梦令》,云"昨夜雨疏风骤,浓睡不消残酒。试问卷帘人,却道海棠依旧。知否? 知否? 应是绿肥红瘦。"当时文士莫不击节称赏,未有能道之者。(《尧山堂外纪》)

明·沈际飞:"知否"两字,叠得可味。"绿肥红瘦"创获自妇人,大奇。(《草堂诗余正集》)

明·徐士俊:《花间集》云,此词安顿二叠语最难。"知否,知否",口气宛然。若他"人静,人静","无寐,无寐",便不浑成。(《古今词统》)

清·冯金伯:康与之"人瘦也,比梅花,瘦几分",又"天还知道,和天也瘦",又"帘卷西风,人比黄花瘦",又"应是绿肥红瘦",又"人共博山烟瘦","瘦"字俱妙。(《词苑萃编》引王弇州)

清·李继昌:作词须用词眼,如潘元质之"燕娇莺姹",李易安之"绿肥红瘦"、"宠柳娇花",梦窗之"醉云醒月",碧山之"挑云研雪",梅溪之"柳错花暝",竹屋之"玉娇香怨"……(《左庵词话》)

清·黄了翁:一问极有情,答以依旧,答得极淡。跌出"知否"二句来,而"绿肥红瘦",无限凄婉,却又妙在含蓄。短幅中藏无数曲折,自是圣于词者。(《蓼园词选》)

马仲殊:这"绿肥红瘦"形容词,在可解不可解之间,真觉新颖,查初白以为词中叠字,可与唐庄宗"如梦"叠字争胜。但我以为连篇累幅寓暮春的景色的,抵不上"绿肥红瘦"四字。(《中国文学体系》)

吴熊和:这首词表现了对花事和春光的爱惜以及女性特有的关切和敏感。全词仅三十三字,巧妙地写了同卷帘人的问答,问者情多,答者意淡,因而逼出"知否,知否"二句,写得灵活而多情致。词中造语工巧,"雨疏、风骤"、"浓睡"、"残酒"都是当句对;"绿肥红瘦"这句中,以绿代叶、以红代花,虽为过去诗词中常见(如唐僧齐己诗"红残绿满海棠枝"),但把"红"同"瘦"联在一起,以"瘦"字状海棠的由繁丽而憔悴零落,显得凄婉,炼字亦甚精,在修辞上有所新创。(浙江文学出版社《唐宋诗词探胜》)

吴小如:……金圣叹批《水浒》,每提醒读者切不可被著书人瞒过;吾意读者读易安居士此词,亦切勿被她瞒过才好。及至第二天清晨,这位少妇还倦卧未起,便开口问正在卷帘的丈夫,外面的春光怎么样了?答语是海棠依旧盛开,并未被风雨摧损。这里表面上是在用韩偓《懒起》诗末四句:"昨夜三更雨,今朝(一作"临明")一阵寒,海棠花在否,侧卧卷帘看"的语意,实则惜花之意正是恋人之心。丈夫对妻子说"海棠依旧"者,正隐喻妻子容颜依然娇好,是温存体贴之辞。但妻子却说,不见得吧,她该是"绿肥红瘦",叶茂花残,只怕青春即将消失了。这比起杜牧的"绿叶成阴子满枝"来,雅俗之间判若霄壤,故知易安居士为不可及也。"知否"叠句,正写少妇自家心事不为丈夫所知。可见后半虽亦写实,仍旧隐兼比兴。如果是一位阔小姐或少奶奶同丫鬟对话,那真未免大杀风景,索然寡味了。(北京出版社《诗词札丛》)

6

点绛唇

蹴罢秋千,起来慵整纤纤手。露浓花瘦,薄汗轻衣透。

见有人来①,袜划金钗溜②,和羞走③。倚门回首,却把青梅嗅。

【题解】

《续草堂诗余》题为《秋千》;扬金本《草堂诗余》题为《佳人》。可从前题。这首词当是婚前相亲时之作。通过富有个性化的一系列动作,使一个天真活泼有些顽皮的少女形象跃然纸上。

【注释】

①见有人来:多本作"见客人来",可。

②袜划:未穿鞋而以袜践地之意。李煜《菩萨蛮》:"划袜步香阶,手提金缕鞋。"溜:滑下。少女因为急着要躲开,慌乱中头上的发钗也滑了下来。

③和羞走:和,带着;羞,羞涩;走,小跑。三字传神,情态毕现,妙极。

【汇评】

明·钱允治:曲尽情悰。(《续选草堂诗余》卷上)

明·沈际飞:片时意态,淫夷万变。美人则然,纸上何遽能尔。(《草堂诗余续集》卷上)

明·潘游龙:"和羞走"下,如画。(《古今诗余醉》卷一二)

清·贺裳:至无名氏"见客入来,袜划金钗溜。和羞走,倚门回首,却把青梅嗅"直用"见客入来和笑走,手搓梅子映中门"二语演之耳。语虽工,终智在人后。(《皱水轩词筌》)

詹安泰:女儿情态,曲曲绘出,非易安不能为此。求之宋人,未见其匹,耆卿、美成尚隔一尘。(《读词偶记》)

陈祖美：这首词的意义还在于，其作者不但没有端起大家闺秀的架子，反倒别具一格地向世人展示她作为待字少女的内心世界，比起所演韩诗来多有青蓝之胜。（《李清照诗词文选评》）

怨王孙

湖上风来波浩渺，秋已暮、红稀香少。水光山色与人亲，说不尽、无穷好。　　莲子已成荷叶老，青露洗、蘋花汀草。眠沙鸥鹭不回头，似也恨[①]、人归早。

【题解】

《花草粹编》等题为《赏荷》，佳。《乐府雅词》等收为李词；《词谱》等作无名氏词。前者当。后人嫌《赏荷》狭隘，多不标题，可。这首小令好像一幅绝妙的秋天自然风光的素描。"水光山色与人亲，说不尽、无穷好"，"眠沙鸥鹭不回头，似也恨、人归早"，都用拟人化的手法。少女时代作者笔下的风景、动物、植物、湖光山色都那么可爱可亲，有人情味。

【注释】

①似：《历代诗余》等作"应"，可。

【汇评】

周笃文：《怨王孙》，"怨"，当为"忆"字之讹。考此词之平仄韵式均同《忆王孙》，而与《怨王孙》迥异。按周紫芝之《双调忆王孙》："梅子生时春渐老，红满地、落花谁扫？旧年池馆不归来，又绿尽、今年草。思量千里乡关道，山共水、几时得到。杜鹃只解怨残春，也不管、人烦恼。"与此《怨王孙》词纤悉无殊，可证其误……这首秋日湖上之作，写得笔致清妍，含情吐媚。它既没有无计排遣的相思愁绪，也没有哀世伤时的悲苦印记，通篇都洋溢着欢快的青春旋律。从风格学上考察，它应是一个不识愁滋味的少女献给大自然的一曲赞美之歌……这首词从句律上讲,下片是上片的重复,故谓之《双调忆王孙》。从内容上看,则谋篇立意,颇具匠心。上片写秋湖对景的喜悦,视界开阔,取神远处,下片则写归去时的依恋心绪。纤笔细描,近似特写镜头。于此可见出章法与层次来,并不显得平直……发端两句写水乡的浓酣秋色,以少总多,颇具气象。

从这首小词里我们处处可以感受到女词人热爱生活的芬芳绵渺的深情。琼枝寸寸玉,沉檀节节香,余于此词亦作如是观。"(《李清照作品赏析集》)

王璠:李词从红稀香少、莲熟叶老中生发出水光山色、苹花汀草、鸥鹭眠沙来,顿使生气蓬勃,景色鲜妍,充满着热情爽朗的朝气,跃动着青春的活力,体现出词人少年时期的那种积极的、开阔的胸怀和乐观进取的精神。(《李清照研究丛稿·一幅绚烂夺目的秋景图》)

浣溪沙

春　景

小院闲窗春色深,重帘未卷影沈沈①,倚楼无语理瑶琴。
远岫②出云催薄暮,细风吹雨弄轻阴③。梨花欲谢恐难禁。

【题解】

《草堂诗余》等题为《春景》,当。《乐府雅词》等收为李词,是。《词学笙谛》等或作欧阳修词,或作周邦彦词,或作吴文英词,均误。此词描写闺房的闲情和独处的寂寞。伤春怀人,相辅相成,清丽婉转,情景兼胜,早期佳作。

【注释】

①沈沈:深沉貌。沈,同"沉"。五代·孙光宪《河渎神》:"小殿沉沉清

夜,银灯飘落香池。"

②远岫:远处峰峦。南朝·齐·谢朓《宣城郡》诗:"窗中列远岫。"

③轻阴:暗淡的轻云。唐·张旭《山行香客》:"山光物态弄春晖,莫为轻阴便拟归。"

【汇评】

明·杨慎:(评"远岫出云催薄暮")景语,丽语。(杨慎批点本《草堂诗余》卷一)

明·李攀龙:分明是闺中愁、宫中怨情景。又:少妇深情,却被周君(按:此误作周邦彦词)浅浅勘破。(《草堂诗余隽》卷一)

明·董其昌:写出闺妇心情,在此数语。(《便读草堂诗余》卷一)

明·沈际飞:雅练。"欲谢难禁",淡语中致语。(《草堂诗余正集》卷一)

诸葛忆兵:这首词以极其含蓄蕴藉的笔法,写伤春怀远的郁闷情怀。……全词寓情于景,轻柔委婉,清新流丽。(中华书局《李清照诗词选》)

浣溪沙

淡荡春光寒食天①,玉炉②沉水袅残烟,梦回山枕隐花钿③。　　海燕未来人斗草④,江梅⑤已过柳生绵,黄昏疏雨湿秋千。

【题解】

宋·仲并《浮山集》题作《春闺即事》。宋·曾慥《乐府雅词》等收为李清照词。这首词是寒食日的即景之作,表现了作者在明媚的春天喜悦的心情,惜春之余,淡淡轻愁。简笔勾勒,用语通俗,格调清新,景物人物,相映成趣。

【注释】

①寒食:节令名。宋·吴自牧《梦粱录》载:"清明交三月,节前二日谓之寒食。京师人从冬至一百五日,便是此日。"

②玉炉:玉制的香炉。或白瓷制成,洁白如玉,亦可称"玉炉"。玉,也可解为美称。

③花钿:一种嵌金花的首饰。唐·鱼玄机《折杨柳》诗:"朝朝送别泣花钿,折尽春风杨柳烟。"唐·卢纶《美人》诗:"推醒只知弄花钿,潘郎不敢使人催。"

④斗草:古代年轻妇女儿童以草赌输赢的一种游戏。南朝·宗懔《荆楚岁时记》载:"五月五日,四民并踏百草,又有斗百草之戏。"宋·晏几道《临江仙》:"斗草阶前初见,穿针楼上曾逢。"

⑤江梅:宋·范成大《范村梅谱》以为是遗核野生,未经栽接。诗人则泛指梅花。此指宅院中之梅。宋·王安石《江梅》:"江南岁尽风雪寒,也有江梅漏泄春。"

【汇评】

王璠:这词构思奇突,语言凝练。有时令的描述,写天气由晴朗转阴沉;有人物的刻划,写心情娇慵转憨直。浑然无间,融为一体。黄了翁评"黄昏疏雨湿秋千"句,说:"可与'丝雨湿流光'、'波底夕阳红湿''湿'字争胜"(《蓼园词选》),那就未免识其小而遗其大了。(《李清照研究丛稿·李清照两首记梦的〈浣溪沙〉》)

徐培均:观"海燕未来人斗草"一句,可知此词为少女时作。唐代女孩子有五月五日斗百草的游戏,宋代也有,但时间不同。吴自牧《梦粱录》卷一说:"二月朔(初一)谓之中和节……禁中宫女以百草斗戏。"……前人评价说"可与'丝雨湿流光'、'波底夕阳红湿''湿'字争胜"(黄了翁《蓼园词选》)。在这里,一位少女的伤春情怀,仅着一字,而神情毕现。其内心世界,令人可以想见。看来词人自己也快由天真无邪的少女走向多愁善感的盛年了。(上海古籍出版社《李清照》)

陈邦炎:这首词为寒食日的即景之作。……上阕逆挽,下阕顺写,使全词既见错综变化而又层次分明、脉络井然外,还有一些值得拈出之处。如前所述,全词六句,显示了六个画面。每个画面所描画的又不止一物一事,而是两三种事物的组合。如首句写了春光与寒食;次句写了玉炉、沉水、残烟;第三句写了春梦、山枕、花钿;第四句写了燕未来与人斗草;第五句写了梅已过与柳生绵;末句写了黄昏、疏雨、秋千。词人把这么多的事物收集入词,却使人读来并无拼凑庞杂之感,只觉事物与事物间、字句与字句间融合无间,构成了一幅完整而和谐的画卷。(齐鲁书社《李清照词鉴赏》)

二、小乔初嫁暂欢娱(1101—1103年)

鹧鸪天

桂 花

暗淡轻黄体性柔。情疏迹远只香留。何须浅碧深红色,自是花中第一流。 梅定妒,菊应羞。画阑开处①冠中秋。骚人②可煞无情思,何事当年不见收。

【题解】

这首词所咏为桂花。《全芳备祖》前集"桂花门",清·汪灏《广群芳谱》卷四十"岩桂"均收录为易安词。本词在对桂花赞叹时,为其遭忌,深鸣不平,寄寓了自己的身世之感,家国之忧,"非沾沾焉咏一物矣"(沈祥龙评语)。

【注释】

①画阑开处:明·王象晋撰《二如亭群芳谱》、《广群芳谱》作"诗书闲处"。王仲闻据李贺《金铜仙人辞汉歌》:"画栏桂树悬秋香,三十六宫土花碧",以为易安正用此典以咏桂。故从《全芳备祖》此句。

②骚人:此处指赋《离骚》之屈原。王仲闻《校注》云:此言屈原《离骚》多载草木名称,而未及桂花,误。宋·陈与义《咏桂·清平乐》词云:"楚人未识孤妍,《离骚》遗恨千年。"亦此意。

【汇评】

汤高才:……"暗淡轻黄体性柔,情疏迹远只香留。"寥寥十四字,为桂花传神写照。表现了三秋桂子的独特风韵。桂树,秋季开花,花簇生于叶腋，蕊小不显。"暗淡轻黄"，写桂花不以明艳照人的光彩和浓丽娇媚的颜色取悦于人。然而，它秉性淡雅温柔，像一位恬静的淑女，自有其动人之处。"情疏迹远"，写桂树生高山而独秀、无杂树而成林的特性，不过，词人把桂花人格化了，赞美她情怀疏淡，远迹深山，惟将浓郁的芳香长留人间。从"咏物"来说，这开头两句写桂花，可说是达到了形神兼备的艺术境界。更妙的是，这两句看是咏桂花，又似咏人，似在歌颂一种内在的精神的美，语意蕴藉，耐人寻味。（中国旅游出版社《花鸟诗歌鉴赏辞典》）

刘瑜：此词并非仅咏桂花，而寄托遥邃。诚如沈祥龙云："咏物之作，在借物以寓性情，凡身世之感，君国之忧，隐然蕴于其内，斯寄托遥深，非沾沾焉咏一物矣。"此词，易安也以"第一流"、"冠中秋"的桂花自喻自勉。"端庄其品"、"清丽其词"的李清照自然是人中"第一流"的女杰了。（民族出版社《李清照词欣赏》）

庆清朝慢

禁幄低张①，彤栏巧护②，就中独占残春。容华淡伫③，绰约俱见天真。待得群花过后，一番风露晓妆新。娇娆艳态，妒风笑月，长殢东君④。　　东城边，南陌上⑤，正日烘池馆，竞走香轮。绮筵散日，谁人可继芳尘？更好明光宫殿⑥，几枝先近日边匀⑦。金尊倒，拚了尽烛，不管黄昏。

【题解】

该词咏什么，原无人论及。近代有人说是咏芍药，有人认为是咏牡丹，见仁见智。以咏牡丹为佳。据宋人钱易《南部新书》记载，宋时汴梁有"三月十五日两街看牡丹，奔走车马"风俗。这首词题咏此事。

词的上片写花事，下片写赏况，极写人们通宵达旦饮酒赏花兴致，抒发了词人欣喜之情。咏牡丹，不露牡丹，正所谓不着一字尽得风流。

【注释】

①禁幄(wò):禁,禁绝。幄,即帐幕。言帐幕之严密有如森严的宫禁。有人说是禁风之帐幕。

②彤栏:朱栏,赤色的栏杆。

③容华淡竚(zhù):容华,淡雅美丽的容貌。淡竚,恬静闲适。竚:系伫的异体字,四印斋本《漱玉词》作"伫"。王仲闻校注:疑作"淡泞",素淡也。今案:宋·韩淲《浣溪沙》有"淡泞乍持杯未浅"句,宋·刘清夫《金菊对芙蓉》"淡泞悲风"句,均作"淡泞",盖宋人习语,谓淡然伫立也。

④弟(tì)东君:弟,拖住,纠缠,滞留的意思。宋·柳永《归去来》:"弟尊酒,转添愁绪。"宋·晁补之《金凤钩送者》:"一簪华发,少欢饶恨,无计弟春且住。"东君,司春、司花之神。出自《楚辞·九歌·东君》。弟东君,指牡丹花迟,延迟了花神的脚步。

⑤陌:原指田间东西方向的道路。这里指行人大路。唐·李肇《国史补》:"京城贵游尚牡丹,三十余年矣。每春暮,车马若狂,以不耽玩为耻。"

⑥明光宫殿:汉有明光宫与明光殿。这里喻指北宋汴京的宫殿。唐·韩愈诗:"汉家旧种明光殿,炎帝还书《本草经》。"

⑦日边:古人以日喻皇帝。这几句讲几枝宫中的牡丹花先在皇帝的身边开放。匀,开得均匀,匀称。宋·苏轼《早梅芳》:"嫩苞匀点缀。"

【汇评】

黄墨谷:此词各本无题,细玩词意,有"就中独占残春",乃咏芍药之作。苏东坡诗:"一声啼鴂画楼东,魏紫姚黄扫地空。多谢化工怜寂寞,尚留芍药殿春风。"王十朋《芍药》诗:"千叶扬州种,春深霸众芳。"(《重辑李清照集》)

徐北文等:此词咏牡丹,又不露"牡丹",不离不露,耐人玩味。文笔空灵,有一气浑成之妙。(济南出版社《李清照全集评注》)

孙崇恩:上阕描写宫内禁苑牡丹的容姿。起笔"禁幄"三句,写牡丹所处的环境,表现其高贵,突出咏花本题,运笔工巧,如烘云托月。紧接着刻画牡丹形象,"容华"二句,写牡丹的神姿;"待得"二句,写牡丹的品格;"妖娆"三句,写牡丹的魅力,"妒"、"笑"、"弟"三字把风、月、日拟人化,写来生动传神,形神毕现。下阕描写宫廷内外赏花的情景。换头笔势转折,"东城边"四句,写赏花盛况;紧接着再度跌宕,"绮筵"二句,抒赏花之情,含伤春之感;"更加"二句,又见跌宕,突出禁苑赏花;结尾笔锋挺拔,洒脱不羁,"金尊倒"三句,抒惜春赏花情怀。全词状物抒怀,笔致工雅,层层铺陈,宕而有序,蕴藉含蓄,表现了一派繁荣升平景象,抒发了女词人一腔赏花惜春之情。(人民文学出版社《李清照诗词选》)

喻朝刚:词中虽未点明所咏之物,不过从"就中独占残春"和"绰约俱见天真"等句,可以看出作者咏赞的是春末时节盛开的芍药花。因为在春天的百花园中,芍药开得最晚,所以又称为"婪尾春"。"婪尾",即末尾的意思。"独占残春",是说残春时节独自盛开,显然是指芍药而言。又"绰约"一词,本来是形容女子的姿态柔美。由于芍药花娇艳动人,古人常常把它比为美女,故《本草》中说:"芍药,犹绰约。"词人通过这两句赞语,巧妙地暗示出所写的是暮春独自盛开的名花——芍药。这种在字面上不出本题的艺术表现方法,含而不露,耐人寻味,在南宋词人姜夔、史达祖、吴文英等人的咏物词中用得较多……这首词以咏物为主,同时也具有很浓的抒情气氛。词中对芍药花的描绘,可以说是惟妙惟肖,生动传神。……含蓄蕴藉,余味无穷,给人以美的享受。(吉林大学出版社《宋词精华新解》)

减字木兰花

卖花担上,买得一枝春欲放①。泪染轻匀②,犹带彤霞晓露痕③。　　怕郎猜道,奴面不如花面好④。云鬓斜簪⑤,徒要教郎比并看⑥。

【题解】

《花草粹编》收录为易安词。赵万里辑《漱玉词》云:"案,汲古阁未刻本《漱玉词》收之,'染'作'点',词意浅显,亦不似他作。"赵误。这首词是女词人新婚燕尔之作。描写了她天真美好的心愿。词中少女用鲜花来为自己增添魅力,绝妙有趣,极富个性。

【注释】

①一枝春欲放:南朝·陆凯《赠范晔》:"折梅逢驿使……聊赠一枝春",诗人遂以"一枝春"代梅花。宋·黄庭坚《刘邦直送早梅水仙》:"欲问江南近消息,喜君赠我一枝春。"此指买得一枝将开梅花,"欲"字传神。

②泪染:眼泪濡湿,这里指露水浸染之意。明·邹迪光《美人早起》:"立沾罗袜花间露,薄染香奁镜里云。"染,四印斋本《漱玉词》作"点",稍逊。

③彤霞:红色彩霞。此指梅花色彩鲜艳。

④奴:封建社会青年女子的自称。《宋史·陆秀夫传》:"杨太妃垂帘,与群臣语,犹自称奴。"

⑤簪:名词作动词,即插于发中。宋·苏轼《吉祥寺赏牡丹》:"人老簪花不自羞,花应羞上老人头。"明·林鸿《素馨花》:"素馨花发暗香飘,一朵斜簪近翠翘。"

⑥比并:放在一起作比较。敦煌词《御制林钟商内家娇》:"任从说洛浦阳台,漫将比并无因。"又《苏幕遮》:"莫把潘安,才貌相比并。"

【汇评】

梁乙真:"怕郎猜道,奴面不如花面好。云鬓斜簪,徒要教郎比并看。"(《减字木兰花》)此种描写直能将少女情绪,和盘托出。(《中国妇女文学史纲》)

侯健、吕智敏:统观全篇,笔法虚实相映,直接写花处即间接写人处,直接写人处即间接写花处;春花即是少女,少女即是春花,两个艺术形象融成了一体。(《李清照诗词评注》)

刘瑜:上片侧重写花美,是下片的衬垫,主要采用拟人的手法。这是明写,实写;下片侧重写人美,她坚信人面能胜过鲜花,衬托容貌之美,主要采用心理描写的方法。这是暗写,虚写。上下虚实相生,明暗相济,相得益彰。上有"烘云"之巧,下有"托月"之妙。(山东友谊出版社《李清照全词》)

三、党争株连泣离京（1103—1105 年）

玉楼春

红 梅

红酥肯放琼苞碎，探著南枝开遍未？不知酝藉几多香，但见包藏无限意。 道人憔悴春窗底①，闷损阑干愁不倚。要来小酌便来休，未必明朝风不起②。

【题解】

这首词，明代陈耀文的《花草粹编》题作《红梅》，是。这首咏梅之作，曾被誉为"得此花之神"的佳作。当写于宋徽宗崇宁前期。当时新旧党争激烈。词中的忧患意识，相当有见识，远逾常人！

【注释】

①道人：有道术之人。《汉书·京房传》："道人始去。"颜师古注："道人，谓有道术之人也。"这是作者自况。道人即说我。

②"要来"二句：要饮酒便快来吧，说不定明天就会起风，会遭殃。这双关语，正为政治风波将来而担忧。

【汇评】

清·朱彝尊：咏物诗最难工，而梅尤不易。……李易安词："要来小酌便来休，未必明朝风不起。"皆得此花之神。（《静志居诗话》卷十八）

邱俊鹏：……现存李清照词中，有好几首咏梅之作。这些作品，不仅不落前人窠臼，就是每首之间也手法不一，各呈异彩。这首写红梅的《玉楼春》，不论是对物象的摄取，物性的刻画，还是抒发主人公情怀的寄寓，都深深打上了作者在某种特定环境中的审美情趣和典型感受,而表现了她在艺术上的创新精神……上阕写物,下阕抒情。而是让所咏之物与抒情主人公精神交通,以一"探"字贯穿全词,由梅之美而"探",由"探"而得其内蕴,而担心其飘零。物引起人之情思,人怜惜物之命运。是怜物,还是叹己?只好让读者读后自去体会了。(齐鲁书社《李清照词鉴赏》)

魏同贤:能得梅花之神自属上乘之作,这是不言而喻的,可此词的传神之句却又决不仅仅是"要来"两句。……"几多香"、"无限意",又将梅花盛开后所发的幽香、所呈的意态摄纳其中,精神饱满,亦可见词人的灵心慧思。(上海辞书出版社《唐宋词鉴赏辞典——唐·五代·北宋》)

孙崇恩:……这首《玉楼春》上阕描写红梅的形态美和内在美,赞美红梅欲放未放,含而不露的无限情意和蕴藏着沁人心脾的几多幽香;下阕描写赏梅心怀,委婉曲折地表现了女词人爱梅惜梅的心境和惜春叹春的情思。全词委婉含蓄,耐人寻味,思致巧成,使红梅的形神美和女词人的情意美融为一体,从而表现出李清照咏梅词不主故常,努力创新的艺术追求。(人民文学出版社《李清照诗词选》)

一剪梅

红藕香残玉簟秋①。轻解罗裳,独上兰舟②。云中谁寄锦书来③?雁字回时④,月满西楼。　　花自飘零水自流。一种相思,两处闲愁。此情无计可消除,才下眉头,却上心头。

【题解】

明·郦虎辑《彤管遗编》题作《一枝花》。宋·黄升《花庵词选》题为《别愁》,明·周瑛辑《词学筌谛》题为《离别》,清·夏秉衡辑《清绮轩词选》题为《闺思》。此词抒发作者对丈夫深厚的情意,吐露不忍离别之苦。它是李词代表作之一。

【注释】

①玉簟:席子的美称。

②兰舟:木兰树因为材质坚硬又有香味,所以一直是制作舟船的理想材料。《述异记》:"浔阳江中,多木兰树……鲁般刻栏为舟。"这三句写与丈夫别后词人感物伤秋,相思之苦。

③锦书:对书信的美称。据《晋书·窦滔妻苏氏传》:窦滔妻苏蕙织锦为回文诗,以赠其被徙流沙的丈夫窦滔。

④雁字回时:群雁飞行时,常排成"一"字或"人"字形,称雁字。雁是候鸟,春来秋去,"雁字回时",应是秋天。

【汇评】

宋·胡仔:近时妇人能诗文者,如赵明诚之妻李易安,长于词,有《漱玉集》三卷行于世。此词颇尽离别之意,当为拈出。(《草堂诗余》后集卷下)

元·伊世珍:赵明诚幼时,其父将为择妇,明诚昼寝,梦诵一书,觉来唯忆三句云:"言与司合,安上已脱,芝芙草拔",以告其父。其父为解曰:"汝殆得能文词妇也。言与司合,是词字;安上已脱,是女字;芝芙草拔,是之夫二字。非谓汝为词女之夫乎?"后李翁以女妻之,即易安也。果有文章。易安结缡未久,明诚即负笈远游,易安殊不忍别,觅锦帕书《一剪梅》词以送之。(《嫏嬛记》卷中)

明·杨慎:离情欲泪。读此始知高则诚、关汉卿诸人,又是效颦。(杨慎批点本《草堂诗余》卷三)

明·李廷机:此词颇尽离别之情。语意超逸,令人醒目。(《草堂诗余评林》卷二)

明·王世贞:孙夫人"闲把绣丝挦,认得金针又倒拈"。可谓看朱成碧矣。李易安"此情无计可消除,才下眉头,又上心头"。可谓憔悴支离矣。秦少游"安排肠断到黄昏,甫能炙后灯儿了,雨打梨花深闭门"。则十二时无间矣。此非深于闺恨者不能也。(《弇州山人词评》)

又云:范希文"都来此事,眉间心上,无计相回避",类易安而小逊之。(《艺苑卮言》)

清·周永年:《一剪梅》唯易安作为善,若"云中谁寄锦书来","此情无计可消除"，"来"字、"除"字不必用韵，似俱出韵。但"雁字回时月满楼"，"楼"字上失一"西"字。（沈雄《古今词话·词辨》卷下引）

清·王士禛：俞仲茅小词云："轮到相思没处辞，眉间露一丝"，视易安"才下眉头，却上心头"，可谓此子善盗，然易安亦从范希文"都来此事，眉间心上，无计相回避"语脱胎，李特工耳。（《花草蒙拾》）

清·梁绍壬：易安《一剪梅》词，起句"红藕香残玉簟秋"七字，便有吞梅嚼雪，不食人间烟火气，其实寻常不经意语也。（《两般秋雨庵随笔》卷三）

清·陈廷焯：易安佳句，如《一剪梅》起七字云"红藕香残玉簟秋"，精秀特绝，真不食人间烟火者。（《白雨斋词话》）

清·玉梅词隐：易安精研宫律，所作何至出韵，周美成倚声专家，为南北宋关键，其《一剪梅》第四句均不用韵，讵皆出韵耶？窃谓《一剪梅》调当以第四句不用韵一体为最早，挽近作者，好为靡靡之音，徒事和畅，乃添入此叶耳。（况周颐《漱玉词笺》引）

清·万树："月满楼"，或作"月满西楼"。不知此调与他词异。如"裳"、"思"、"来"、"除"等字，皆不用韵，原与四段排比者不同。"雁字"句七字，自是古调，何必强其入俗，而添一"西"字以凑八字乎？人若欲填排偶之句，自有别体在也。（《词律》卷九）

清·徐釚：董文友《一剪梅》云："惯得相携花下游，苏大风流，苏小风流。而今别况冷于秋，燕去南楼，人去南楼。等闲平判十分愁，侬在心头，卿在眉头。少年心事总悠悠，一曲扬州，一梦苏州。"商邱宋牧仲谓其酷似李易安。（《词苑丛谈》）

怨王孙

春　暮

帝里春晚①，重门深院。草绿阶前，暮天雁断②。楼上远信谁传？恨绵绵。　　多情自是多沾惹，难拚舍，又是寒食也。秋千巷陌人静,皎月初斜,浸梨花。

【题解】

此词旧题作《暮春》、《春景》、《春暮》。王仲闻先生在《李清照集校注》中将此词列为存疑篇目,或有理。《类编草堂诗余》作李词,可。这是一首抒写离愁别恨的词。当婚后作于汴京。

【注释】

①帝里:帝王所在的首都。此即北宋京都汴梁(今河南开封)。

②雁断:雁阵飞走了,看不见了。

【汇评】

明·杨慎:(评"多情自是多沾惹")至情。(杨慎批点本《草堂诗余》卷二)

明·沈际飞:贺词"多情多感",犹少此"难拚舍"三字。又云:元人乐府率以"也"字叶成妙句,殆祖此。(《草堂诗余正集》卷一)

明·李攀龙:(眉批)以"多情"接"恨绵绵",何组织之工!(评语)此词可以"王孙不归兮,春草萋萋兮"参看。(《草堂诗余隽》卷二)

清·王士禛:"皎月"、"梨花"本是平平,得一"浸"字,妙绝千古,与"月明如水浸宫殿"同工。(《花草蒙拾》)

清·吴灏:易安以词擅长,挥洒俊逸,亦能琢炼。最爱其"草绿阶前,暮天雁断",极似唐人。(《历朝名媛诗词》卷十一)

摊破浣溪沙

桂　花

揉破黄金万点轻①,剪成碧玉叶层层,风度精神如彦辅②,太鲜明③。　　梅蕊重重何俗甚,丁香千结苦麄生④。熏透愁

22

人千里梦⑤,却无情⑥。

【题解】

多种本子旧题为《桂花》,可。赞花中巧妙地融入己情,含无限深意,品之令人拍案惊奇。

【注释】

①黄金:因桂花呈黄色,故称其为金桂。小黄花比成被揉碎的金屑。万点轻:万金桂花又不像真金十分轻盈。轻,四印斋本《漱玉词》作"明",差。

②"风度"句:彦辅,西晋时南阳人,名乐广。他气度不凡,为当时著名的风流人物。词以彦辅风度精神比桂花高雅倜傥的风度与谦和蕴藉的品格。

③大:通"太",意谓极为鲜亮明丽。这是作者记误。据《世说新语·品藻》:"……'王夷甫太鲜明,乐彦辅我所敬。'"她把二人记倒了。

④"梅蕊"二句:词人用梅花、丁香与桂花相比,梅蕊太多,重重外露,俗得很;说丁香花蕾簇结,太显眼,显得粗。麄,粗拙。麄同"麤","粗"字古体字。同"粗"。李商隐诗:"芭蕉不展丁香结,同向春风各自然。"毛文易词:"庭下丁香千结"。

⑤"熏透"二句:萦绕于词人的是无尽的故国之思,即使是在梦中也常常魂归故乡,然而桂花浓郁的香味,却熏得词人从故园之梦中醒来。

⑥却无情:却是无情,让我好梦难圆。

【汇评】

周振甫:……这首词,上片是比喻,用了三个比喻,最后用人来比,显出对桂花的赞赏。这三个比喻有创造性。下片写桂花香,用梅花和丁香来比,起到过渡和陪衬作用。(齐鲁书社《李清照词鉴赏》)

祝诚:……这首《摊破浣溪沙》也是咏桂词,同样给以超乎梅花的评价。这甚至令人对其是否系清照所作产生怀疑。(见黄墨谷《重辑李清照集》)其实,同一词人在不同的时刻,不同的场合,对同一事物给以不同乃至相反的评价，并无不可，"此亦一是非，彼亦一是非"也。反之，如若只准此词人有一种单一的固定不变的审美意识、审美情趣、审美判断，稍加变化便疑为伪作，这对已故词人意味着什么呢？我以为，这首《摊破浣溪沙》咏桂词，正是易安从一个全新的视角出发，给予桂花以全新的观照和透视，从而发掘出了桂花的"风度精神"，进而体现了女词人独具特色的审美观念。……所以女词人在篇末以"却无情"三字煞尾，顿时使人对此词何以一概贬斥梅、桂、丁香有了最后的答案：原来这种种花木都不仅不能排遣词人的忧思，反而更加搅动了她的满腹闲愁！看来，此词大起大落、大开大合、大扬大抑的艺术格局当与词人那种多情善感的心理特征和灵活多变的审美意识恐不无关联。（巴蜀书社《李清照作品赏析集》）

　　孙崇恩：这首词可能因"熏透愁人千里梦"所致，有人说是李清照南渡所作，有"怀乡"之情；有人说是李清照少妇时所作，有"怀人"之思。由此，与之相连的"却无情"句，也就产生了不同的解说。有人说是桂花香味太浓，熏醒了女词人的怀人之梦，所以说它无情；有说承上句，是丁香花味太重，熏醒了女词人的怀乡之梦，所以说它无情；还有的说是作者故作反语，以曲笔赞美桂花芳香的品格，寄托自己的情趣。从语言、内容、风格、结构等方面来分析，这应是李清照居青州时崇尚清高和怀念丈夫赵明诚远行的作品，与她另一首《鹧鸪天·咏桂花》可谓姊妹篇。全词与《鹧鸪天·桂花》一样，咏物而不滞于物，咏物亦在自咏，但又不一样，这里或处处比喻，连连巧比，或层层议论，连连抒情，或抑梅丁香，上下对照，宕而有致，含蓄有味，词情激越，风格洒脱，在咏物词中又见创新。（人民文学出版社《李清照诗词选》）

醉花阴

重　阳

　　薄雾浓云愁永昼①，瑞脑消金兽②。佳节又重阳③，玉枕纱厨④,半夜凉初透。　　东篱⑤把酒黄昏后,有暗香盈袖⑥。莫道不消魂⑦,帘卷西风,人比黄花瘦⑧。

【题解】

《乐府雅词》等多种词书题作《九日》,《草堂诗余》等题作《重阳》,《汇选历代名贤词府全集》题作《重九》,均可。《乐府雅词》等诸多词书收录为李清照词,是。这首小令抒写了在重阳佳节时寂寞无聊的心情。丈夫暂离,妻子承受着独居之苦,重阳佳节倍增寂寞。作者用"人比黄花瘦",婉转传神,语创绝妙,雅唱空前,历代争诵。

【注释】

①云:《古今词选》等作"雾",《全芳备祖》作"阴"。不及"云"字佳。

②瑞脑:一种熏香名。又称龙脑,即冰片。消:《花草粹编》等作"喷",差。金兽:铜铸的兽形香炉。唐·罗隐《寄前宣州窦常侍》:"喷香瑞兽金三尺,舞雪佳人玉一团。"金,《全芳备祖》等作"香",次。

③重阳:农历九月九日为重阳节。《周易》以"九"为阳数,月日皆值阳数,并且相重,故名。这是个古老的节日。南梁·庾肩吾《九日侍宴乐游苑应令诗》:"朔气绕相风,献寿重阳节。"

④玉枕:纳凉用瓷枕,色如碧玉,故称玉枕。纱厨:用纱作成的帐子。木制格框,罩以轻纱,以避蚊蝇。

⑤东篱:陶渊明《饮酒诗》:"采菊东篱下,悠然见南山。"为古今艳称之名句,故"东篱"亦成为诗人惯用之咏菊典故。唐·无可《菊》:"东篱摇落后,密艳被寒吹。夹雨惊新拆,经霜忽尽开。"

⑥暗香:幽香。林逋《梅花》:"疏影横斜水清浅,暗香浮动月黄昏。""暗香盈袖",用《古诗十九首·庭中有奇树》:"馨香盈怀袖,路远莫致之"诗意。

⑦比:《花草粹编》等作"似",差。

⑧黄花:指菊花。《礼记·月令》:"鞠有黄华"。鞠,本用菊。唐·王绩《九月九日》:"忽见黄花吐,方知素节回。"这里词人用黄花比人的瘦,用瘦说明自己的相思之苦,绝妙!

【汇评】

宋·胡仔:"帘卷西风,人比黄花瘦",此语亦妇人所难到也。(《苕溪渔

隐丛话》前集卷六十）

　　元·伊世珍：易安以重阳《醉花阴》词函致明诚，明诚叹赏，自愧弗逮，务欲胜之。一切谢客，忘食忘寝者三日夜，得五十阕，杂易安作，以示友人陆德夫。德夫玩之再三，曰："只三句绝佳。"明诚诘之。答曰："莫道不消魂，帘卷西风，人比黄花瘦。"正易安作也。（《嬗嬛记》卷中）

　　明·茅暎：但知传诵结语，不知妙处全在"莫道不消魂"。（《词的》卷一）

　　明·瞿佑：又《九日》词"帘卷西风，人似黄花瘦"，亦妇人所难到也。（《香台集》）

　　明·杨慎：（评末两句）凄语，怨而不怒。（杨慎批点本《草堂诗余》）

　　明·王世贞：康与之"人比梅花瘦几分"；又"天还知道，和天也瘦"；又"帘卷西风，人比黄花瘦"；又"应是绿肥红瘦"；又"人共博山烟瘦"；字字俱妙。（《艺苑卮言》）

　　又云：词内"人瘦也，比梅花，瘦几分"，又"天还知道，和天也瘦"，又"莫道不消魂，帘卷西风，人比黄花瘦"，三"瘦"字俱妙。（《弇州山人词评》）

　　明·沈际飞：中山王《文木赋》："薄雾浓雾"，形容木之文理也。用修云："易安本此"，不必。康词"比梅花，瘦几分"，一婉一直，并明争衡。（《草堂诗余正集》）

　　清·周之琦：愚按《醉花阴》"帘卷西风"，为易安传作，其实寻常语耳。（《晚香室词录》）

　　清·许宝善：幽细凄清，声情双绝。（《自怡轩词谱》）

　　清·王初桐：帘卷西风重九时，销魂第一李娘词。（《续修历城县志》）

　　清·冯金伯：康与之"人瘦也，比梅花，瘦几分"，又"天还知道，和天也瘦"，又"帘卷西风，人比黄花瘦"，又"应是绿肥红瘦"，又"人共博山烟瘦"，"瘦"字俱妙。（《词苑萃编》）

　　清·谭莹：绿肥红瘦语嫣然，人比黄花更可怜。若并诗中论位置，易安居士李青莲。（《古今词辨》）

　　清·王闿运：此语若非出女子自写照，则无意致。"比"字各本皆作"似"，类书引，反不误。（《湘绮楼词选》）

清·王志修：衣冠南渡已无家，钟鼎图书载几车？毕竟不须疑晚节，西风人自比黄花。（四印斋所刻《漱玉词》题诗）

夏承焘：这首词末了一个"瘦"字，归结全首词的情意，上面种种景物描写，都是为了表达这点精神，因而它确实称得上是"词眼"。以炼字来说，李清照另有《如梦令》"绿肥红瘦"之句，为人所传诵。这里她说的"人比黄花瘦"一句，也是前人未曾说过的，有它突出的创造性。（《唐宋词欣赏》）

唐圭璋：此首情深词苦，古今共赏。起言永昼无聊之情景，次言重阳佳节之感人。换头，言向晚把酒。着末，因花瘦而触及己瘦，伤感之至，尤妙在"莫道"二字唤起，与方回之"试问闲愁知几许"句，正同妙也。（《唐宋词简释》）

俞平伯：何谓"帘卷西风"，除照抄四字外，更有什么妙法。……人何以比黄花，岂诗人之面中央正色乎？一可异也。人之瘦，怎能与黄花同瘦？比黄花还瘦？二可异也。黄花又瘦在何处？花欤？叶欤？其摇摇之梗欤？三可异也。（《诗的神秘》）

行香子

七　夕

草际鸣蛩①，惊落梧桐，正人间、天上愁浓。云阶月地，关锁千重。纵浮槎来②，浮槎去，不相逢。　　星桥鹊驾③，经年④才见，想离情、别恨难穷。牵牛织女⑤，莫是离中。甚霎儿晴，霎儿雨，霎儿风。

【题解】

《历代诗全》题为《七夕》，是。细细品来，可知这是描写牛郎织女七夕相会的词。作者采用了托事言情手法，描写牵牛织女的离愁别恨，用"正人间天上愁浓"巧妙地把作者和他们的处境串在一起,饱涵着作者的离愁别恨,暗含着对党争激烈,时局不安及娘家、夫家沉浮的隐忧。

【注释】

①蛩(qióng):蟋蟀的别名。

②浮槎(chá):木筏,古代传说中来往于海上和天河之间的木筏。张华《博物志》卷三:"旧说云:天河与海通,近世有人居海渚者,年年八月,有浮槎去来,不失期。人有奇志,立飞阁于查(槎)上,多赍粮,乘槎而去。十余日中,犹观星月日辰,自后芒芒忽忽,亦不觉昼夜。"词人用此典来比喻自己和丈夫的离别。寓当时形势危急。

③星桥鹊驾:《风俗记》:"织女七夕当渡河,使鹊为桥。"鸟鹊驾起星桥以渡两人相会。星桥,即星河。宋之问诗:"飞鹊乱填河。"

④经年:经过一年。

⑤牵牛织女:古代传说中的神话人物。宗懔《荆楚岁时记》:"天河之东,有织女,天帝之女也。年年织杼劳役,织成云锦天衣。天帝怜其独处,许嫁河西牵牛郎。嫁后遂废织妊。天帝怒,责令归河东,唯每年七月七日夜渡河一会。"

【汇评】

清·况周颐《〈漱玉词〉笺》:《问蘧庐随笔》云,辛稼轩《三山作》"放霎时阴,霎时雨,霎时晴。"脱胎易安语也。

孙崇恩:上下阕结构句式排叠,具有形式美、音乐美、意境美,它以突出天气忽晴忽雨的骤然变化,隐喻时局风云的急剧动荡;借牛郎织女远隔云阶月地、莽莽星河不得相会,隐喻女词人与丈夫身处异地、心相牵念的离愁;用牛郎织女鹊桥相会、瞬间离别,隐喻女词人与丈夫在急剧变乱中的别恨,想象丰富,思致微妙,含蓄不露,发人深思。昔人咏节序,以牛郎织女故事为题材者不计其数,付之歌喉者,类多率俗。此词不落俗套,独有创新。作者以自身的真切生活感受,借七夕牛郎织女的故事,通过艺术形象把人间天上融为一体,创造了虚幻与现实相结合的优美的艺术境界。(人民文学出版社《李清照诗词选》)

四、重返汴京长门叹(1105—1106 年)

满庭芳

残 梅

小阁藏春^①,闲窗锁昼,画堂无限深幽^②。篆香烧尽^③,日影下帘钩。手种江梅更好,又何必、临水登楼?无人到,寂寥浑似^④,何逊在扬州^⑤。　　从来知韵胜^⑥,难堪雨藉,不耐风揉。更谁家横笛^⑦,吹动浓愁?莫恨香消雪减,须信道、扫迹情留。难言处,良宵淡月,疏影尚风流^⑧。

【题解】

《花草粹编》等题为《残梅》,是。这首咏梅词,寄托了作者的幽怨和闲愁。

【注释】

①小阁:女子卧房为阁,所以出嫁亦曰出阁。首句取自李商隐诗:"已遭红映柳,更被雪藏梅。"

②画堂:原是汉代宫一殿堂名,后泛指华丽的堂舍。深幽:即幽深。

③篆香:又称百刻香。它将一昼夜划分为一百个刻度,用作计时器,还可以驱蚊,民间流传很广。宋·洪刍《香谱·百刻》云:"近世尚奇者作篆香,其文准十二辰,分一百刻,凡燃一昼夜已。"秦观《减字木兰花》:"欲见回肠,断续金炉小篆香。"

④浑:《花草粹编》作"恰",可。

⑤何逊在扬州:何逊,南朝梁代诗人,于天监年中在扬州(今南京)任建

安王记室。有《早梅》诗,中有云:"应知早飘落,故通上春来。"故清照以比。

⑥韵胜:风韵超群。宋·范成大《梅谱·后序》:"梅似韵胜,以格高。"

⑦横笛:梅笛,笛曲中有《梅花落》曲调。宋·吴文英《高阳台·落梅》:"南楼不怕吹横笛,恨晓风千里关山。"

⑧疏影:梅花稀疏影子。宋·林和靖《山园小梅》:"疏影横斜水清浅,暗香浮动月黄昏。"

【汇评】

邱俊鹏:词的下阕即从见梅而动诗兴,过渡到咏梅。先用逆笔,言人只知梅以韵胜,只知赏梅,却不知梅亦禁不住风雨的揉践、侵凌,不知爱梅,更不懂惜梅。从而流露出诗人爱梅、惜梅的一贯思想和感情。正由于这种爱与惜,诗人……从爱梅、惜梅,到安慰梅,而坚信"疏影尚风流",不仅表现抒情主人公与梅情感交流,而且达到人梅难分的境界了。不是吗?"疏影尚风流"是梅特有的姿质,恐怕也是诗人的写照吧!(齐鲁书社《李清照词鉴赏》)

此词当为清照南渡前的词作,是首咏梅词。作者将梅放在人物的生活、活动中加以描写和赞颂,把相思与咏梅结合起来,托物言情,寄意遥深。用了大量的虚词:"更"、"又"、"何必"、"从来"、"莫"、"须"、"尚"等呼应传神,转折达意,跌宕多姿,是此词在艺术表现方面的另一特色。(济南出版社《李清照全集评注》)

多 丽

咏白菊

小楼寒,夜长帘幕低垂。恨萧萧、无情风雨,夜来揉损琼肌①。也不似、贵妃醉脸②,也不似、孙寿愁眉③。韩令偷香④,徐娘傅粉⑤,莫将比拟未新奇。细看取、屈平陶令⑥,风韵正相宜。微风起,清芬酝藉,不减酴醾⑦。　　渐秋阑,雪清玉瘦⑧，向人无限依依⑨。似愁凝、汉皋解佩⑩，似泪洒、纨扇题诗⑪。朗月清风，浓烟暗雨，天教憔悴度芳姿。纵爱惜、不知从此，留得几多时？人情好，何须更忆，泽畔东篱⑫。

【题解】

《乐府雅词》题为《咏白菊》，《历代诗余》题为《兰菊》，前者佳。李清照爱菊花，与她的性格有关。她赞颂了白菊的容颜、风韵、香味、气质、精神。深有寄托，表现对腐败污浊的社会风习的不满。作者以白菊为喻，反映了词人高洁的心志，端庄的品格。

【注释】

①琼肌：形容花瓣如美玉。琼：美玉；四部丛刊本《乐府雅词》作"瑶"。

②贵妃醉脸：像杨贵妃醉酒后那样娇媚造作。贵妃：即杨贵妃，永乐（今山西永济）人。通音乐、善歌舞。唐玄宗封为贵妃。擅宠宫廷，一门豪贵。安禄山反，唐明皇往蜀，出京至马嵬坡（今陕西兴平县境内），六军不发，军将归罪杨氏，逼杀杨国忠，玄宗无奈，贵妃亦被缢死。

③孙寿愁眉：像孙寿那样故作愁眉惑人。孙寿，东汉时梁冀之妻，善化装作态，如作愁眉、龋齿笑、啼妆、堕马髻、折腰步等，风行一时。见《后汉书·梁冀传》。

④韩令偷香：像韩寿那样偷来别人的奇香。东晋韩寿，貌美体轻，贾充女贾午看中了他。寿逾墙暗通。她将皇帝赐给其父的西域奇香偷来给寿。后贾充会见诸吏闻寿身上有奇香，疑寿与午私通，但没有宣扬，后将午嫁给寿。宋·欧阳修《望江南》："身似何郎全傅粉，心如韩寿爱偷香。"韩寿习称韩橼，无称"韩令"。据《世说新语·惑溺》："韩寿美姿容，贾充辟以为橼。"清照盖因后汉荀彧事误记，荀曾为中书令，人称荀令。《襄阳记》谓："荀令君过人家，坐处三日秀。"李商隐诗："荀令桥南过，十里送衣香"。

⑤徐娘傅粉：像徐娘那样，擦脂抹粉。南朝梁元帝妃徐昭佩与帝左右暨季江私通。季江曾曰："徐娘虽老，犹尚多情。"后称妇人虽年老面色不衰者为徐娘。徐娘，无傅粉故事。诗文多用何晏傅粉为典故，《世说新语·容

31

止》篇载:何晏面白,魏明帝疑其傅粉。唐·李端诗:"敷粉何郎不解愁。"清照误记何郎为徐娘。这二句当为"韩椽偷香,何郎傅粉。"或清照笔误,或传抄致讹。

⑥屈平:屈原名平,战国时代楚国伟大诗人。他在《离骚》中云:"朝饮木兰之坠露兮,夕餐秋菊之落英",象征他的高尚和纯洁。陶令:即陶潜,字渊明,东晋末年伟大诗人。曾为彭泽令,故名。他对黑暗现实不满,"志趣高洁,不慕名利"。后弃官归家,作《归去来辞》,有《陶渊明集》传世。他很爱菊花,在《饮酒诗》中云:"采菊东篱下,悠然见南山。"

⑦酴醿:植物名。蔷薇抖,又名佛见笑。初夏花开,色似酴醾酒,故名。今育多种颜色,可供栽培观赏。孙道绚《忆少年》:"归来见春暮,探酴醿消息。""酴"也作"荼"。这句说菊花在清冷秋风中,还是不惜将自己的香气洒向人间,供人吸赏。

⑧玉瘦:状纤秀可爱而又纤弱可怜,语奇新精。

⑨向人:傍人,依人。刘禹锡《寄赠小樊》:"花面丫头十三四,春来绰约向人时。"周邦彦《六丑·蔷薇谢后作》:"终不似一朵钗头颤袅,向人欹侧。"依依:依恋貌。

⑩汉皋解佩:据《太平御览》引《列仙传》说,郑交甫于楚地汉皋台下遇二仙女,身上佩戴鸡蛋大的明珠。交甫请赠予,"二女解与之,既行返顾,二女不见,佩亦失矣。"

⑪纨扇题诗:指班婕妤写《团扇歌》。纨扇,用细绢制成,所以叫纨扇。汉成帝即位之初,班氏被选入后宫,颇受宠爱,不久即为婕妤。后来,赵飞燕姊妹宠盛,婕妤失宠,于是求供养太后于长信宫,乃做团扇诗,以团扇秋凉即被主人弃置不用比喻弃妇遭遇。用此两典,寄寓对白菊的赞美怜惜。

⑫泽畔东篱:用了屈原行吟泽畔,陶渊明采菊东篱的典故。作者既发议论,又发感慨。既同情菊花,又同情屈陶,更隐含以屈陶自况深意。

【汇评】

清·况周颐:李易安《多丽·咏白菊》,前段用贵妃、孙寿、韩掾、徐娘、屈平、陶令若干人物,后段又清雪玉瘦、汉皋纨扇、朗月清风、浓烟暗雨许多字面,却不嫌堆垛,赖有清气流行耳。"纵爱惜,不知从此,留得几多时"三句最佳,所谓传神阿堵,一笔凌空,通篇具活。歇拍不妨更用"泽畔东篱"字。昔人评《花间》镂金错绣而无痕迹,余于此阕亦云。(《珠花簃词话》)

潘君昭:李清照写这一首词,是因为白菊是高洁的象征。她所钦慕的是爱菊者屈原、陶渊明的高风亮节,并且也借此自抒襟抱,达到咏物见志之目的。关于本词的艺术手法,是通过上下片内容相对比和首尾相呼应,以写白菊显示出人物的高风亮节,借此透露出作者自身的志向。上片以杨玉环和孙寿等低俗的容止来反衬白菊不同流俗的风采。下片的汉皋仙女和汉宫婕妤乃是从正面来作为白菊的陪衬,"也不似"是从反面说,"似"则是从正面写,而屈原和陶渊明,则是以爱菊者的身份出现,他们的风度韵致也堪与白菊相比拟。另外,全词先从自身感受写起,只恨风雨无情,摧损白菊,末尾仍从自身爱菊收束,深怕芳姿憔悴,做到首尾呼应;末句更进一层,是慰安兼以挽留,意思是说可以不必为苦忆昔人而萎谢化去,此地亦有爱菊之知音。词意至此,拓开意境,以旷达之语道出作者轻视鄙俗,不甘随俗浮沉的志趣;这种首尾相呼应而又在结句开拓词境的写法,使词句显得宛转而多不尽之意。(齐鲁书社《李清照词鉴赏》)

孙崇恩:词的上阕描写吟咏白菊的高洁姿质。全词委婉雅致,含意深远,化用许多典故而不嫌堆垛,通篇不着一个"菊"字,而以白菊隐喻自咏,表现了女词人憎恶鄙俗,追求高洁人格的情怀,以及在咏物词中卓尔不群,创意出奇的艺术追求。(人民文学出版社《李清照诗词选》)

小重山

春到长门①春草青。江梅些子破②,未开匀③。碧云笼碾玉成尘④。留晓梦,惊破一瓯春⑤。　　花影压重门,疏帘铺淡月,好黄昏⑥。二年三度负东君⑦。归来也,著意过今春。

【题解】

这是李清照婚后不久的一首惜春怀人之作。宋崇宁二年因党争株连，词人被迫离京，到崇宁五年大赦天下才得以返回，中间历时"年三度"。"著意过今春"是希望能好好享受这久别重逢的日子。

【注释】

①长门：宫名。汉孝武皇帝陈皇后遭遗弃，别居长门宫，闻司马相如工为文，奉百金为相如。求解悲之词，相如作《长门赋》，以悟武帝。陈皇后复得亲幸。唐·张窈窕诗："无金可买长门赋，有恨空吟团扇诗。"

②些子破：些子，有些。破，开放。宋·柳永《洞仙歌》："似觉些子轻孤，早恁背人沽酒。"

③未开匀：京城中的梅花有一些已经开了，但尚未全开。说明春天的脚步已经临近。

④"碧云"句：碧云，指茶色。笼，茶炉。宋·庞元英《文昌杂录》卷四记韩魏公"不甚喜茶，无精粗，共置一笼，每尽，即取碾。"白居易《游宝称寺》："茶新碾玉尘。"宋代的茶是团茶，用时要碾碎。绿茶碾细，故曰"玉成尘"。

⑤"留晓梦"二句：瓯，盆盂之类，这里指茶缸。这两句说，饮过一杯春茶后，词人才从梦中的意识中清醒过来。苏轼诗："临风饱食寝罢，瓯花乳浮轻圆。"

⑥"花影压重门"三句："花影压重门，疏帘铺淡月"，这一偶句描写了春天黄昏时丽景。夕阳下，梅花斑驳影子映在重重的门上，月升后，光透帘子，屋内也洒满淡淡的银辉，多好呀！

⑦"东君"句：这句说，词人从离京到回京，历时两年，中间梅开三度。三次都辜负了美好的春景。

【汇评】

况周颐：荆公《桂枝香》作名世，张东泽用易安"疏帘淡月"语填一阕，即改《桂枝香》为《疏帘淡月》。（《漱玉词笺》引）

林家英、庆振轩：一首小词，明白如话，以口头语写眼前景、心中情，只于淡笔素描中，略加点染，将女词人朝暮之间如梦如痴的心绪，浓缩在不到六十字的短小篇幅之中。在写景、叙事、抒情的水乳交融之中,写得曲尽情致,耐人寻味,有自然隽永之趣,无怩怩卖弄之态,足见李清照在抒情词创作上词心的灵锐及其驾驭语言的功力。描写黄昏景色"花影压重门,疏帘铺淡月",用"压"字状映照在重门之上的花影分量,用"铺"字状天边淡月透过疏帘映照内室的清辉,意蕴丰富而美妙,是词史上公认的名句。天上的月,月下的花,本来和人没有直接的联系。只是当它们介入女词人的生活氛围,花影映照重门,疏帘铺洒月色的时候,便和词心灵锐的女词人产生了感情上的交流……(齐鲁书社《李清照词鉴赏》)

孙崇恩:这首词可能是李清照于汴京所作。上阕描写早春室外春色和室内煮茶忆梦的生活,含蓄蕴藉,情意深微;下阕描写夜晚迷人景色和与丈夫重归汴京共度美好春光的情怀,妙笔点染,神思飞扬。从首句直用薛昭蕴《小重山》词的首句和末句直抒"二年三度负东君,归来也,著意过今春"之情意来看,表现了词人惜春惜花之情和久别初聚之乐。(人民文学出版社《李清照诗词选》)

五、屏居青州十四年(1107—1121年)

凤凰台上忆吹箫

离　别

香冷金猊①，被翻红浪，起来慵自梳头。任宝奁尘满，日上帘钩。生怕离怀别苦，多少事、欲说还休。新来瘦，非干病酒，不是悲秋。　　休休！这回去也，千万遍阳关②，也则难留。念武陵人远③，烟锁秦楼④。唯有楼前流水，应念我、终日凝眸。凝眸处，从今又添，一段新愁⑤。

【题解】

《词学笙谛》题为《离别》，佳。《古今词统》题为《闺情》，可。刘向《列仙传》载，春秋时，秦穆公的女儿弄玉与萧史相爱而结婚。萧史善吹箫，秦穆公为他们建高楼而居。萧史教弄玉吹箫，箫声似凤鸣，故引来凤凰，一日萧史与弄玉双双随凤凰飞升而去。其居处，人称凤楼或凤凰台。这首词写于李清照偕丈夫赵明诚"屏居乡里十年"结束，赵明诚重返仕途之际。它抒发了临别伤神之感，别后相思之情，情真意切，风神摇曳，上隐下显，极尽曲折含蓄。

【注释】

①金猊(ní)：炉盖为狻(suān 酸)猊形的铜香炉。《潜确类书》："金猊，宝鼎，焚香器也。"

②阳关：曲名。王维《渭城曲》："渭城朝雨浥轻尘，客舍青青柳色新。劝君更尽一杯酒，西出阳关无故人。"后来谱入乐府，成为送别曲，人称为《阳关曲》、《渭城曲》、《阳关三叠》、《阳关四叠》。这里用作挽留之意，深沉之极。

③武陵：郡名，在今湖南常德一带。《桃花源记》记武陵渔人沿着溪水划船进入桃花林，发现了一个与世隔绝的村子。后人把武陵桃源的传说与刘晨、阮肇遇仙的故事相结合。《续齐谐记》载，后汉刘、阮入天台山采药迷路，遇到两位仙女，结成夫妻，后又思家求归。《北词广正谱》卷三："有缘千里能相会，刘晨曾误入武陵溪。"念武陵人远，有提醒丈夫意：一是不要行之过远；二不可有遇仙之事。

④烟锁秦楼：秦楼即凤楼，在陕西宝鸡东南。相传秦穆公女弄玉及其爱人萧史在此住过。后代表少妇所居。《陌上桑》云："日出东南隅，照我秦氏楼。"锁，此处做"隔绝"解。这句说烟雾将自己所住的妆楼与丈夫阻隔。

⑤一段：《乐府雅词》作"几段"，远不及"一段"好。

【汇评】

明·茅暎：出自然，无一字不佳。（《词的》卷四）

明·沈际飞：懒说出，妙；瘦，为甚的？尤妙。千万遍，痛甚。转转折折，忏合万状。清风朗月，陡化为楚雨巫云；阿阁洞房，并变为离亭别墅，至文也。（《草堂诗余正集》卷三）

明·李廷机：宛转见离情别意，思致巧成。（《草堂诗余评林》卷三）

明·李攀龙：非病酒，不悲秋，都为苦别瘦。又：水无情于人，人却有情于水。写出一种临别心神，而新瘦新愁，真如秦女楼头，声声有和鸣之奏。（《草堂诗余隽》）

明·杨慎："欲说还休"与"怕伤郎、又还休道"同义。（杨慎评点本《草堂诗余》）

清·陈廷焯：此种笔墨，不减耆卿、叔原，而清俊疏朗过之。"新来瘦"三语，婉转曲折，煞是妙绝。笔致绝佳，余韵尤胜。（《云韶集》卷十）

刘乃昌：柳永写离情，细密有余，蕴藉不足。李清照吸收了柳词精微细密之长，而以典重之笔出之……李清照这首词却又以语言平易、意脉贯串见长。所用几个典故，既贴切自然，又如盐溶于水，浑化不涩，以此又具有疏畅的特点……（齐鲁书社《李清照词鉴赏》）

蔡厚示：这首词开头还似乎是平静的叙述，女词人只倾诉她心情的慵懒。但经过极力渲染，色彩便越涂越浓，从中勾勒出一个"愁"字。一触到

"愁"字，女词人便欲说还休，欲休还说；而说又不肯直说，不直说却又比直说更使人感到深沉。这样愈深愈曲，愈曲愈深。既有濒于绝望的哀鸣，又有近乎天真的痴想。处处都流露出她对丈夫的一片真情。调子虽然嫌低沉一点，但还是能使读者体会到她对生活的热爱和对幸福的向往。在当时理学家大力倡导封建礼教和漠视妇女地位的宋代，李清照敢于如此直率地表达自己的感情和欲望，不能不说是有点儿反抗性格。从语言看，这首词用了不少口语，如"起来"、"生怕"、"新来"、"这回"和"也则"等。通篇语言，既流畅、易懂；而仔细玩味，又觉得它一字一句都经过磨炼，精美、细密。如开头两句，不仅对仗工稳，而且活泼有趣；既说明女词人的心情慵懒，又渲染出她的思绪纷繁。张祖望说它"如巧匠运斤，毫无痕迹"（《古今词论》引），确是不假。（巴蜀书社《李清照作品赏析集》）

念奴娇

春 思

萧条庭院，又斜风细雨，重门须闭。宠柳娇花寒食近，种种恼人天气。险韵诗成①，扶头酒醒②，别是闲滋味。征鸿过尽，万千心事难寄。　　楼上几日春寒，帘垂四面，玉阑干慵倚③。被冷香消新梦觉，不许愁人不起。清露晨流，新桐初引，多少游春意。日高烟敛，更看今日晴未？

【题解】

《彤管遗编》等题为《春日闺情》，《词的》题为《春恨》，《历城县志》题为《春思》。后者佳。这首词写寒食将近时，赵家人已经离开青州返回汴京，丈夫赵明诚外任做官，重重庭院中只剩自己，冷清之余，抑郁，愁苦丛生，颇为无奈。此词感情真挚感人，语言新丽奇俊，脍炙人口。

38

①险韵诗:以生僻难押的字为韵脚做的诗。宋·郭应祥《菩萨蛮》:"新词仍险韵,赓续惭非称。"诗人常以此来竞赛取乐。李则以此消愁解闷。

②扶头酒:振奋头脑的酒。一说酒名。姚合《答游人招游》诗:"赌棋招敌手,沽酒自扶头。"王禹偁《回襄阳》诗:"扶头酒好无辞醉,缩项鱼多且放馋。"喝让人振奋的"扶头酒"理应兴奋,然而诗成了,酒过了,但愁绪依然笼罩心头。

③玉阑干:栏杆的美称。此句《阳春白雪》作"慵怕阑干倚",《古今别肠词选》作"懒向阑干倚",可。

【汇评】

宋·黄昇:前辈尝称易安"绿肥红瘦"为佳句,余谓此篇"宠柳娇花"之语,亦甚奇俊,前此未有能道之者。(《花庵词选》)

明·杨慎:"清露晨流,新桐初引",用《世说》入妙。(《词品》)

明·沈际飞:真声也。不效颦于汉魏,不学步于盛唐,应情而发,能通于人。(《草堂诗余正集》卷四)

明·王世贞:"宠柳娇花",新丽之甚。(《弇州山人词评》)

明·李攀龙:上是心事,难以言传;下是新梦,可以意合。(《草堂诗余隽》)

清·毛先舒:李易安《春情》:"清露晨流,新桐初引。"用《世说》全句,浑妙。尝论:词贵开宕,不欲沾滞,忽悲忽喜,乍远乍近,斯为妙耳。如游乐词须微著愁思,方不痴肥;李《春情》词,本闺怨,结云:"多少游春意,更看今日晴未?"忽尔开拓,不但不为题束,并不为本意所苦,直如行云,舒卷自如,人不觉耳。(《诗辩坻》卷四)

清·黄了翁:只写心绪落寞,近寒食更难遣耳,陡然而起,便尔深邃;至前段云"重门须闭",后段云"不许起",一开一合,情各戛戛生新。起处雨,结句晴,局法浑成。(《蓼园词选》)

清·陈廷焯:"宠柳娇花"之句,黄叔旸叹谓前此未有能道之者。此语殊病纤巧,黄氏赏之亦谬。宋人论词,且多左道,何怪后世纷纷哉?(《白雨斋词话》)

清·沈祥龙：用成语，贵浑成脱化，如出诸己。……李易安"清露晨流，新桐初引"用《世说新语》，更觉自然。（《论词随笔》）

清·彭孙遹：李易安"被冷香消新梦觉，不许愁人不起"，"守著窗儿，独自怎生得黑"，皆用浅俗之语，发清新之思，词意并工，闺情绝调。（《金粟词话》）

清·许昂霄：此词造语，固为奇俊，然未免有句无章。旧人不加评驳，殆以其妇人而恕之耶？（《词综偶评》）

清·王士禛：前辈谓史梅溪之句法，吴梦窗之字面，固是确论，尤须雕组而不失天然。如"绿肥红瘦"、"宠柳娇花"，人工天巧，可称绝唱。（《花草蒙拾》）

清·沈雄：李易安"被冷香消新梦觉，不许愁人不起"，又"如今憔悴，风鬟霜鬓，怕见夜间出去"，杨用修以其寻常语度入音律，殊为自然……易安之"清露晨流，流桐初引"，全用《世说》。若在稼轩，诸子百家，行间笔下，驱斥如意矣。（《古今词话·词品》卷下）

清·李继昌：作词须用词眼，如潘元质之"燕娇莺姹"，李易安之"绿肥红瘦"、"宠柳娇花"，梦窗之"醉云醒月"，碧山之"挑云研雪"，梅溪之"柳昏花暝"，竹屋之"玉娇香怨"……（《左庵词话》）

唐圭璋：此首写心绪之落寞，语浅情深。"萧条"两句，言风雨闭门；"宠柳"两句，言天气恼人，四句以景起。"险韵"两句，言诗酒消遣；"征鸿"两句，言心事难寄，四句以情承。换头，写楼高寒重，玉阑懒倚。"被冷"两句，言懒起而不得起。"不许"一句，颇婉妙。"清露"两句，用《世说》，点明外界春色，抒欲图自遣之意。末两句宕开，语似兴会，意仍伤极。盖春意虽盛，无如人心悲伤，欲游终懒，天不晴自不能游，实则即晴亦未必果游……（上海古籍出版社《唐宋词简释》）

吴小如：我的看法是，上片与下片说的并非同一天内的事，而关键则在于过片"楼上几日春寒"的"几日"。可见上片所说的是以"几日"之前或"几日"中间的某一天的生活作为典型事例，由于自己心事重重从而导致生活百无聊赖。而下片则写在一连几日阴雨天气之后终于有了放晴迹象的具体描述。这样讲，则词意之贯穿虽有跳跃性，而前后层次却并无矛盾可言。

所以我认为《蓼园词选》的说法还是比较确切的……有人认为这是李清照因愁苦已极而故作反语,恐怕有点儿刻意求深,把一首结尾带有朝气的词给曲解了。(巴蜀书社《李清照作品赏析集》)

木兰花令

　　沉水①香消人悄悄,楼上朝来寒料峭。春生南浦水微波②,雪满东山③风未扫。　　　　金尊莫诉连壶倒,卷起重帘留晚照。为君欲去更凭栏,人意不如山色好。

【题解】

　　据徐培均云:此词原载台北图书馆藏明抄本,题为程敏政编之《天机余锦》,由彰化师范大学黄文吉提供。(见上海古籍出版社出版《李清照集笺注》)这是清照夫妇屏居青州期间所作。明诚外出(到过长清县灵岩寺等处)小别之作。虽非远游,也令作者惆怅。

【注释】

　　①沉水:沉香之别称。产自南海诸国,又名蜜香。
　　②春生南浦水微波:《楚辞·九歌·河伯》:“送美人兮南浦。”梁·江淹《别赋》:“春草碧色,春水渌波,送君南浦,伤如之何。”
　　③东山:东晋谢安隐居处,《世说新语·排调》:“谢公在东山,朝命屡降而不动。后出为桓宣武司马……高灵……戏曰:‘卿屡违朝旨,高卧东山’……”后人遂以“东山”喻官员一时退居之处。此喻赵氏之“屏居”。

【汇评】

　　徐培均:此词曾作于屏居青州期间。……政和六年丙申三月四日(1116年4月18日),明诚过长清县灵岩寺,有题名一则。当于半月前自青州出发,气候尚冷,故清照词云:“楼上朝来寒料峭”。(《李清照集笺注》)

徐北文：此词盖是易安夫妇屏居青州时，明诚外出小别之作。这一时期，明诚多次至齐州附近以及泰山等地访碑考文，虽非远游，亦增怅触。写词以寄此情怀，以此种平常自然之文句道之，不煊不火，恰如其分，其风度吐属可赏。（济南出版社《李清照全集评注》）

点绛唇

闺 思

寂寞深闺，柔肠一寸愁千缕。惜春春去，几点催花雨。

倚遍阑干，只是无情绪。人何处？连天芳草①，望断归来路。

【题解】

《花草粹编》等题为《闺思》，《古今女史》等题为《闺怨》，前者佳。这是首怀念丈夫赵明诚的词。是她孤处深闺，盼夫早归而不得之作。开首点明自己有无限愁恨，最后说出愁恨的原因是盼望丈夫归来。词中雨催花落、春将去也说明了在等待中词人的韶华也渐渐地逝去了，空留下无限惆怅与幽怨。

【注释】

①连天芳草：此系极目远望所见。芳草，《花草粹编》作"衰草"，误。

【汇评】

明·黄河清：夫词体纤弱，壮夫不为。独惜篇什寂寥，彼歌《金缕》、唱《柳枝》者，其声宛转易穷耳。所刻《续集》中如李后主之"秋闺"，李易安之"闺思"，晏叔原之"春景"，萧竹屋之"纪梦"、"怀旧"，周美成之"春情"……以此数阕，授一小青蛾，拨银筝，倚绿窗，作曼声，则绕梁遏云，亦足令多情人魂销也。（《草常诗余续集·序》）

明·陆云龙：泪尽个中。（《词菁》卷一）

清·陈廷焯:情词并胜,神韵悠然。(《云韶集》卷十)

曹济平:……这里词人以点滴春雨来比喻千缕愁思,不仅使画面和谐统一,而且把抽象的愁思化为具体的可感形象,同样富有情景交融的艺术感染力量。下片承上由景及人,进一步抒写离别的愁苦和盼归的心境。"倚遍阑干,只是无情绪。"女主人公从幽居的闺房里步出户外,依靠着高高的栏杆在痴望。然而始终不见情人归来,因而不能放下重重的心事,也提不起情绪来,只是增添无限的烦恼与惆怅。这里词人用细致的笔墨刻画女主人公焦虑不安的愁绪,而着一"遍"字,更加生动地表现了她那种急盼归来的微妙的心理状态。这首小词结构简当,条理清楚。上片是由情及景,在抒情中写景;下片是在写景中抒情,全篇情景融为一体。词人从闺房转到户外,由深闺相思写到凭栏远眺,紧扣住离别相思。起写深闺寂寞之愁,结写切盼归来之情,前后照应,一气贯注。而手法白描,不用典故,不假藻饰,充分体现了她词作明白如话、语浅情深的艺术特色。(齐鲁书社《李清照词鉴赏》)

孙崇恩:上阕开头两句点明题旨,写独处深闺之苦;接着两句以景寓情,表现青春易逝的闲愁。下阕笔势一纵,换头两句写倚栏远眺的情景,接着一问极富深情,结句"连天芳草,望断归来路",情景交融,表现盼望远行的丈夫归来未果而失望的心情。全词曲折深婉,跌宕有致,情调凄切,风格婉丽,细腻入微地表现了女词人伤春伤别的心理情态和孤寂凄苦之情……(人民文学出版社《李清照诗词选》)

六、莱州淄州随夫行(1121—1127年)

蝶恋花

暖雨晴[①]风初破冻，柳眼梅腮[②]，已觉春心动。酒意诗情谁与共？泪融残粉花钿重。　乍试夹衫金缕缝[③]，山枕斜攲[④]，枕损钗头凤[⑤]。独抱浓愁无好梦，夜阑犹剪灯花弄[⑥]。

【题解】

此词《唐宋诸贤绝妙词选》等题作《离情》，《草堂诗余别集》注："一作《春怀》"，可。《乐府雅词》等收为易安词。这首词，表现了对丈夫的思念及幽怨，词情蕴藉委婉，主题深沉含蓄。黄墨谷《重辑李清照集》认为该词当作于宣和三年(1121年)，时清照居青州。作者把春人格化，乐景哀写，通过人物活动细节描写，表现女主人的离愁别绪和无限凄寂。

【注释】

①晴：《花草粹编》作"清"，《唐宋诸贤绝妙词选》等作"和"，可。

②柳眼：刚生的柳芽，形如眼，故称柳眼。南唐·李煜《虞美人》："风回小院庭芜绿，柳眼春相续。"唐·元稹《生春诗》："何处生春早，春生柳眼中。""眼"，《草堂诗余别集》作"润"，可。梅腮：指花蕾外层的梅花瓣。腮，《唐宋诸贤绝妙词选》等作"轻"，差。

③衫：《草堂诗余别集》等作"衣"，差。

④斜攲：《历代诗余》等作"攲斜"，可。

⑤钗头凤：古代妇女的一种首饰。钗头凤形的叫"凤钗"。"钗头凤"指钗头的凤凰而言。唐·温庭筠《归国遥》："翠凤宝钗垂簶簌"中的"翠凤宝钗"便是"凤钗"的一种。

⑥灯花:灯芯烬结,形似花,古人常以其为喜事之兆。唐·鱼玄机《迎李近仁员外》诗:"今日喜时闻喜鹊,昨夜灯下拜灯花。"王实甫《西厢记》附明·王彦贞《摘翠百咏小春秋》(八十八)《莺莺自念》:"忽闻喜鹊噪林梢,昨夜灯花爆,必有佳音敢来到。"

【汇评】

明·徐士俊:此媛手不愁无香韵。近言远,小言至。(《古今词统》)

清·贺裳:写景之工者,如伊鹗"尽日醉寻春,归来月满身",李重光"酒恶时拈花蕊嗅",李易安"犹抱浓愁无好梦,夜阑犹剪灯花弄",刘潜夫"贪与萧郎眉语,不知舞错伊州",皆入神之句。(《皱水轩词筌》)

张璋:如《蝶恋花》先以"暖雨晴风初破冻,柳眼梅腮,已觉春心动"来写心情的喜悦;接着又以"酒意诗情谁与共?泪融残粉花钿重"来写诗情酒意没人相伴而引起悲伤落泪。这种以喜衬悲而愈觉悲的写法,比直写感人更深。(《谈李清照的词学成就》)

平慧善:本词大约是靖康之乱前赵明诚两次出仕,李清照家居时所作。上片三句写大地回春的初春景色,轻松欢快,为反衬离情作铺垫。第四句一转,直抒离情,末句以伤心泪淋,精神不支的形态,形容离别的痛苦。下片首句与上片开头呼应,初试春装似欣喜,可结果却以不卸梳妆、放浪形态的慵懒动作,表现忧伤之情。结拍两句写独处难眠,痴弄灯花。俗传灯心结花,喜事临门,词人通过这一情态描写,含蓄地表现盼望亲人归来的心情。看似清闲,寄情深沉。本词将无形的内在感情,通过有形的形态动作来表现,为词中名笔。(巴蜀书社《李清照诗文词选译》)

徐北文等:……作者把春人格化,乐景哀写,通过人物活动细节描写,表现女主人的离愁别绪和无限凄寂……易安"夜阑犹剪灯花弄",用剪灯花消磨时光,聊以解闷,表现了女主人相思之挚真。余韵袅绕,不绝如缕。宋·苏轼说:"言有尽而意无穷者,天下之至言也。"诚如是。(济南出版社《李清照全集评注》)

蝶恋花

晚止昌东馆寄姊妹

泪湿罗衣脂粉满①,四叠阳关②,唱到千千遍。人道山长山又断,萧萧微雨闻孤馆。　　惜别伤离方寸③乱,忘了临行,酒盏深和浅。好把④音书凭过雁,东莱不似蓬莱远⑤。

【题解】

此词宋·曾慥《乐府雅词》卷下题李易安作,但元代刘应李《事文类聚翰墨大全》后丙集卷四收此词,题作《晚止昌乐馆寄姊妹》,无撰人名字。因该书在此词之前三首均未题撰人,前第四首则署为延安夫人,故田艺蘅《诗女史》等并以为此词亦为延安夫人所作。王仲闻《校注》以为曾慥与易安同时,必无错误。《翰墨大全》作无名氏,疑误夺李易安姓名。王注云:此首殆为宣和三年辛丑八月间清照由青州至莱州途中宿昌乐寄姊妹所作。按地理图,由青至莱,须经昌乐。《诗女史》等误以昌乐馆为乐昌馆,《闽词抄》至误作"东昌馆",鲁鱼亥豕,不可究诘矣。词中有"萧萧微雨闻孤馆"句,必清照在旅途中作。又据宋人张耒《李格非墓志铭》,清照乃李格非长女,在《金石录后序》中清照言其"有弟",并无姊妹;此词所寄或是堂姊妹,或是夫之姊妹(赵明诚有姊妹四人)。作者通过对姊妹惜别、孤馆夜宿、寄语姊妹的描写,表现了姊妹间感情的真挚深厚。语言朴实、通俗、清新,感情真切、细腻,具有很强的艺术感染力。

【注释】

①湿:《花草粹编》等作"揾",可。罗:《翰墨大全》等作"征",可。满:《花草粹编》等作"暖",误。

②四叠阳关:阳关,曲名。王维《渭城曲》:"渭城朝雨浥轻尘,客舍青青

柳色新。劝君更尽一杯酒,西出阳关无故人。"后来谱入乐府,名以《阳关》,成为送别之曲。诗末句"西出阳关无故人"反复唱三遍,谓之"阳关三叠"。苏轼《论三叠歌法》:"旧传阳关三叠,然今世歌者,每句再叠而已;若通一首言之,则是四叠,皆非是。或每句三唱以应三叠说,则杂然无复节奏。余在密州,文勋长官以事主客,自云得古本阳关,每皆再唱,而第一句不叠,乃知古本三叠盖如此。"《琴学入门》说:"全曲分三段,反复三次,故称三叠。"关于"三叠"说法很多,实在莫衷一是。这里说"四叠"大概就是苏轼所说的通一首再叠,即四句,每句叠,正是四叠,这是当时情况。"唱到千千遍",真是唱的遍数太多了;曲没唱完,当然行者不能走,所以这是形容难以离别。"千千遍"是夸张手法。

③方寸:即"方寸地",指人的心。《三国志·诸葛亮传》载徐庶辞别刘备时:"指其心曰:'本欲与将军共图王霸之业者,以此方寸之地也。'"

④好把:《花草粹编》等作"若有",可。

⑤东莱:即莱州,时为明诚守地,今山东莱州市。蓬莱:传说中的海上仙山名。《史记·秦始皇本纪》:"齐人徐市具书言,海中有三神仙山,名曰蓬莱、方丈、瀛洲。"末二句表述对姊妹希望和深情。

【汇评】

黄墨谷:《蝶恋花·泪湿征衣脂粉满》是一首开阖纵横的小令,王维的"劝君更尽一杯酒,西出阳关无故人",到了她的笔下变成"四叠阳关,唱到千千遍"的激情,极夸张,却极亲切真挚。通过写惜别心情是一层比一层深入,但煞拍"好把音书凭过雁,东莱不似蓬莱远",出人意外地而作宽解语,能放能淡。所谓善言情者不尽情。令词能够运用这种变化莫测的笔法是很不容易的。"(《重辑李清照集》)

黄盛璋:近人于元《翰墨大全》中发现此词前有一序,乃宿昌乐驿寄姊妹之作,故有"潇潇微雨闻孤馆"之句,末两句乃是望其姊妹寄书东莱,非望明诚自东莱寄书,昌乐即今昌乐县,为青州赴莱州必经之道,而又距青州不远,故此词必作于赴莱州途中,时间应在宣和三年七月底八月初。(中华书局上海编辑所《李清照集》)

徐北文等:在时间上,作者从过去(临行)写到现在(孤馆);由现在(孤馆)又折回写到过去(临行);又从过去(临行)设想将来(青州莱州间的书信)。在空间上,作者从青州写到征途;又从征途写到昌乐;从昌乐又折回写到青州;从青州折进写到莱州、蓬莱。真可谓"若九曲湘流,一波三折"。可见作者才情敏赡,有才女如此,真是中国文坛的骄傲。(济南出版社《李清照全集评注》)

新荷叶

　　薄露初零,长宵共永昼分停①。绕水楼台,高耸万丈蓬瀛②。芝兰为寿③,相辉映簪笏盈庭④。花柔玉净,捧觞别有娉婷。　　鹤瘦松青,精神与秋月争明。德行文章,素驰日下声名⑤。东山高蹈⑥,虽卿相不足为荣。安石须起,要苏天下苍生。

【题解】

　　此词久佚。1980 年孔繁礼据北京图书馆藏明初抄本《诗渊》第二十五册发现,辑入《全宋词补辑》中。《诗渊》该册,收辑祝寿诗词。详此词文义,系祝某退居林下之达官生日之作。上片为侧面描写,下片正言直述。用典恰当,含蓄有味。

【注释】

　　①分停:将成数、总数分为几个等份。如《三国演义》卷五十:"三停人马,一停落后,一停填了沟壑,一停跟随曹操"。此处之"分停"相当于古时习称之"停分"。清照为押韵,变换为"分停"。结合寿主生辰之节候而摘辞,喻寿主生日恰值秋分之际,因秋分之时昼夜平分各占十二小时。

　　②蓬瀛:指代神话传说中之神山。《史记·封禅书》言燕照王、齐宣王等使人入渤海寻三神山:蓬莱、方丈、瀛洲。晋·葛洪《抱朴子·内篇·对

俗》云:"得道之士……或委华驷而锱蛟龙,或弃神州而宅蓬瀛,或迟回于流俗,逍遥于人间……何也?"抱朴子答曰:"仙人或升天,或住地,要于俱长生住留,各从其所好耳。"清照用抱朴子之典,喻寿主之"绕水楼台"若仙人所居之蓬瀛,以"长生住留"。

③芝兰:喻寿主之子弟,谓其子弟齐来祝寿。

④簪笏:古代官员上朝,带笏板与笔,记事时书写于笏板上,无事则手执笏板,将笔簪插于冠上。梁·简文帝《马宝颂序》:"簪笏成行,貂缨在席。"李清照构思或受唐·王勃《滕王阁诗序》:"舍簪笏于百龄,奉晨昏于万里。非谢家之宝树(即"芝兰玉树"之省略),接孟氏之芳邻"的启发。

⑤日下:古人喻皇帝为日,帝所居之地为日下,即京都。《世说新语·排调》载陆云(字士龙)与荀隐(字鸣鹤)相见,各自通报籍贯姓名,"陆举手云:'云间陆士龙。'荀答曰:'日下荀鸣鹤'。"《梁书·伏挺传》任昉称赞伏挺云:"此子日下无双",言其才高出众,京师无人可比。清照取此语双关用之。

⑥东山高蹈:东山,此指今浙江省上虞县西南之东山。东晋谢安早年隐居于此。高蹈,原为远行之义,后习用喻隐居。《文选》张景阳《七命》:"嘉遁龙盘,玩世高蹈"。此句以谢安隐居东山,喻寿主赋闲在家,祝其前途无量。过上好的生活。这寄托了作者的深意。

【汇评】

徐北文:该词并非一般祝寿考,歌功颂德的庸俗之作。从作者对寿人的诚恳愿望,可以看出她对国家的前途和人民的命运的深切关心。这是很可贵的,爱国爱民的思想在闪闪发光。

此词用"鹤瘦"、"东山"、"安石"等典故,使词含蓄蕴藉。上片不直接写寿人,作者泼墨渲染环境,祝寿人、侍女的不同凡俗,在于突显寿人的名望身价之高。乃用烘云托月之法。(济南出版社《李清照全集评注》)

菩萨蛮

归鸿声断残云碧，背窗雪落炉烟直。烛底凤钗明，钗头人胜轻①。　　角声催晓漏②，曙色回牛斗③。春意看花难，西风留旧寒。

【注释】

①人胜：即人和胜，俱古时妇女人日所戴的装饰物。古代荆楚风俗，妇女们于人日（农历正月初七日）剪彩或镂刻金箔为人形，贴于屏风或戴在发上，以讨取吉利，称为人胜。见《荆楚岁时记》。杜甫《人日》诗："元日到人日，未有不阴时。"

②"角声"句：角，古代军队中所吹的号。漏，古代计时仪器。晓漏，就是拂晓时辰，约今四五点钟。

③曙色：《乐府雅词》《国库全书》均作"霁色"，误。牛斗：两星名，牛宿星和北斗星。清晨，牛斗星隐去，早晨伴随着号角降临了。这里暗示敌兵紧逼江宁，词人敏锐，让人钦佩。

【汇评】

潘君昭：这首词是写作者南渡后，在异乡度过人日（正月初七日）的景况，以及由此而引起的思乡念人之情。下片写次日晨景。远处的号角声催开了晨幕，铜漏也表明已到拂晓时分，曙光布满楚天。这是作者从睡梦中醒来以后的情景……"回"字形容黑夜逝去，晓色方开的光景。结尾两句，描写在晨光之下，倚楼远眺，但觉西风劲吹，春寒料峭，四周萧然，百花不

发,这里不仅指景色,也是呼应首句,暗喻南渡以后小王朝偏安不振的局面;一年伊始,在寒凝大地的氛围中,作者联想到国事和自身遭遇,心情格外沉重。(齐鲁书社《李清照词鉴赏》)

刘瑜:上片,写黄昏室内外的景象及女主人永夜思念家乡的情景。下片,写拂晓时室外的景象和女主人难以看到梅花的惆怅。此词,充分体现了婉约派词的艺术风格,即委婉、含蓄。词的本旨是写女主人公对故国乡关的深情怀念,但全词共44个字,不着"愁"、"恨"、"思"、"念"、"故乡"一字,而把绵绵的乡国之愁蕴蓄在所写的景象和人物的艺术形象之中,真是浑涵得奇。其意境深邃、幽邈,有"不着一字尽得风流"之妙。

此词,不假雕饰,纯用白描手法。在时间上,先写黄昏,次写夜晚,后写早晨;在空间上,先写室外,次写室内,后又写室外,结构井然。层层布景,铺叙委婉。词旨婉约,局法井序,意境幽远,此词乃属怀乡佳制。(山东友谊出版社《李清照全词》)

七、复起人老建康城(1128—1129 年)

蝶恋花

上巳①召亲族

永夜恹恹欢意少②,空梦长安,认取长安道。为报今年春色好,花光月影宜相照。　　随意杯盘虽草草,酒美梅酸,恰称人怀抱。醉莫插花③花莫笑,可怜春似人将老。

【题解】

此词《花草粹编》等收为李清照词,题为《上巳召亲族》。《历代诗余》无题。这首词写于北宋灭亡后。宋徽宗第九子康王赵构即位于南京(今河南商丘)应天府,改元建炎。《花草粹编》卷七此词题下有"上巳召亲族"五字,建炎元年(1127 年)七月,赵明诚任江宁知府,此词当为阴历三月三日上巳节在江宁宴会亲族时所作。是作者上巳宴请亲族之作。大约因为"杯盘虽草草"句,与王安石赠妹"草草杯盘供笑语"相类之故。此词情致哀婉,感人至深。

【注释】

①上巳:阴历三月上旬巳日。《太平御览》时序部引《韩诗》注云:"郑国之俗。三月上巳之辰。此两水(溱、洧)之上,招魂续魄,拂除不祥。"《汉书·礼仪志》:"三月上巳日,官民并禊饮于东流水上。"魏以后多用三月三日,少用巳日为修禊日。

②恹恹:《历代诗余》作"厌厌",次。兹从《花草粹编》等。

③插花:插花是北宋洛阳人的习惯。北宋亡后,词人逃到南方,一插花就会引起故国之思。"莫插花"就是为了避免引起愁苦。此情是无时不在,

一触即发。

【汇评】

周振甫:这首词,是李清照阴历三月三日上巳节宴会亲族时作的,是哪一年写的已无可考。从"人将老"看,当是婚后作品。从召集亲族宴会,赞美"春色好"看,该是北宋没有覆亡时作。从"空梦长安"看,赵明诚当在京里做官,所以要梦长安了。下片才讲到上巳节的宴会。宴会是在白天,所以不提月色了。古人在上巳节是到水边戏游,称为"修禊",用来驱除不祥,争取吉利。最有名的是王羲之的《兰亭集序》,称"暮春之初,会于会稽山阴之兰亭,修禊事也。"那是"群贤毕至,少长咸集",是一时盛会。作者这次宴会,不在水边,只有亲族,也没有其他的人。草草杯盘,也显得简单,有酒菜,有梅子,那也恰好配合亲族过上巳节的要求。上巳节已到了"暮春之初",即春将老了,从而感叹"人将老"了。所以"醉莫插花",不要让花来笑人了,这是一。假如醉里在头上插了花,劝花也莫笑,这是二。这是以花有知的拟人化手法。这是一首抒情的词。上片的含意,在"空梦长安"里透露,含蕴着深挚的感情。下片的含意,在"人将老"里透露,含有深沉的感慨。(齐鲁书社《李清照词鉴赏》)

平慧善:本词是李清照晚年之作,这时她生活略为安定,已能召集亲族聚会饮宴。但是,美好的春光月色,意在消愁的酒宴,并未给词人带来欢快,相反更勾起对故国的深沉思念和旧家难归的惆怅。在梦中她还很熟悉汴京的道路,可以想见其忆念之切,但是一个"空"字,毕现失望之情。所以起首三句为全词定下基调。接着两处转折:上阕以春夜迷人的景色来反衬词人的愁闷情绪;下阕在怡乐的酒宴中,发出"醉莫插花花莫笑,可怜春似人将老"的悲叹,从而委婉曲折地表达了词人的忧国情怀和对人生的感慨。(巴蜀书社《李清照诗文词选译》)

渔家傲

雪里已知春信至,寒梅点缀琼枝腻①。香脸半开娇旖旎[②]，当庭际、玉人浴出新妆洗。　　造化可能偏有意，故教明月玲珑地。共赏金尊沉绿蚁[③]，莫辞醉、此花不与群花比。

【题解】

这赏梅词上片写梅并以梅喻人。下片写月及赏梅抒情，抒发了词人对梅的热爱与赞美之情寄寓颇深。据词情当作于建炎二年(1128年)。

【注释】

①琼枝腻：形容负雪的树枝洁白如玉、晶莹剔透的样子。腻，润滑。这句话表现出了严寒中开花的梅花傲世不群、独占春首的品性。

②香脸半开：此处以美人的脸庞比喻初开的梅花。娇：俏丽。旖旎(yǐ nǐ)：柔媚婉顺的样子。后唐·魏承班《玉楼春》："春风筵上贯珠匀，艳色韶颜娇旖旎。"又《木兰花》："小芙蓉，香旖旎。"

③绿蚁：本来指古代酿酒时上面浮的碎屑沫子，也叫浮蚁，后来衍为酒的代称。唐·翁绶《酒》："逃暑迎春复送秋，无非绿蚁满杯浮。"五代·李珣《渔歌子》："鼓素琴，倾绿蚁，扁舟最得逍遥志"。

【汇评】

杨恩成：李清照在《词论》中，对秦观的词曾给予较高的评价。理由是，秦词"专主情致"。同时，她又指出秦词"如贫家美女，虽极妍丽丰逸，而终乏富贵态"。可见，李清照认为，词不仅要"主情致"，而且要表现出"妍丽丰逸"的"富贵态"。这首咏梅词，可以说充分地体现了她的这种主张。她从一个贵妇人的立场、情趣出发，体物言情，无不带着一种优裕、高雅的情趣，既贴切地描绘出"庭际"梅花的状貌，又把自己高雅、悠娴的志趣，倾注入梅花，不即不离、情景相因，托兴深远。同时，作者又用"雪"、"月"作背景，成功地映衬出梅的高洁与孤傲的品格。形神俱似，体物超妙。（齐鲁书社《李清照词鉴赏》）

孙崇恩：上阕咏梅，首先描写寒梅形象。起笔以"雪里琼枝"表现梅花傲世不群，独占春首的品性；接着再以"香脸半开"、"玉人浴出"拟其花蕾初绽、柔美俏丽，表现寒梅的形神美。下阕赏梅，抒发赏梅情怀。先写月夜饮酒,表现赏梅的豪情逸致;结句"此花不与群花比",既赞美了梅花孤高傲寒的品格,又表现了女词人鄙弃世俗的坦荡胸怀。这首词不是单纯地像前人以描写和点染梅花形态美为能事,而是写梅也写人,赏梅也自赏,并把寒梅的形神美和词人的心灵美、感情美融为一体,构成了词的艺术美,塑造了鲜明的艺术形象,创造了深美的艺术意境,吟咏了高洁美好的情怀,可谓格调清新,境界开阔,含蓄有味。(人民文学出版社《李清照诗词选》)

临江仙 　并序

　　欧阳公作《蝶恋花》①,有"深深深几许"之句。予酷爱之,用其词作"庭院深深"数阕,其声即旧《临江仙》也。

　　庭院深深深几许?云窗雾阁常扃②。柳梢梅萼渐分明。春归秣陵③树,人老建康④城。　　感月吟风多少事,如今老去无成。谁怜憔悴更凋零。试灯⑤无意思,踏雪没心情。

【题解】

　　此词有小序:"欧阳公作《蝶恋花》,有'深深深几许'之句,予酷爱之。用其词作'庭院深深'数阕。其声即旧《临江仙》也。"(见《草堂诗余》前集卷上欧阳永叔《蝶恋花》词注)《乐府雅词》等收为易安词,无此小序。此词托物抒怀,表现了对空度芳年的悔恨,也隐含对可悲命运的暗叹。飘零之感,家国之恨,读来感人肺腑。

【注释】

　　①欧阳公作《蝶恋花》:欧阳公,即欧阳修(1007—1072年),字永叔,我国宋代文学家。其《蝶恋花》名作为:"庭院深深深几许?杨柳堆烟,帘幕无重数。玉勒雕鞍游冶处,楼高不见章台路。　　雨横风狂三月暮,门掩黄

昏,无计留春住。泪眼问花花不语,乱红飞过秋千去。"

②扃:门闩,门环,可作门解,此处引申为关闭。汉·蔡琰《悲愤诗》:"夜悠长兮禁门扃。"唐·鱼玄机《闺怨》:"扃闭朱门人不到"。

③秣陵:战国楚置金陵邑,秦时称秣陵,以后又多次更名。这里的"秣陵"为古名的沿用。孙吴时又改名建业,东晋建兴初改为建康,隋又易为江宁。同理,此词中的"建康"也是古地名的沿用。两名实指一地,即现在的江苏省南京市。

④建康:即今南京。这两句作者化用南北朝范云诗:"风断阴山树,雾失交河城。"

⑤试灯:正月十五为灯节,节前预赏为试灯。《武林旧事·元夕》载:"禁中自去年九月赏菊灯之后,迤逦试灯,谓之预赏。"民间大抵也如此。从九月到下年元夕,将自家制的灯拿去观赏、捡选,挑佼佼者备元夕之用,叫试灯。吴礼之《喜迁莺》:"乐事难留,佳时罕遇,仍旧试灯何碍。""试灯无意思,踏雪没心情"《草花粹编》等作"灯花空结蕊,离别共伤情"。

【汇评】

清·徐钶:欧阳修蝶恋花春暮词也。李易安酷爱其语,遂用作庭院深深调数阕。杨升庵云:一句中连三字者,如"夜夜夜深闻子规",又"日日日斜空醉归",又"更更更漏月明中",又"树树树梢啼晓莺"皆善用叠字也。(《词苑丛谈》卷一)

清·王鹏运:此首亦疑有伪,似借前《临江仙》调,模拟为之者。(四印斋本《漱玉词》注)

清·况周颐:第一阕,朱竹垞云"庭院深深"一阕,载冯延巳《阳春录》,刻作欧九,误也。玉梅词隐云:据《漱玉词》,则是《阳春录》误载也。易安宋人,性复强记,尝与明诚坐归来堂烹茶,指堆积书史,言某事在某卷某叶某行,以是否决胜负,为饮茶先后,何至于当代名作向所酷爱者,记述有误?竹垞云云,未免负此佳证。(《〈漱玉词〉笺》)

王学初:此首因各本文字不尽相同。如原文确为"春归秣陵树,人老建康城",则此词自应为清照在建康所作。惟四印斋本《漱玉词》、赵辑本《漱玉词》刊刻、排印有无错误,其文字根据何本?赵辑是否根据赵辑宁星凤阁抄本《乐府雅词》(此本被劫往国外,尚未收回,亦无显微胶卷。),尚待证实。而词中云:"人老建康城",又云:"而今老去无成",明为感旧伤今之语,与在建康时情境不甚相合,不似从明诚居建康时作。疑从《词学丛书》本《乐府雅词》作"建安"为是。清照似曾至闽,其时赵明诚已死,与张汝舟已离异,流离飘泊。在建康时每大雪辄循城远览,意兴甚豪,而此云"踏雪没心情",情境完全不合。(人民文学出版社《李清照集校注》卷一)

周笃文:词旨凄黯,流露出很深的身世之恸……(齐鲁书社《李清照词鉴赏》)

黄墨谷:此词作于建炎三年(1129年)初春,是胡马饮河、宋室南渡的第三个年头。……清照《临江仙》词中的"人老建康城",不单是她个人的悲叹,而且道出了成千上万想望恢复中原的人之心情。(上海辞书出版社《唐宋词鉴赏辞典——唐·五代·北宋》)

靳极苍:李清照《临江仙》"春归秣陵树,人老建康城"人皆以为巧。其实这句是仿取于梁范云诗:"风断阴山树,雾失交河城"。而"秣陵""建康"更是同一地方的地名,所以巧的很。(四川文艺出版社《百家唐宋词新话》)

罗忼烈:其《临江仙》序云"(略)"。隐然有方驾之意,而其词不过云:"(略)"。浅露清泚,不独与原作之沉郁浑厚不可同日而语,结拍语尽意尽,勉强凑合,尤为词家大忌。(四川文艺出版社《百家唐宋词新话》)

临江仙

梅

庭院深深深几许?云窗雾阁春迟。为谁憔悴损芳姿①。夜来清梦好,应是发南枝②。　　玉瘦檀轻③无限恨,南楼羌管休吹④。浓香吹尽有谁知。暖风迟日也⑤,别到杏花肥⑥。

同上。

【注释】

①芳姿:美丽的姿态。词人向梅花发问:芳姿憔损到底是为了谁呢?

②南枝:向阳的树枝,较早开花。据说大庾岭梅花,"南枝落,北枝花"。文人多用此典,清照作得妙。

③玉瘦檀轻:梅花姿容清瘦。檀:浅绛色。这里用拟人化的写法,将梅拟为受无限愁怨、玉体消瘦的妙龄女子。语意新佳,颇有创建。

④羌管:羌笛,羌族管乐器。羌笛中有《梅花落》一曲,词人害怕一吹《梅花落》梅花就会凋落,故劝"休吹"。

⑤暖风迟日:风和日丽。孙光宪诗:"兰沐初休曲槛前,暖风迟日洗头天。"

⑥杏花肥:盛开的杏花。三句说梅花已经凋谢,香气被吹尽。于是暖风、迟日便去吹拂开得正盛的杏花。梅之遭遇使迟暮闺女无限同情和幽怨。

【汇评】

清·王鹏运:此首疑亦有伪,似借前《临江仙》调,模拟为之者。(四印斋本《漱玉词》注)

赵万里:案《梅苑》九引作曾子宣妻词,《乐府雅词》下魏夫人词不收。以《草堂》所载前阕自序证之,自是李作无疑。王鹏运云:借前调模拟为之者,盖未之深考也。(辑《漱玉词》)

唐圭璋:据《草堂诗余》载清照另一首《临江仙》自序云:"欧阳公作《蝶恋花》,有'深深深几许'之句,予酷爱其语,作'庭院深深'数阕,其声即《临江仙》也。"是清照曾作数阕《临江仙》,此阕起处相同,或亦清照作也。(《宋词四考·宋词互见考》)

王学初:按此首泛咏梅花,情调与另一首完全不同,未必同时所作。《乐府雅词》李词亦未收此首。《梅苑》以此首为曾子宣妻词,《花草粹编》以为李易安词,俱不详所本,存疑为是。(《李清照集校注》卷一)

诉衷情

夜来沉醉卸妆迟，梅萼插残枝①。酒醒熏破春睡，梦远不成归②。 人悄悄，月依依，翠帘垂。更挼残蕊，更③捻余香，更得些时。

【题解】

此词《乐府雅词》、《花草粹编》收录为李清照词，《花草粹编》题作《枕畔闻残梅喷香》，可。这首词，当为李清照南渡前的作品，抒写了女主人对远游丈夫的绵绵情思，也寄托了自己思乡难归的孤苦之情。

【注释】

①萼：花瓣外面的一层小托片。宋·苏轼《早梅芳》："嫩苞匀点缀，绿萼轻减裁。"萼《花草粹编》作"蕊"，可。

②远：《花草粹编》作"断"，可。

③更：又。柳永《雨霖铃》："便纵有千种风情，更与何人说。"更，《花草粹编》作"再"，差。末三个"更"，层层递进，细品有味。

【汇评】

清·况周颐：玉梅词隐云：《漱玉词》屡用叠字，"寻寻觅觅，冷冷清清，凄凄惨惨戚戚"，最为奇创。又"庭院深深深几许"，又"更挼残蕊，更捻余香，更得些时"，又"此情此恨，此际拟托行云，问东君"，又"旧时天气旧时衣，只有情怀不似旧家时"，叠法各异，每叠必佳，皆是天籁肆口而成，非作意为之也。欧阳文忠《蝶恋花》"庭院深深"一阕，柔情回肠，寄艳醉魄。非文忠不能作，非易安不许爱。（《漱玉词笺》）

平慧善：这首词是抒发故乡难归的愁绪的。残梅清冽的芳香不断袭来，使词人梦醒，在睡梦中返回北国故乡的希望落空了，更激起了词人的万千愁绪,更深入静,月色迷人,词人再也不能入睡,在翠帘低垂的卧室里,手不断地捻残蕊,这一下意识的连续的动作,表现了她月夜中孤栖无眠,愁结难解的心情。动作是单调的,但含蕴是丰富的。(《李清照研究论文集·自是花中第一流》)

孙崇恩:这首词,上阕描写从沉醉到酒醒时的情景。起头两句勾画沉醉而睡的形象,后两句描述醒后梦中乡思的神态。笔墨工致,形神毕现。下阕刻画梦醒后的动态与心态,起笔"人悄悄,月依依",寓情于景,情景交融,对偶工致,含情深微,既是环境描写,又是人物刻画。"悄悄"既表现了女词人孤寂难耐和夜不能寐的情思,又显现了环境的寂静;"依依"既表现了明月中空,缓缓而移的情景,又似对人洒落无限情意,暗含女词人的乡思之情。"翠帘"一句,一个"垂"字更增加了环境异常沉寂的特点。结尾连用排句,别开生面,细腻地描写了女词人在特定环境中的心理情态美和行为动态美。"更挼残蕊,更捻余香"既描绘了女词人爱梅惜梅的连续有序的动作,又刻画了女词人怀乡忧国的绵绵情怀。(人民文学出版社《李清照诗词选》)

菩萨蛮

风柔日薄①春犹早,夹衫乍著②心情好。睡起觉微寒,梅花鬓上残③。　　故乡何处是?忘了除非醉。沈水卧时烧④,香消酒未消。

【题解】

这首词应是南渡后与"上巳召宗族"同期的作品。"故乡何处是?忘了除非醉",表现了作者深沉的故国之思,怀乡之情。

【注释】

①薄:四部丛刊本、文津阁四库全书本《乐府雅词》作"暮",可。

②乍著:刚刚穿上。宋·方千里《蕙兰芳》:"乍著单衣,才拈团扇,气候暄燠。"

③据叶廷珪《海录碎事》记载,南朝宋武帝女寿阳公主,人日(农历正月初七日)卧于含章殿檐下,梅花落在她的额上,成五出之花,因仿之为梅花妆。

④沈水:沉香,香料名。

【汇评】

清·况周颐:俞仲茅云:赵忠简《满江红》"欲待忘忧除是酒",与易安"忘了除非醉"意同。下句"奈酒行有尽愁无极",微嫌说尽,岂如"沈水卧时烧,香消酒未消",亦宕开,亦束住,何等蕴藉。易安自是专家,忠简不以词重云尔。(《蕙风词话》)

俞平伯:上片措语轻淡,意思和平。下片说故乡之愁,一时半刻也丢不开,除非醉了。又说,就寝时焚香,到香消了酒还未醒。醉深即愁重也。意极沉痛,笔致却不觉其重,与前片轻灵的风格相一致。(《唐宋词选释》)

王思宇:此词上片写喜,下片写悲,表面看去意似不连,实际关系非常紧密。春风送暖,本来应该欢乐地尽情领略这大好春光,然而节候的变化,往往特别容易触动人的思乡怀人之情,想到山河破碎,有家难归,这美好的春色,反而成了生愁酿恨之物。所以上片之喜,更反衬出下片之悲;写喜是宾,抒恨是主;悲喜对照,把主题表现得更加突出。(上海辞书出版社《唐宋词鉴赏辞典——唐·五代·北宋》)

鹧鸪天

寒日萧萧上琐窗①。梧桐应恨夜来霜。酒阑更喜团茶苦②,梦断偏宜瑞脑香。　　秋已尽,日犹长。仲宣怀远更凄凉③。不如随分④尊前醉,莫负东篱菊蕊黄。

《乐府雅词》、《花草粹编》、《历代诗余》、清·杨文斌辑《三李词》收为李清照词。是。当为词人南渡后所作,时赵明诚任辽宁知府。写晚秋霜晨庭院中凄寒肃杀的景象及女主人一醉解千愁的浓重家国之思。

【注释】

①寒:《历代诗余》作"尽",可。琐窗:窗棂作连锁形的图案,名琐窗。琐,即连环,亦作锁。南朝宋·鲍照《玩月城西门廨中》:"蛾眉蔽珠栊,玉钩隔琐窗。"

②团茶:压紧茶之一种。宋朝多制茶团。宋·欧阳修《思归录》载:"茶之品莫贵于龙凤,谓之茶团,凡八饼重一斤。"

③仲宣怀远:王粲,字仲宣,山阳高平人,建安七子之一。曾写《登楼赋》,以抒怀乡的情思。其中有"情眷眷而怀归兮,孰忧思之可任! ……悲旧乡之壅隔兮,涕横坠而弗禁"之句。

④随分:照例。宋·袁去华《念奴娇·九日》:"随分绿酒黄花,联镳飞盖,总龙山豪客。"宋·张孝祥《点绛唇》:"应时纳佑,随分开樽酒。"

【汇评】

林家英:这首词音律流美圆润,如珠落玉盘。初读时,首先给人以一气呵成的感受。可是,细加玩味,便能欣赏到它跌宕的情致。上下两阕在层层抒写深秋凄凉情景之后,都能自然地撇开愁情,别开生面,恰如陆游所吟咏的越中风光:"山重水复疑无路,柳暗花明又一村!"(《游山西村》)篇末展现东篱把酒赏菊的情景,虽系日常生活的叙写,却饶有象征意味。东篱黄菊在风刀霜剑威压下盛开,高标独立的气韵,和女词人暮年飘零异乡,依然坚忍不拔,攀登文化艺术的高峰,创造出像《声声慢》这样不朽词章的精神风貌,可谓神似。这首词以"寒日萧萧上琐窗,梧桐应恨夜来霜"开篇,写清晨,情景凄清。但是它以"不如随分樽前醉,莫负东篱菊蕊黄"完篇,写黄昏,色调明丽,给人以美好的退想!为有女词人的豁达明智,在这晚风萧萧入锁窗的漫长秋夜,她的身心该会更安宁一些吧!这首词的结尾,堪称余韵留春!(齐鲁书社《李清照词鉴赏》)

王思宇：结尾忽又宕开，故作超脱语。时当深秋，篱外丛菊盛开，那金色的花瓣光彩夺目，使她不禁想起晋代诗人陶潜《饮酒》第五首"采菊东篱下，悠然见南山"的诗句，自我宽解起来：归家既是空想，不如对着尊中美酒，随意痛饮，莫辜负了这篱菊笑傲的秋光。"随分"犹云随便、随意。这两句同作者《菩萨蛮》"故乡何处是，忘了除非醉"意思一样，不过表现方式不同。此片两层意思，都是对上片醉酒的说明：本来是以酒浇愁，却又故作达观之想；表面似乎很达观，实际隐含着无限乡愁。李清照的故乡已被金人占领，所以思乡同怀念故国是紧密结合着的。（上海辞书社《唐宋词鉴赏词典》）

　　平慧善：此词当作于南渡以后。以悲秋开头，"寒日"二句，极言秋日萧条。下面既饮闷酒，又烹苦茶，梦断难眠，瑞脑香浓，是词人寂寞的秋晨生活的反映。"更喜"、"偏宜"是词人自我宽慰，不能作正面理解。上片情景相生，下片直抒胸臆。以王粲思乡，点明词人悲秋的原由。在唱出"更凄凉"的悲音后，结拍二句突转，以悲秋始，醉秋终。须知强解愁容，愁容难解，人儿孤独凄苦之情更浓。但妙在含蓄，词人不写尽而让读者意会无穷。醉酒东篱的黄昏又与"寒日萧萧"的清晨相呼应，构成一完整的抒情画面。（巴蜀书社《李清照诗文词选译》）

八、生离死别痛断肠(1129—1130年)

南歌子

　　天上星河转，人间帘幕垂①。凉生枕簟泪痕滋②，起解罗衣，聊问夜何其？　　翠贴莲蓬小，金销藕叶稀③。旧时天气旧时衣，只有情怀，不似旧家时！

【题解】

　　此词《乐府雅词》等收为李清照词。此词当为李清照的后期作品，当作于建炎三年(1129)九月。词中两组对偶句，谐美自然。三个"旧"、"时"的运用，显示了其艺术精湛。

【注释】

　　①帘：《历代诗余》作"翠"，可。

　　②枕簟：枕上铺的细竹席。五代·顾复《虞美人》："露清枕簟藕花香，恨悠扬。"

　　③金销：配以金色制成的荷叶图案作为衣饰，因陈旧而褪色。

【汇评】

　　诸葛忆兵：这首词作于李清照痛定思痛之晚年，抒写词人"物是人非"的悲今悼昔的怀旧情感。……结尾连续用三个"旧"字与"时"字叠用，渲染出一种今昔对比的强烈效果，也显示出词人流转如珠的语言风格。(中华书局《李清照诗词选》)

　　徐北文等：作者不直说今日情怀之恶——"情怀不似旧家时"，先用种种事物的不变——"旧时天气旧时衣"一句来衬托"只有情怀"的异变，令人不胜哀怜、悲悯、叹惋。这种艺术效果，就是衬跌手法的功力。刘熙载说：

"词之妙全在衬跌。如文文山《满江红·和王夫人》云：'世态便如翻覆雨，妾身元是分明月'，《酹江月·和友人驿中言别》云'镜里朱颜都变尽，只有丹心难灭'，每二句若非上句，则下句之声情不出矣。"（《艺概·词概》)，是很有见地的。

此外，三个"旧"、三个"时"字的叠用，也显示了李易安艺术手法的圆熟、精湛。（济南出版社《李清照全集评注》）

忆秦娥

桐

临高阁，乱山平野烟光薄。烟光薄，栖鸦归后，暮天闻角。　　断香残酒情怀恶，西风催衬梧桐落①。梧桐落，又还秋色，又还寂寞。

【题解】

此词当写于丈夫逝后不久。当时词人经历了国破人亡、物散己逃，又目睹了敌侵、民苦等惨痛事实，故在词中表达出深深的忧患和满腹的凄楚。

【注释】

①西风：此二字据《花草粹编》补，佳。

【汇评】

王学初：四印斋本《〈漱玉词〉补遗》题作"咏桐"。按《全芳备祖》各词，收入何门，即咏何物。惟陈景沂常多牵强附会。此词因内有"梧桐落"句，故收入梧桐门，实非咏桐词。此词又见杨金本《草堂诗余》前集卷上、《花草粹编》卷三，无撰人姓名。（人民文学出版社《李清照集校注》卷一）

平慧善：本词写秋色。上片光与远景、大景。"乱山平野"句，既写杂乱的野景，又点出时间。接着由远及近，"烟光薄"当指日光淡淡的傍晚。夕阳西下之时,鸦群归宿,人未归来;画角凄清,似诉幽怨。下片写近景、小景。首句由景入情,直言"情怀恶",借酒也难消愁。写到这里,灰暗的景色同"情怀恶"关系已点明。接着又写西风吹落梧桐叶,显示草木凋零,生机窒息,渲染凄苦之情。末三句"梧桐落,又还秋色、又还寂寞"总括全篇,虚实相生,亦情亦景。(巴蜀书社《李清照诗文词选译》)

孙崇恩:这应是李清照晚年经受国破家亡之痛,颠沛流离之苦后的词作。从内容上看,亦并非"咏桐"。上阕写景。起笔写远望,"乱山平野",景象不堪;再写近闻,栖鸦聒噪,暮天号角,隐然有山河荒残之痛,喟然有心怀凄凉之悲。下阕言情。先写室内,"断香残酒",已自心情不好;再写室外,西风萧瑟,梧桐叶落,心怀更加悲凉。

全词皆景语、淡语、情语,写景寄情,景中含情,点染烘托,虚实相生,呈现了一幅冷清荒凉的暮天秋色图,表现了女词人触景伤怀、感时伤今和深沉的孤寂凄凉之情。(人民文学出版社《李清照诗词选》)

浣溪沙

莫许杯深琥珀浓①,未成沈醉意先融。疏钟已应晚来风。瑞脑香消魂梦断,辟寒金小髻鬟松②。醒时空对烛花红③。

【题解】

《乐府雅词》等收为李清照,是。此词写女主人晚来借酒浇愁,梦醒孤寂,隐含离愁别绪。当年轻时所作。

【注释】

①琥珀(hǔ pò):一种树脂化石,色蜡黄或赤褐。这里形容美酒色浓如琥珀。李白《客中作》:"兰陵美酒郁金香,玉碗盛来琥珀光。"

②辟寒金:《述异记》:"三国时,昆明国贡魏嗽金鸟,鸟形如雀,色黄,常翱翔海上,吐金屑如粟。至冬,此鸟即畏霜雪。魏帝乃起温室以处之,名曰

辟寒台。故谓吐此金为辟寒金也。"这是指辟寒金做的簪。髻鬟,古代妇女梳的发髻。这句写,辟寒金的簪子小,难以簪发,髻鬟松了,人难寐呀!

③烛花:梁元帝《对烛赋》:"烛烬落,烛花明。"烛花,灯花,灯芯燃烧结成花状物。民间相传灯花是喜事征兆。词人半夜醒来,独自空对烛花,自然黯然伤神。

【汇评】

王学初:(疏钟二字)据文津阁《四库全书》本《乐府雅词》补。此二字不妥,疑亦臆补。(人民文学出版社《李清照集校注》卷一)

吴熊和:这首词抒写闺情,重在深婉含蓄的心理刻画。在愁思困扰的永日长夜中,几乎不言不语,百无聊赖,甚至连低微的叹息和内心的独白也难以令人听到。但这种愁思盘纡心曲,郁结未伸,日间求醉而沉醉未成,夜间求梦而魂梦又断,实际上无可摆脱而又无可遏止,深深陷入了一种五中无主、如醉如梦、不可自拔的精神境地。这样的心理描写,把深藏不露的幽闺之情写得极其深沉。这种闺情虽无形迹可求,却有心神可感,自然具有感染力。……李清照在《词论》中尝批评秦观的词"譬如贫家美女,非不妍丽,而终乏富贵态。"这首《浣溪沙》词,以"琥珀浓"、"瑞脑香"、"辟寒金"、"烛花红"处处点缀其间,色泽秾丽,气象华贵,可谓不乏"富贵态"了。但李清照词亦专以"情致"为主,词中高华的色调并没有冲淡深沉的抒情气氛,倒是两者相得益彰,彼此协调,使这首抒写闺思的词带有一种高雅的气派。这是李清照词所特有的一种气派,我们在她的不少词作中可以感受到。(齐鲁书社《李清照词鉴赏》)

赵慧文:此为闺情词。全词含蓄蕴藉,颇得婉约之妙。清人王士禛说"婉约以易安为宗"(《花草蒙拾》)。其婉约特色,一是表现在抒写惜春悲秋的柔情上;二是艺术上委婉、含蓄。"只见眼前景、口头语",却有"弦外音,味外味",能够"使人神远"。(沈德潜《说诗晬语》)

声声慢

寻寻觅觅,冷冷清清,凄凄惨惨戚戚。乍暖还寒时候,最①难将息。三杯两盏②淡酒,怎敌他、晚③来风急。雁过也,正伤心,却是旧时相识。　　满地黄花堆积,憔悴损,如今有谁堪摘。守着窗儿,独自怎生④得黑?梧桐更兼细雨,到黄昏、点点滴滴。这次第⑤,怎一个愁字了得。

【题解】

此词《三百词谱》调名作《梧桐雨》。《词的》等题作《秋情》,明·赵世杰《古今女史》题作《秋晴》,明·卓人月《古今词统》等题作《秋闺》,清·谢元淮《碎金词谱》作《秋词》,明·杨慎《词品》等诸多词书收为易安词。当写于赵明诚逝世后。

【注释】

①最:明·杨慎《词林万选》等作"正",差。

②盏:酒杯。《花草粹编》作"杯",可。

③晚:《词的》等作"晓",妙。

④生:语助词。这句写词人独自倚在窗边,任凭暮色笼罩,怎能熬到天黑呢?

⑤这次第:这情况,此情此景。

【汇评】

宋·张端义:炼句精巧则易,平淡入调者难。且《秋词·声声慢》"寻寻觅觅,冷冷清清,凄凄惨惨戚戚",此乃公孙大娘舞剑手。本朝非无能词之士,未曾有一下十四叠字者,用《文选》诸赋格。后叠又云:"梧桐更兼细雨,到黄昏、点点滴滴。"又使叠字,俱无斧凿痕。更有一奇字云:"守定窗儿,独

自怎生得黑。""黑"字不许第二人押。妇人中有此文笔,殆间气也。(《贵耳集》)

明·吴承恩:易安此词首起十四叠字,超然笔墨蹊径之外。岂特闺帏,士林中不多见也。(抄本《花草新编》,转引王仲闻《李清照集校注》)

清·孙原湘:易安居士,千古绝调,当是德父亡后,无聊凄怨之作。(张寿林辑本《漱玉词》)

清·周之琦:……其"寻寻觅觅"一首,《鹤林玉露》及《贵耳集》皆盛称之,惟海盐许蒿庐谓其颇带伧气,可谓知言。(《晚香室词录》卷七)

清·陆昶:《声声慢》一阕,张正夫称为公孙大娘舞剑器手,以其连下十四叠字也。此却不是难处,因调名《声声慢》,而刻意播弄之耳。其佳处,后又下"点点滴滴",叠四字,与前照应有法,不是单单落句。玩其笔力,本自矫拔,词家少有,庶几苏、辛之亚。(《历朝名媛诗词》卷十一)

清·梁绍壬:诗有一句三叠字者,吴融《秋树》诗"一声南雁已先红,槭槭凄凄叶叶同"是也。有一句连三字者,刘驾诗"树树树梢啼晓莺"、"夜夜夜深闻子规"是也。有两句连三字者,白乐天诗"新诗三十轴,轴轴金石声"是也。有一句四叠字者,《古诗》"行行重行行"、《木兰诗》"唧唧复唧唧"是也。有两句互叠字者,"年年岁岁花常发,岁岁年年人不同"是也。有三联叠字者,《古诗》"青青河畔草"六句是也。有七联叠字者,昌黎《南上》诗"延延离又属"十四句是也。至李易安词"寻寻觅觅,冷冷清清,凄凄惨惨戚戚",连下十四叠句,则出奇制胜,匪夷所思矣。(《两般秋雨庵随笔》卷二)

清·陆以湉:李易安《声声慢》词:"寻寻觅觅,冷冷清清,凄凄惨惨戚戚。"连叠七字,昔人称其造句新警。其源盖出于《尔雅·释训篇》……此千古创格,亦绝世奇文也。又:李易安词"寻寻觅觅,冷冷清清,凄凄惨惨戚戚",乔梦符效之,作《天净沙》词云:"莺莺燕燕,春春花花,柳柳真真事事。风风韵韵,娇娇嫩嫩,停停当当人人。"叠字又增其半,然不若李之自然妥帖。大抵前人杰出之作,后人学之,鲜有能并美者。(《冷庐杂识》卷五)

清·王闿运:亦是女郎语。诸家赏其七叠,亦以初见故新,效之则可厌。"黑"韵却新,再添何字?(《湘绮楼词选》前编)

清·王又华:晚唐诗人,好用叠字语,义山尤甚,殊不见佳。如"回肠九七最尖颖,时有俳狎,故子瞻以是呵少游,若山谷亦不免,如"我不合太撋就"类,下此则蒜酪体也。唯易安居士"最难将息"、"怎一个愁字了得",深妙稳雅,不落蒜酪,亦不落绝句,真此道本色当行第一人也。(《七颂堂词绎》)

清·万树:从来此体,皆收易安所作,盖其遒逸之气,如生龙活虎,非描塑可拟。其用字奇横而不妨音律,故卓绝千古,人若不学其才而故学其笔,则未免类狗矣。观其用上声、入声,如"惨"字、"戚"字、"盏"字、"点"字、"滴"字等,原可作平,故能谐协,非可泛用仄字,而以去声填入也。其前结"正伤心,却是旧时相识",于"心"字逗句,然于上五下四者,原不拗,所谓此九字一气贯下也。后段第二三句"憔悴损,如今有谁堪摘",句法亦然。(《词律》卷十)

清·周济:双声叠韵字,要著意布置,有宜双不宜叠、宜叠不宜双处;重字则既双且叠,尤宜斟酌,如李易安之"凄凄惨惨戚戚",三叠韵,六双声,是锻炼出来,非偶然拈得也。(《介存斋词选序论》)

清·许昂霄:易安此词,颇带伧气,而昔人极口称之,殆不可解。(《词综偶评》)

清·陈廷焯:易安《声声慢》一阕,连下十四叠字,张正夫叹为公孙大娘舞剑手。且谓本朝非无能词之士,未曾有一下十四叠字者。然此不过奇笔耳,并非高调。张氏赏之,所见亦浅……易安《声声慢》词,张正夫云:"此乃公孙大娘舞剑手,本朝非无能词之士,未曾有一下十四叠字者。后叠又云'到黄昏,点点滴滴'又使叠字,俱无斧凿痕。'怎生得黑','黑'字不许第二人押。妇人有此词笔,殆间气也。"此论甚陋。十四叠字,不过造语奇隽耳,词境深浅,殊不在此。执是以论词,不免魔障。(《白雨斋词话》卷二)

清·陆鎣:叠字之法最古,义山尤喜用之。然如《菊》诗"暗暗淡淡紫,融融冶冶黄",转成笑柄。宋人中易安居士善用此法。其《声声慢》一词,顿挫凄绝。词曰:"寻寻觅觅,冷冷清清,凄凄惨惨戚戚。乍暖还寒时候,最难将息。"又云:"梧桐更兼细雨,到黄昏点点滴滴。"二阕共十余个叠字,而气机流动,前无古人,后无来者,可谓词家叠字之法。(《问花楼词话》)

清·毛稚黄:《秦楼月》,仄韵调也,孙夫人以平声作之;《声声慢》,平韵调也,李易安以仄声作之。岂二调原皆可平可仄,抑二妇故欲见别逞奇,实非法邪? 然此二词,乃更俱称绝唱者,又何邪? (《古今词论》引)

清·梁启超:这词是写从早到晚一天的实感,那种茕独凄惶的景况,非本人不能领略;所以一字一泪,都是咬着牙根咽下。(《中国韵文里头所表现的情感》)

沈祖棻:此词之作,是由于心中有无限痛楚抑郁之情,从内心喷薄而出,虽有奇思妙语,而并非刻意求工,故反而自然深切动人。陈廷焯《云韶集》说它"后幅一片神行,愈唱愈妙"。正因为并非刻意求工,"一片神行"才是可能的。但说此三句"自然妥帖","无斧凿痕",也还是属于技巧的问题。任何文艺技巧,如果不能够为其所表达的内容服务,即使不能说全无意义,其意义也终归是有限的。所以,它们的好处实质上还在于有层次,有深浅,能够恰如其分地、成功地表达词人所要表达的难达之情。(上海古籍出版社《宋词赏析》)

俞平伯:"晓来",各本多作"晚来",殆因下文"黄昏"云云。其实词写一整天,非一晚的事。若云"晚来风急",则反而重复。上文"三杯两盏淡酒"是早酒,即……《念奴娇》词所谓"扶头酒醒";下文"雁过也",即彼词"征鸿过尽"。今从《草堂诗余》别集、《词综》、张氏《词选》等各本,作"晓来"。(人民文学出版社《唐宋词选释》)

吴熊和:词调取名《声声慢》,声调上也因此特别讲究,用了不少双声叠韵字,如凄、惨、戚,将息,伤心,黄花,憔悴,更兼,黄昏,点滴,都是双声;冷清,暖还寒,盏淡,得黑,都是叠韵。李清照作词主张分辨五音,这首词用齿音、舌音特别多,齿音四十一字(如寻、清、凄、惨、戚等),舌音十六字。全词九十七字,这两声字却多至五十七字。尤其到了末了,"梧桐更兼细雨,到黄昏点点滴滴,这次第,怎一个愁字了得!"二十多个字里舌、齿两声交加重叠,看来是特意用啮齿叮咛的口吻,来表达忧郁恼恍的心情,这些都是经过惨淡经营的,却绝无雕琢的痕迹,同时用心细腻而笔致奇横,使人不能不赞叹其艺术手腕的高明。(浙江文艺出版社《唐宋诗词探胜》)

平慧善:此词写词人历遭国破家亡劫难后的愁苦悲戚。开头三句,有层次地表现词人寻求、失望,因而凄凄惨惨戚戚的心情。突兀的开头,使词人的愁情第一次迸发出来,接着是比较平缓婉曲的借景抒情,以晚风、淡酒、归雁、黄花、梧桐、细雨,抒发种种愁情,到"独自怎生得黑",感情渐趋强烈,最后一句则是将无边无际的愁情推向高峰,为全词作了高度的概括和总结。本词在语言上的成就历来为论者所赞赏。首先表现在叠字的运用上,开头三句全为叠字,却毫无雕琢的痕迹,自然妥帖地表现了词中的情和景,因此被誉为"公孙大娘舞剑手"、"情景婉绝"、"绝唱"。其次是口语的运用,如"最难将息"、"独自怎生得黑"、"这次第,怎一个愁字了得"以浅俗之语入词,发清新之思,令人叹绝。(巴蜀书社《李清照诗文词选译》)

九、颂金流言追投进(1130—1131年)

渔家傲

记　梦

天接云涛连晓雾,星河欲转千帆舞。仿佛梦魂归帝所①,闻天语②,殷勤问我归何处?　　我报路长嗟日暮,学诗谩有③惊人句。九万里风鹏正举,风休住,蓬舟吹取三山去④。

【题解】

这首词《花庵词选》题作《记梦》。作者借助于梦想象,寻求精神寄托。以鹏鸟自喻,表现了她对自由的渴望,显示了她的豪迈气概,词风雄健,用语新奇,出自新寡贵妇,特奇。

【注释】

①帝所:神话中天帝所住的地方。

②天语:天帝讲的话。

③谩有:空,徒然有。

④蓬舟:像蓬草一样随风而去的轻舟。三山:古代相传浮海中有蓬莱、方丈、瀛洲三座神山。后世以此指仙人所居之地。

【汇评】

清·黄了翁:此似不甚经意之作,却浑成大雅,无一毫钗粉气,自是北宋风格。(《蓼园词选》)

清·梁启超:此绝似苏辛派,不类《漱玉集》中语。(《艺蘅馆词选》乙卷)

夏承焘:这首词中就充分表示她对自由的渴望,对光明的追求。但这种愿望在她生活的时代现实生活中是不可能实现的,因此她只有把这寄托于梦中虚无缥缈的神仙境界,在这境界中寻求出路。然而在那个时代,一个女子而能不安于社会给她安排的命运,大胆地提出冲破束缚、向往自由的要求,确实是很难得的。……这首风格豪放的词,意境阔大,想象丰富,确实是一首浪漫主义的好作品。出之于一位婉约派作家之手,那就更其突出了。(《唐宋词欣赏》)

周笃文:与李清照多数词作的清丽、深婉的风格不同,这首《渔家傲》是以粗犷的笔触、奇谲的想象,对一个闪光的梦境所作的完整的叙述。它不仅在《漱玉词》中独具异彩,而且求诸两宋词坛,也是罕见的珍品。首先是构思的奇崛……其次是熔裁的巧妙……章法错综是本词的另一特点。一般中调之词,两片的安排,或写景,或言情,或泛叙,或专写,大致以停匀工稳为常格。此词则不然。从层次上看,先写天河梦游的景色,只用两句带过,这是第一层;后写叙事,一问一答,八句衔街,这是另一层。可是从分片上看,就不同了。问话三句上承写景,合为一片。答问五句却独自为片。然而,究其文意,则自"仿佛"以下八句,一气赶下,词意挺接,中间容不得换头与间隔。而是一种跨片之格。如此处理,便显得错综奇娇而不呆板,能给予读者一种既有条理而又富于变化的美感。"文如看山不喜平",就从作者对本词章法结构的安排上,我们不是也可以看出一个艺术家的匠心吗!(人民文学出版社《中国古典文学鉴赏丛刊·唐宋词鉴赏集》)

好事近

风定落花深,帘外拥红堆雪。长记海棠开后,正伤春时节。　　酒阑歌罢玉尊空,青缸①暗明灭。魂梦不堪幽怨,更一声鶗鴂②。

【题解】

此词《乐府雅词》、《花草粹编》收为易安词。它是李清照南渡前的作品。抒写了作者淡淡的伤春心绪及对丈夫的怀念之情。上片直率,下片含蓄。下片末以"鹧"啼作结,使该词凄清哀怨更浓。

【注释】

①青缸:青灯,即灯火青荧,灯光青白微弱之意。《广韵》:"缸,灯。"缸,《花草粹编》等作"红",误。

②鹧鸪:即鹈鸪。历来说法不一。辛弃疾《贺新郎》词:"绿树听鹈鸪。更那堪、鹧鸪声住,杜鹃声切。"自注云:"鹈鸪、杜鹃实两种,见《离骚补注》"。《辞源》以为"鹈鸪",一指杜鹃,一指伯劳鸟。此词中"啼鹧"当为杜鹃,啼叫之时正值百花凋残的时候。屈原《离骚》:"恐鹈鸪之先鸣兮,使夫百草为之不芳。"《汉书·扬雄传》注:"鹈鸪,一名子规,一名杜鹃,常以立夏鸣,鸣则众芳皆歇。"

【汇评】

平慧善:此词先从室内人的视角看室外景,后写室内景、室内人。首句不写狂风形状,从"风定"写起,善于裁剪。"拥红堆雪",色泽鲜明,于渲染落花美丽中,流露哀惜之情。众花中独举海棠,不特表明时令更迭,而且感慨花木盛衰,万物兴败,在伤春中暗寓伤情。下片写伤情。室内人用饮酒唱歌排遣幽闷,愁绪更集,青灯明灭,正好衬托幽怨魂梦。啼鹧悲啼,用《离骚》诗意暗示春归,不仅诉出玉人的无限幽怨,而且与上片相应,使全词浑然一体。全词景、物、声、情水乳交融。(巴蜀书社《李清照诗文词选译》)

孙崇恩:有人说此词是李清照前期的伤春思夫之作,有人说为李清照于赵明诚死后的思国怀乡之作。从全词来看,这首词上阕描写暮春傍晚室外景象和伤春之情,下阕描写夜晚室内情景和孤凄之怀。寓情于景,含意深微,委婉有致,情辞凄怨……李清照前期的词作,抒写的多为惜春惜花,离愁别恨,孤苦寂寞,怀人念远的相思和孤苦之情,不像这首词所写的风定花落,拥红堆雪,景象凄惨。又"长记海棠开后,正伤春时节",想想过去,看看现在,词人已自感慨万千,更不像这首词酒阑人散,孤灯孤影,魂梦幽怨,鹧鸪悲鸣,凄苦不堪。此词所表现的当是女词人在丈夫死后的孤苦难堪和对家国之恨的凄怨。(人民文学出版社《李清照诗词选》)

十、大病骗婚旋诉离(1132 年)

摊破浣溪沙

　　病起萧萧两鬓华,卧看残月上窗纱。豆蔻连梢煎熟水^①,莫分茶^②。　　枕上诗书闲处好^③,门前风景雨来佳。终日向人多酝藉,木犀花^④。

【题解】

　　此词《天籁轩词选》调作《山花子》,《历代诗余》调作《南唐浣溪沙》。《花草粹编》等收为李清照词。当作于宋高宗绍兴二年(1132 年)。词人才49 岁,却经历了太多的人生坎坷。词表面上看显得从容淡泊,实则隐含了落寞无奈。此虽病中自慰之作,实为苦上加苦也。

【注释】

　　①豆蔻(kòu)连梢:豆蔻,药物,性温,味辛,去湿,和胃。古人说豆蔻,都是连枝梢说,如杜牧《赠别》诗:"豆蔻梢头二月初。"熟水:宋时的一种饮料。《事林广记别集》卷七载《造熟水洗》云:"夏月,凡造熟水,先倾百煎滚汤在瓶器内,然后将所用之物投入,密封瓶口,则香倍矣。"此词易安煎制的为"豆蔻熟水",其制作方法于《事林广记别集》载:"白豆蔻壳捡净,投入沸汤瓶中,密封片时用之,极妙。每次用七个足矣,不可多用,多则香浊。"熟,《历代诗余》等作"热",误。

　　②分茶:是宋人加工茶水的一种方式。宋·杨万里《谈庵座上观显上人分茶》诗:"分茶何似煎茶好,煎茶不似分茶巧。"

　　③书:《历代诗余》作"篇",可。

　　④木犀花:桂花。花小,颜色有黄有白,有特殊香气,庭院中多栽植。

【汇评】

俞平伯:写病后光景恰好。说月又说雨,总非一日的事情。(《唐宋词选释》)

王思宇:……"闲处好"有两层意思:一是说这样看书只能闲暇无事才能如此;一是说闲时也只能看点闲书,例如自己喜爱的诗文之类,看时也很随便,消遣而已。下雨一般使人心烦,但对一个成天闲散在家、经常在门前观赏的人说来,偶然下一次雨,那雨中的景致,却也较平时别有一种情趣。这同久雨望晴,久旱望雨,正是一样的心理……末句将木犀拟人化,结得隽永有致。"木犀"即桂花,点出时间。本来是自己终日看花,却说花终日"向人",把木犀写得非常多情,仿佛它知道作者病中寂寞,有意来陪伴一般;同时也表达了作者对木犀的喜爱,见出她终日都在把它观赏。"酝藉",写桂花温雅清淡的风度。木犀花小淡黄,芬芳徐吐,不像牡丹夭桃那样只以秾艳媚人,用"酝藉"形容,亦极得神。"酝藉"又可指含蓄香气而言。作者《玉楼春》咏梅词云"不知酝藉几多香",也可作为此处"多酝藉"的注脚……清照当宋室南渡之后,丈夫病死,孤身漂泊于杭州、越州(今浙江绍兴市)、台州(今浙江临海县)、金华等处,所作多危苦之词。或许由于久病初愈,使人欣慰吧,此词格调轻快,心境怡然自得,与同时其他作品很不相同。通篇全用白描,语言朴素自然,读来情味深长,有如词中赞美的木犀一样酝藉有致。(上海辞书出版社《唐宋词鉴赏辞典——唐·五代·北宋》)

平慧善:本词为病后所作,写的是病后初愈的日常生活。上片写晚上。词人久病坐起,发现形容顿减。"卧看残月上窗纱",表现了疗养者的静观之趣。以豆蔻熟水疗疾代茶,也恰是词人病榻生涯的写照。下片写白天,病中闲日,枕上阅诗书解闷,又欣赏门前细雨飘香的景色,"雨来佳",表现出天气炎热,秋雨送爽的喜悦心情。"桂花"三四句移情入景,透露出病后生机。本词明白如话,自然浑成。(巴蜀书社《李清照诗文词选译》)

十一、避乱金华谱佳篇(1132—1135 年)

武陵春

春　晚

风住尘香花已尽^①，日晚倦梳头。物是人非事事休，欲语泪先流^②。　　闻说双溪春尚好^③，也拟泛轻舟^④。只恐双溪舴艋舟^⑤，载不动、许多愁。

【题解】

此词《类编草堂诗余》等诸多词书题作《春晚》，当。《彤管遗编》等题作《暮春》，明·周瑛撰《词学筌蹄》题作《春暮》，可。清·卓回辑《词汇》题作《春晓》，非。清·孙致弥辑《词鹄》调作《武陵春第二体》。此词当作于绍兴五年(1135 年)三月。清照时在金华。写国破家亡、丧夫、颠沛流离等种种苦难给她带来的无法排遣的浓愁。为李清照的代表词作之一。

【注释】

①花：清·万树撰《词律》等作"春"，可。

②先：《彤管遗编》等作"珠"，差。

③说：清·叶申芗辑《天籁轩词选》作"道"，可。双溪：在浙江金华，是唐宋时有名的风光佳丽的游览胜地。有东港、南港两水汇于金华城南，故曰"双溪"。尚：明·程明善撰《啸余谱》作"向"。

④轻：清·陆昶编《历代名媛诗词》作"扁"，次。

⑤舴艋舟：舴艋形的小船。唐·张志和《渔父》词："舴艋为舟力几多，江头雪雨半相和。"又，"舴艋为家无姓名，葫芦中有瓮头清。"

78

【汇评】

明·叶盛：李易安《武陵春》词："风住尘香花已尽……载不动、许多愁。"玩其词意，其作于序《金石录》之后欤？抑再适张汝舟之后欤？文叔不幸有此女，德夫不幸有此妇。其语言文字，诚所谓不祥之具，遗讥千古者欤。（《水东日记》）

明·杨慎：秦处度《谒金门》词云："载取暮愁归去"、"愁来无著处"，从此翻出。（杨慎批点本《草堂诗余》）

按：此评中《谒金门》实为张元干词，见《芦川词》卷下，误作秦处度词。

明·李攀龙：（眉批）未语先泪，此怨莫能载矣。（评语）景物尚如旧，人情不似初。言之于邑，不觉泪下。（《草堂诗余隽》）

明·张綖：易安名清照，尚书李格非之女，适宰相赵挺之子明诚，尝集《金石录》千卷，比诸六一所集，更倍之矣。所著有《漱玉集》，朱晦庵亦亟称之。后改适人，颇不得意。此词"物是人非事事休"，正咏其事。水东叶文庄谓："李公不幸而有此女，赵公不幸而有此妇。"词固不足录也。结句稍可诵。朱淑真"可怜禁载许多愁"祖之。岂女辈相传心法耶？（《草堂诗余别录》）

明·董其昌：物是人非，睹物宁不伤感！（《便读草堂诗余》）

明·沈际飞：与"载取暮愁归去"相反，与"遮不断愁来路"、"流不到楚江东"相似，分帜词坛，孰辨雄雌？（《草堂诗余正集》）

明·陆云龙：愁如海。（《词菁》）

清·王士禛："载不动、许多愁"与"载取暮愁归去"、"只载一船离恨，向西州"正可互观。"八桨别离船，驾起一天烦恼"，不免径露矣。（《花草蒙拾》）

清·万树：《词统》、《词汇》俱注"载"字是衬，误也。词之前后结，多寡一字者颇多，何以见其为衬乎？查坦庵作，尾句亦云"流不尽许多愁"可证。沈选肴首句三句，后第三句平仄全反者，尾云"忽然又起新愁"者，"愁从酒畔生"者，奇绝。（《词律》）

清·俞正燮：居金华，有《武陵春》词曰："风住尘香花已尽……载不动许多愁。"流寓有故乡之思。其事非闺阃文笔自记者莫能知。（《癸巳类

稿·易安居士事辑》)

清·吴衡照：易安《武陵春》，其作于祭湖州以后欤？悲深婉笃，犹令人感伉俪之重。叶文庄乃谓语言文字诚所谓不祥之具，遗讥千古者矣，不察之论。（《莲子居词话》）

清·陈廷焯：易安《武陵春》后半阕云："闻说双溪春尚好……载不动、许多愁。"又凄婉、又劲直。观此，益信易安无再适张汝舟事。即风人"岂不尔思，畏人之多言"意也。投綦公一启，后人伪撰，以诬易安耳。（《白雨斋词话》）

清·梁启超：按此盖感愤时事之作。（《艺蘅馆词选》）

梁乙真：风霜忧患之余，人事沧桑之感，则此词已深惋的唱出往事之哀音也。（《中国妇女文学史纲》）

刘永济：……不但有故乡之思，且寡居凄寂之情，亦跃然纸上。（上海古籍出版社《唐五代两宋词简析》）

夏承焘《瞿髯论词绝句》：大句轩昂临九州，幺弦稠叠满闺愁。但怜虽好依然小，看放双溪舴艋舟。（中华书局）

黄盛璋：今案浙江双溪有五，一在新登，见《咸淳临安志》，两在余杭，见《图书集成》杭州府与清嘉庆《一统志》杭州府下，一在绍兴，即今县南之双溪，一在金华，见光绪修《金华县志》。余杭、绍兴宋志见存，其中皆无双溪，新登双溪虽见于宋志，但非名胜，金华无宋志，但这个双溪见于很多文人题咏中。在宋代即以风景著称的只有金华的双溪，与清照同时诗人如林季中、梁安世都有歌咏金华双溪的诗（详光绪《金华县志》附录），在清照稍后的袁桷《清容居士集》有《忆双溪》诗，楼钥《攻媿集》也有记游金华双溪的事，都可为证。溪在丽泽祠前，可以泛舟，迄今仍为名胜。清照词中的双溪，可以肯定即此，其词即作于金华，非绍兴亦非余杭。玩《武陵春》词意写的是暮春三月景象，当作于绍兴五年三月，而是年五月清照仍然在金华。近日有人已找到确定的证据，《宋会要稿》崇儒四："绍兴五年五月三日，诏令婺州取索故直龙图阁赵明诚家藏哲宗皇帝实录缴进。"《建炎以来朝野杂记》甲集卷四《神宗哲宗实录》条："……直至绍兴五年三月，得蔡京所修哲宗实录于故相赵挺之家"，所指即此事，此时清照正在金华避乱，故诏令婺

州索取。据此,至迟至绍兴五年五月清照仍在金华。(中华书局上海编辑所《李清照集》)

平慧善:此词作于绍兴五年(1135年)避乱金华时。第一句截取"风住尘香"的场面表现春尽,眼前的景色与词人的厄运相似,美好的春色被恶风扫荡无余,幸福的生活被战乱全部断送。第二句含蓄地表现了女词人情绪的恶劣。三、四句则是纵笔直抒胸臆,以极其精炼的语言高度概括了自己悲苦的心情。景物依旧,人事全非,这是一切愁苦的缘由,因此以"事事休"来表现自己的心理状态。接着又以"欲语泪先流"这一外部形象来表现无法倾诉的内心痛楚。下阕宕开,写泛舟春游的打算,然后又转到"愁"。"只恐双溪舴艋舟,载不动、许多愁",将无形的愁化为有分量的形象,是传诵千古的名句。全词"欲"、"先"、"闻说"、"也拟"、"只恐"几个虚字用得极好,将事物间的关系,词人思想感情的转折变化,十分准确而又传神地表现出来。(巴蜀书社《李清照诗文词选译》)

熊志庭:这首词作于绍兴五年(1135年)。历代词评家往往把此词与李清照再适张汝舟事联系起来,明叶盛甚至有"文叔不幸有此女,德夫不幸有此妇。其语言文字,所谓不祥之具,遗讥千古者矣"之论(见《水东日记》卷二十一)。李清照再嫁与否的是是非非,其实与本词关系不大。梁启超认定此词为"感愤时事之作",似超脱再嫁事,确为的论。本词作于词人晚年,词人其时避乱金华,流落异地,满目凄凉,无限悲愁,都从中出。词以晚春景致落笔,实寓以自己的身世厄运,尘香花尽,也正是词人自己的写照。全词以抒写主观感受为主,故境界凄婉劲直,动人悲怨之怀。末句更发奇想,将无形而抽象的愁怨化为可感觉的形象,写得准确而传神。(朝华出版社《中国文学宝库·唐宋词精华分卷》)

刘乃昌:宋高宗绍兴四年(1134年)金兵南侵,浙江百姓纷纷流亡。此词当为作者晚年避难金华所作。起句写季节环境,亦暗含对时事感喟。继刻画生活疏懒,见出了无心绪。国破、家亡、夫死、物散,故曰"物是人非"。"事事休"承"花已尽"。"泪先流"承"倦梳头"。层层递进。悲伤至极,忽又宕开,"闻说"一纵,"只恐"又收。上片侧重外在神态描述,下片侧重内在情绪波动的揭示。尺幅千里,曲折有致。收拍凄婉劲直,化抽象为形象,被推

为写愁名句。(岳麓书社《宋词三百首新编》)

蔡厚示:"物",指客观景物,在这里很可能即指赵明诚的遗物。今物在人亡,因此女词人觉得一切的一切都完了。她想要说,又说不出,只是一个劲儿掉眼泪("欲语泪先流")。但泪水已足够说明女词人欲说而没有说出的悲切心情了。这在中国古典诗论里,叫"言不尽而意尽",即姜夔《白石道人诗说》所谓"意尽词不尽,如抟扶摇而已。"也就是说,女词人不直接说破,但由于"无限忧愁在眼波",一幅泪流图,比说什么都来得更形象、更透彻了。全词从景入情,而以情语作结。上片"欲语"不语,言不尽而意尽;下片欲行复止,托出个"愁"字,言尽而意不尽,即《白石道人诗说》所谓"词尽意不尽,刿溪归棹是已。"词虽短小,而韵味深厚。末尾设想尤奇特,流露出极浓烈的感情。语言通俗易懂,正是李清照词的本色。真可谓言浅意深,语淡情浓,字字血泪,摧人肺腑。抒情词写到这等地步,无疑是已入化境。怪不得连对她存有偏见的王灼也只好说:李清照"作长短句能曲折尽人意,轻巧尖新,姿态百出。"(《碧鸡漫志》)辞非溢美,可谓中肯。(紫禁城出版社《唐宋词鉴赏举隅》)

十二、定居临安悄仙逝（1136—1155 年）

转调满庭芳

　　芳草池塘，绿阴庭院，晚晴寒透窗纱。玉钩金锁①，管是客来呀。寂寞尊前席上，唯□□海角天涯。能留否？酴醾落尽，犹赖有□□。　　当年，曾胜赏，生香薰袖②，活火分茶③。□□龙骄马④，流水轻车。不怕风狂雨骤，恰才称煮酒残花。如今也，不成怀抱，得似旧时那⑤？

【题解】

　　此词著录于《乐府雅词》卷下，文有缺遗，亦无他本可校正，故一仍其旧。文津阁本《四库全书》之《乐府雅词》抄本，虽有补正，但颇不类，疑为馆臣妄增，王仲闻《校注》已指出，且不据之校补，当。此词采用抚今忆昔的写法，表现了词人的沦落之苦和对故国的怀念。

【注释】

　　①玉钩：玉制的帘钩。唐·孙淑《对茶》："小阁烹香茗，疏帘下玉钩。"

　　②生香薰袖：生，犹如生火之"生"，即焚。焚烧香料熏染着衣袖。

　　③活火分茶：活火：带火苗的炭火。宋·苏轼《汲江煎茶》："活水还须活火烹，自临钓石取深清。"分茶：王仲闻校注，据王明清《挥麈录》、蔡襄《茶谱》，分茶是"盖以茶匙取茶（汤）注盏中"。为宋代品茶的一种方式。与煎茶有区别，如南宋·杨万里《谈庵座上观显上人分茶》诗："分茶何似煎茶好，煎茶不似分茶巧。"

　　④龙骄马：即骄马如龙。有的版本为"娇"，误。

　　⑤那：用在句末，为疑问词。金·董解元《两厢记》："这妮子慌忙着

甚那?"

【汇评】

王学初:《转调满庭芳》,宋词常有于调名上加"转调"二字者,如《转调蝶恋花》《转调二郎神》《转调丑奴儿》《转调踏莎行》《转调贺圣朝》等等,(元曲中亦有《转调货郎儿》)今人吴藕汀所编《调名索引》,尚未遍收。《词谱》卷十三释《转调踏莎行》云:"转调者,摊破句法,添入衬字,转换宫调,自成新声耳。"此说未全确。据现在所能见之"转调"各词,并不全摊破句法、添入衬字,《词谱》盖未深考。(《词律》对"转调"二字无说。)今按戴埴《鼠璞》云:"今之乐章,至不足道,犹有正调、转调、大曲、小曲之异。"张元干《鹊桥仙》词云:"更低唱、新翻转调。"《鼠璞》以"转调"与"正调"对立并举,盖非其正调者,即为"转调",如《蝶恋花》原入商调,为正调;加入其他宫调,则为"转调"。"转调"非宫调名称也。又各词标有"转调"之称者,各书征引其词,有时亦无此二字,如徐伸《转调二郎神》(据《乐府雅词拾遗》卷上、《挥麈余话》卷二、《张氏拙轩集》卷五),《唐宋诸贤绝妙词选》卷八则仅作《二郎神》;黄庭坚《山谷琴趣外篇》卷一有《转调丑奴儿》,明刻祠堂本《豫章黄先生词》则仅作《丑奴儿》;张孝祥《于湖先生长短句》中《南歌子》,目录上所注宫调名称曰"转调"(转调实非宫调名称)。盖"转调"二字,并不构成调名一部分,仅以别于非"转调"之词而已。张孝祥《于湖居士文集》卷三十一有《转调二郎神》《二郎神》二首并列,盖亦此意。宋人常称之《商调蝶恋花》《越调水龙吟》《黄钟喜迁莺》等,其调名上所冠之宫调名称,亦非调名本身之构成部分也。《满庭芳》调,据周邦彦《片玉集》卷四,乃"中吕"(殆为"中吕宫"),李清照之《转调满庭芳》属何宫调,无可考。(人民文学出版社《李清照集校注》卷一)

黄墨谷:此词仅见《乐府雅词》,系怀京洛旧事之作。脱文较多,《四库全书》本《乐府雅词》妄为缀补,不可从。"晚晴寒透窗纱"句"晴"字;"恰才称煮酒残花"句"残"字:恐均系误文。(齐鲁书社《重辑李清照集·漱玉词》卷三)

此词著录于《乐府雅词》卷下,文有缺遗,亦无他本可校正。文津阁本《四库全书》之《乐府雅词》抄本,虽有补正,但颇不类,疑为馆臣妄增,王仲

闻《校注》已指出，且不据之校补，甚是。故后无鉴赏。（济南出版社《李清照全集评注》）

永遇乐

元　宵

落日熔金，暮云合璧。人在何处？染柳烟浓^①，吹梅笛怨，春意知几许？元宵佳节，融和天气，次第岂无风雨。来相召，香车宝马，谢他酒朋诗侣。　　中州盛日，闺门多暇，记得偏重三五^②。铺翠冠儿^③，捻金雪柳^④，簇带争济楚^⑤。如今憔悴，风鬟霜鬓，怕见夜间出去。不如向，帘儿底下，听人笑语。

【题解】

《贵耳集》卷上以为咏"元宵"，据补为题。《阳春白雪》收为李清照词。张端义《贵耳集》："易安居士李氏，赵明诚之妻，《金石录》亦笔削其间。南渡以来，常怀京洛旧事，晚年赋元宵《永遇乐》词。"这是其代表性词作之一。通过北宋汴京和南宋临安两个都城元宵节有关情景的描写和对比，表现了作者对故国乡关及亲人的怀念和凄凉悲愤的心情。构思精巧、跌宕曲折。采用了对比手法，以常语入词，语意并工，读来催人泪下。

【注释】

①浓：《贵耳集》《词品》作"轻"。

②三五：本指每月十五日，此处专指正月十五元宵节。

③翠冠儿：镶有翡翠的帽子。

④金雪柳：宋代元宵时妇女的一种妆饰。孟元老《东京梦华录》正月十六日条："市人卖玉梅、夜蛾、蜂儿、雪柳……"辛弃疾《青玉案》词："蛾儿雪

柳黄金缕,笑语盈盈暗香去。"

⑤簇带:插带,宋时俗语。济楚:齐楚,齐整,华丽。

【汇评】

宋·张炎:昔人咏节序,不惟不多;付之歌喉者,类是率俗,不过为应时纳祜之声耳。所谓清明"拆桐花烂漫"、端午"梅霖初歇"、七夕"炎光谢",若律以词家风度,则皆未然。岂如周美成《解语花》咏元夕,史邦卿《东风第一枝》咏立春,不独措词精粹,且见时序风物之感。若易安《永遇乐》云:"不如向帘儿底下,听人笑语",此词亦自不恶,而以俚词歌于坐花醉月之际,似乎击缶韶外,良可叹也。(《词源》卷下)

宋·刘辰翁:余自乙亥上元诵李易安《永遇乐》,为之涕下。今三年矣,每闻此词,辄不自堪。遂依其声,又托之易安自喻,虽辞情不及,而悲苦过之。(《须溪词》卷二)

宋·张端义:易安居士李氏,赵明诚之妻。《金石录》亦笔削其间。南渡以来,常怀京洛旧事。晚年赋元宵《永遇乐》词云:"落日熔金,暮云合璧",已自工致。至于"染柳烟浓,吹梅笛怨,春意知几许"? 气象更好。后叠云:"于今憔悴,风鬟霜鬓,怕见夜间出去",皆以寻常语度入音律,炼句精巧则易;平淡入调者难。……山谷谓以故为新、以俗为雅者,易安先得之矣。(《贵耳集》卷上)

明·胡应麟:辛、李皆南渡前后人,相去不远;又二人皆词手,安得谓辛剽李语乎?(《少室山房笔丛》卷二十一)

清·吴梅:大抵易安诸作,能疏俊而少沉着。即如《永遇乐》元宵词,人咸谓绝佳;此事感怀京洛,须有沉痛语方佳。词中如"于今憔悴,风鬟霜鬓,怕向花间重去",固是佳语,而上下文皆不称:上云"铺翠冠儿,捻金雪柳,簇带争济楚";下云"不如向帘儿底下,听人笑语",皆太质率,明者自能辨之。(《词学通论》)

清·沈雄:李易安"被冷香消新梦觉,不许愁人不起",又"于今憔悴,风鬟霜鬓,怕见夜间出去",杨用修以其寻常语度入音律,殊为自然。(《古今词话·词品》卷下)

清·纪昀:张端义《贵耳集》极推其元宵词《永遇乐》、秋词《声声慢》,以

为闺阁有此文笔，殆为间气，良非虚美。虽篇帙无多，固不能不宝而存之，为词家一大宗矣。（《四库全书总目提要》）

清·谢章铤：柳屯田"晓风残月"，文洁而体清；李易安"落日""暮云"，虑周而藻密。综述性灵，敷写气象，盖骎骎乎大雅之林矣。（《赌棋山庄词话》）

吴梅：大抵易安诸作，能疏俊而少沉着。即如《永遇乐·元宵》词，人咸谓绝佳；此事感怀京、洛，须有沉痛语方佳。词中如"如今憔悴，风鬟雾鬓，怕向夜间出去"固是佳语，而上下文皆不称。上云"铺翠冠儿，捻金雪柳，簇带争济楚"，下云"不如向、帘儿底下，听人笑语"，皆太质率，明者自能辨之。（商务印书馆《词学通论》）

唐圭璋：实则其《永遇乐》一词，亦富于爱国思想，后来刘辰翁读此词为之泪下，并以其声以清照自喻，可见其感人之深，而二人痛心亡国，怀念故都，先后亦如出一辙。上片写首都临安之元宵现实，景色好，天气好，倾城赏灯，盛极一时，而己则暗伤亡国，无心往观。下片回忆当年汴都之元宵盛况，妇女多浓妆艳饰，出门观灯，转眼金兵侵入，风流云散，万户流离失所，残不可言。而己亦首如飞蓬，无心梳洗，再逢元宵佳节，更不思夜出赏灯，正是"良辰美景奈何天，赏心乐事谁家院。"最后，从听人笑语，反映一己之孤独悲哀，默默无言，吞声饮泣，实甚于放声痛哭。（上海古籍出版社《唐宋词简释》）

冯其庸：李清照《永遇乐》云："落日熔金，暮云合璧"。"落日熔金"，词意初看似隔，未能即时得其形象。一九七一年，予在江西余江县，居处在山冈上，四围皆松林。每当秋日傍晚，见西北一带，山色如翠黛，长空云霞万里似锦，倏然变化，尤令人神往者，当落日衔山，将下未下之时，其色鲜红莹明，远看恰似炼钢炉中烧红耀眼通明之钢块，因叹易安体物之切，捕捉形象之敏快也。又宋人诗"远烧入荒山"，亦是此意。然此境须待山掩落日之后，则远处苍然起伏之山冈，其上部周延连绵一线，皆呈通明之胭脂色，而山后晚霞，一片火红，骤然见之，宛若远处荒山起火，层林尽烧也。可见虽同一写景，而尚有早晚差异之别，因悟古人铸词之精确，如非身见其景，则此句似亦是死句。故知会通古人诗词，当亦不易，创作固需生活为依据，解

会亦需生活始能参悟也。(四川文艺出版社《百家唐宋词新话》)

吴调公:过去的赏月是在汴京,而今这一个劫后余生的人,却又是在何处呢?"人在何处"可以说愤激之词,也可以说梦中自语,该是多么凄凉,多么沉痛!经过这一个富于警策的发问,人们不禁瞿然而醒,猛地有所警觉,随着词人走进那一片为暮云烘托着为落日光辉笼罩着的气氛中,感受到春意袭人。且看,浓烟给杨柳带来春色,笛子也吹出《梅花落》的哀怨声声。元宵的色彩愈来愈强烈了。因而元宵之为"佳节",之为"融和天气",也都在词的脉络上显得顺理成章。可是此时此地,却出人意料地陡然一转,词人道出"次第岂无风雨"的担心来。明明是天气融和,但她却感到有风雨之忧。这其实没有什么奇怪。原来哀时忧国的词人对那一个腐败的统治集团早已有所认识,因而对于奄奄一息的宋王朝会爆发危机是有所预感的。这政治的风雨使她惴惴不安,因而她就不能不发出"次第岂无风雨"的惊呼了。怀着这样沉重的心情,即使有不少酒朋诗侣乘着香车宝马来邀她共赏佳节,她也不得不婉辞以谢了。整个上片从正面看来并没有直接写出回忆,然而词人却早已为下片回忆酝酿了气氛。首先是用"人在何处"表示面对这一天翻地覆的巨变而创巨痛深;其次是通过对"风雨"的预感担心未来的巨变;再次则是谢却"酒朋诗侣"的盛情邀约。着意拈出一个"谢"字,用以表示词人对元宵不仅意趣索然,更感到忧从中来。(巴蜀书社《李清照作品赏析集》)

刘瑞莲:这首词是李清照晚年避居临安时所作。当时她遭国破家亡之痛,又身受颠沛流离之苦,因而篇中渗透了沉痛的感情。全篇写她在一次元宵佳节中客居异乡的悲凉心情,着重对比早年时在汴京度节的欢乐和这时心情的凄凉。在艺术上这首词有两个特点,一是铺叙,二是语言自然。全词从眼前写到过去,又回到眼前,从周围景物写到内心感受,有回忆,有对比,有抒怀,回环往复,淋漓尽致,具有很强的艺术效果。其次,这首词不仅情感真切动人,而且语言质朴自然。张端义在《贵耳集》中评论这首词说:"炼句精巧则易,平淡入调者难。山谷谓以故为新,以俗为雅者,易安先得之矣。"这评语是中肯而切合实际的。(四川辞书出版社《中外名诗赏析大典》)

刘乃昌：此为李清照晚年所写元宵词，借流落江南孤身度过元宵佳节所产生的切身感受，寄托深沉的故国之思、今昔之感。开篇由佳节景象着笔，熔金、合璧、烟、柳、梅、笛，诸般物事烘染出一派"佳节""融和"气氛。中间插入"人在何处"、"岂无风雨"的闪念，体现出饱经沧桑者特有的忧虑心态。"来相召"二句，仍状节日人物之盛，谢却"酒朋诗侣"，则气氛陡转，跌入孤寂冷漠深渊。孤独中最易追怀往事，"中州盛日"六句，极写往年京华热闹欢乐，浓厚兴致。"如今"以下折转到当前，憔悴神态，寥落心理，与往昔形成强烈反差。末以藏身帘底听人笑语收结，无限凄楚，令人不堪卒读。全词以元宵为焦聚点展开纪叙，思路由今而昔再到今。今昔对比，以乐景写哀，以他人反衬，益增悲慨。无怪刘辰翁诵此词"为之涕下"、"辄不自堪"（《须溪词》卷二）也。（岳麓书社《宋词三百首新编》）

孤雁儿 并序

世人作梅词，下笔便俗；予试作一篇，乃知前言不妄耳。

藤床纸帐①朝眠起，说不尽、无佳思。沉香断续玉炉寒②，伴我情怀如水。笛里三弄③，梅心惊破，多少游春意。　　小风疏雨潇潇地④，又催下千行泪。吹箫人去玉楼空，肠断与谁同倚。一枝折得，人间天上，没个人堪寄。

【题解】

此词《历代诗余》等收为李清照词。四印斋本《漱玉词》等调作《御街行》。《梅苑》、《三李词》有小序："世人作梅词，下笔便俗。予试作一篇，乃知前言不妄耳。"《花草粹编》等无此小序。有序者佳。这首咏梅词，应作于赵明诚病逝之后。表现了女主人对亡夫的缅怀悼念及对亡灵的慰藉之情，突出了"人间天上没个人"的绝望悲情。

【注释】

①纸帐:纸制之帐。明·高濂《遵生八笺》:"纸帐,用藤皮茧纸缠于木上,以索缠紧,勒作绉纹。不用糊,以线折缝缝之。顶不用纸,以稀布为顶,取其透气。或画以梅花,或画以蝴蝶,分外清致。"

②沉香:一种熏香的名字,也叫"沉水"。宋·周邦彦《苏幕遮》:"燎沉香,消溽暑。"玉炉:玉制香炉。玉炉,也泛称高级的香炉。宋·柳永《两心同》:"饮散玉炉烟袅,洞房悄悄。"

③三弄:古笛曲有《梅花三弄》。宋·赵鼎《谒金门》:"何处笛声三弄断?"

④萧萧:《花草粹编》作"潇潇",可。

【汇评】

黄墨谷:此词从王半塘《漱玉词》本《历代诗余》调名《御街行》,《梅苑》、《花草粹编》并作《孤雁儿》,《梅苑》附有序文:"世人作梅词,下笔便俗,予试作一篇,乃知前言不妄耳。"按此词乃悼亡之词,序文与原意无涉,且清照咏梅之作颇多,所云试作一篇,亦不合,因不录序。(齐鲁书社《重辑李清照集·漱玉词卷三》)

侯健、吕智敏:这是一首悼亡之作,约写于建炎三年(1129年)赵明诚逝世后。序中说明这是一首咏梅词,实际上既没有直接描绘梅的色、香、姿,也没有去歌颂梅的品性,而是把梅作为作者个人悲欢的见证者。从表达上看,是把梅作为全词的线索,着力描写了丈夫去世后自己清冷孤寂的生活和凄凉悲绝的心情。(《李清照诗词评注》)

靳极苍:"伴我情怀如水"。按:"如水"一词,可有多种解释。《诗·齐敝笱》:"齐子归止,其从如水。"如水是众多的形象。《礼记·表记》:"君子之接如水,小人之接如醴,君子淡以成,小人甘以坏。"如水是淡然的形象。《旧唐书·张蕴古传》:"如水如镜,不示以情,物之鉴者,妍蚩自在。"如水是明知而不表态的形象。温庭筠《瑶瑟怨》:"碧天如水夜云轻。"如水是清静已极的形象。这儿的"如水"当是淡然的意思,承上"无佳思",开下句"笛声三弄"就"多少春情意"了。(四川文艺出版社)

添字采桑子

芭 蕉

窗前谁种①芭蕉树？阴满中庭。阴满中庭，叶叶心心，舒卷有余情。　　伤心枕上三更雨，点滴霖霪②。点滴霖霪，愁损北人③，不惯起来听。

【题解】

此词宋·陈景沂《全芳备祖》调作《添字丑奴儿》，《采桑子》即《丑奴儿》，同调异名。《花草粹编》、《词谱》作《采桑子》，误。《历代诗余》等收为易安词，是。又此词调，《词谱》以和凝词为正体。此词为变格，两结句添二字，故有此名。它通过雨打芭蕉引起愁情的描写，寄托自己思恋故国故乡故人之怀。

【注释】

①谁种：四印斋本《漱玉词》作"种得"，次。

②霖霪：指雨点绵绵不断，滴滴嗒嗒不停。霖霪，《历代诗余》等作"凄清"，可。

③北人：北宋灭亡，易安从故乡山东济南被迫流落到江浙，故称"北人"。北，《历代诗余》等作"离"，可。

【汇评】

王学初：此首又见《广群芳谱》卷八十九(卉谱三)芭蕉，调为《采桑子》，词句亦与《采桑子》同而非《添字丑奴儿》。其词云："窗前谁种芭蕉树，阴满中庭，叶叶心心，舒展余光分外清。伤心枕上三更雨，点点霖霪，似唤愁人，独拥寒衾不忍听。"按《全芳备祖》国内无刊本，(董康《书舶庸谈》云：日本有元刊本。)但各抄本均作《添字丑奴儿》。《花草粹编》云"添字"，是陈耀文所

见本当亦相同。《广群芳谱》作《采桑子》，殆为编者汪灏等所妄改，不足据。（人民文学出版社《李清照集校注》卷一）

王璠：按诸谱律，《丑奴儿》（即《采桑子》），前后两段都没有重叠句，更不是重韵，所谓"添字"也只是在前后两结句各添二字而已。清照这词，并非在第四句（即结句）七字中添二字成九字句，而是连同第三句四字并所添二字共十三字，破为三句，使之成为四、四、五字句；且承上句，重叠一遍。所以如此，乃因叠句重韵，在词中能起到节拍复沓，辞情委婉，舒徐动听的作用，以增强其语言的形式美和韵味美。"（《李清照研究丛稿·咏物述怀乡怀凄切》）

平慧善：起首一问句表现了词人对种树者的怀念与对芭蕉长成的喜悦，因此她移情入景，说"叶叶心心舒卷有余情"，写芭蕉对人的深情，正是抒发词人自己的深情。上半阕写从室内看芭蕉成荫，下半阕则写枕上听雨打芭蕉。经过国难、家破、夫亡种种打击后，避难客居的人夜不成眠，夜雨不停地敲打着芭蕉，也敲打在词人愁损的心上。"起来听"这一外在的动作，曲折地表现了词人内心的万千愁绪。（巴蜀书社《李清照诗文词选译》）

清平乐

年年雪里，常插梅花醉。挼①尽梅花无好意，赢得②满衣清泪。　　今年海角天涯，萧萧两鬓生华。看取③晚来风势，故应难看梅花。

【题解】

《梅苑》（卷九）等收为李清照词，当。通过南渡前后生活的对比，昔日爱梅而不知惜梅，今欲看梅而不得见，今非昔比，时地变迁，人的境况更糟。此词抒发了飘零之痛和家国之恨。

【注释】

①挼:以手揉搓。唐·元稹《酬孝甫见赠》:"十岁荒狂任博徒,挼莎五木掷袅卢。"

②赢得:获得。唐·杜牧《遣怀》:"十年一觉扬州梦,赢得青楼薄幸名。"

③看取:看着。唐·李白《长相思》:"不信妾肠断,归来看取明镜前。"

【汇评】

王延梯、胡景西:这首词在艺术上颇具特色。从章法上看,词人摄取了三个不同时期的赏梅片段,从早年,经中年,至暮年,次序井然不紊。但三层写来又非平叙。早年是"常插梅花醉",中年是"挼尽梅花无好意",晚年是"难看梅花"。这一"醉",一"挼",一"难",使词意一转再转,跌宕生姿。另外,词的对比衬托手法也很突出。上片以往年梅花开放时节两次赏梅的不同心情作对比,而上片的两次赏梅又有力地衬托了下片的难以赏梅,从而深化了主题。(《李清照词鉴赏·赏梅寄忧伤 跌宕生多姿》)

平慧善:本词为晚年所作,借赏梅自叹身世。上片忆旧,"年年雪里"二句,回忆早年与赵明诚共同赏梅的欢快情景,一个"醉"字将词人热爱梅花,为梅花陶醉的心情充分表达出来。三四句当写丧后,"挼"的动作,将女主人触景伤神的状态,形容得惟妙惟肖。"满衣清泪"与"醉"对比,一喜一悲,反映了不同处境、不同心境。下片叙今。词人飘泊天涯,远离故土,年华飞逝,两鬓斑白,与上片首二句所描女性形象遥相对照。三四句又扣住赏梅,以担忧的口吻说出:"看取晚来风势,故应难看梅花。"表面写自然现象:看风势晚上赏不成花,实指南宋形势甚恶,极不安定,纵有梅花,难以赏玩。将赏梅与家国之忧联系起来,提高了词的境界。(巴蜀书社《李清照诗文词选译》)

存疑词

生查子

　　年年玉镜台^①，梅蕊宫妆困^②。今岁未还家^③，怕见江南信。　　酒从别后疏，泪向愁中尽。遥想楚云深，人远天涯近。

【题解】

　　此词《汇选历代名贤词府全集》等题作《闺情》。杨金本《草堂诗余》等选收为李清照词。元·杨朝英《乐府新编·阳春白雪》等作朱淑真词《词林万选》等作朱希真词。故属存疑，疑在作者。这是一首思妇词，写相见无期的愁情，颇真挚感人。

【注释】

　　①玉镜台：此处当指定情之物。南朝·刘义庆《世说新语·假谲》："温公(峤)丧妇，从姑刘氏，家值乱离散，惟有一女，甚有姿慧。姑以属公觅婚。公密有自婚意，答云：'佳婿难得，但如峤比云何？'姑云：'丧乱之余，气粗存活，便足慰吾余年，何较希汝比。'却后少日，公报姑云：'已觅得婚处，门地粗可，婿身名宦，尽不减峤。'因下玉镜台一枚。姑大喜。既婚，交礼，女以手披纺扇，抚撑大笑曰：'我固疑是老奴，果如所卜。'"唐·杨容华《新妆》："凤钗金作缕，鸾镜玉为台。"

　　②梅蕊宫妆：指梅花妆。贵族妇女的一种面饰，即在眉心间画五瓣梅花，故名。《太平御览》时序部引《杂五行书》云："宋武帝女寿阳公主，人日卧于含章殿檐下，梅花落公主额上，成五出花，拂之不去。皇后留之，看得几时；经三日，洗之乃落。宫女奇其异，竞效之，今梅花妆是也。"唐·牛峤《酒泉子》："凤钗低袅翠鬟上，落梅妆。"宋·晏几道《采桑子》："睡损梅妆，红泪今春第一行。"

　　③未还家：清·周铭编《林下词选》、《历代诗余》作"不归家"，次。

【汇评】

明·赵世杰等：曲尽无聊之况，是至情，是至语。（"泪向愁中尽"旁批）（《古今女史》）

清·陈廷焯：朱淑真词，才力不逮易安，然规模唐五代，不失分寸。如"年年玉镜台"，及"春已半"等篇，殊不让和凝、李珣辈。惟骨韵不高，可称小品。（《白雨斋词话》）

按：此阕《生查子》归属不定，或曰李清照词，或曰朱淑真词。

徐北文等：此词用简笔勾勒，不事雕琢，如同绘画只用墨线淡描，不敷色，无渲染的白描手法。以简驭繁，以少总多，给人以充分想像联想的余地。（济南出版社《李清照全集评注》）

青玉案

送　别

征鞍不见邯郸路，莫便匆匆去。秋风萧条何以度^①？明窗小酌，暗灯清话，最好留连处。　　相逢各自伤迟暮，犹把新词诵奇句^②。盐絮家风人所许^③。如今憔悴，但余衰泪，一似黄梅雨^④。

【题解】

此词《花草粹编》等收为易安词，《翰墨大全》、《花草粹编》题作《送别》，佳。赵万里辑《漱玉词》云："案《翰墨大全》后丙集卷四引接《蝶恋花·上巳召亲族》一首，不注撰人。《花草粹编》、《历代诗余》以为李作，失之。"故列存疑，疑在作者。

【注释】

①风：《历代诗余》作"北"。

②犹:《历代诗余》作"独"。

③词:《历代诗余》《词谱》作"诗"。

④盐絮家风:指家庭中爱好文学的风尚和传统。《世说新语·言语》载,王羲之的儿媳(王凝之妻)——谢道韫,为东晋安西将军谢奕之女,聪明而有才学。一日降雪,叔父谢安便欣然咏道:"白雪纷纷何所似?"道韫的哥哥谢朗应道:"撒盐空中差可拟。"道韫道:"未若柳絮因风起。"叔父甚悦。世因称才女为"咏絮才"。

【汇评】

徐北文等:自此词"如今憔悴"观之,盖写于南渡以后。又从"征鞍不见邯郸路","盐絮家风人所许"而论,此词盖为送别弟兄而作。据《金石录后序》:"有弟远任敕局删定官,遂往依之。"该词很可能是赠给远弟的惜别之词。(济南出版社《李清照全集评注》)

青玉案

一年春事①都来几?早过了三之二。绿暗红嫣浑可事②,垂杨庭院,暖风帘幕,有个人憔悴。　　买花载酒长安市,又争似家山见桃李。不枉东风吹客泪,相思难表,梦魂无据,惟有归来是。

【题解】

此词明·胡桂芳编《类编草堂诗余》《古今词统》题作《春日怀旧》。杨金本《草堂诗余》题作《春情》。仅汲古阁未刻词本《漱玉词》收为李清照词。沈际飞本《草堂诗余》正集注:"一刻易安"。《类编草堂诗余》等认为此首是欧阳修作。列存疑作,疑之在作者。

【注释】

①春事:春天的一些事情。宋·郭应祥《卜算子》:"春事到清明,过了

三之二。”

②绿暗红嫣浑可事:胡桂芳本《类编草堂诗余》作"绿暗红稀浑可事"。

【汇评】

明·杨慎:离思黯然。道学人亦作此情语。(《草堂诗余》)

明·李攀龙:(眉批)暮春易过,思情转□尽情怀。(评语)春深景物繁华,最能动人情思。欧阳公□足之乎?(《草堂诗余隽》)

明·沈际飞:"问向前,尚有几多春?三之一。""有个人憔悴"下文都在此句生出。煞落。(《草堂诗余正集》)

清·黄蓼园:此词不过有不得已心事,而托之思妇耳。"一年"二句,言年光已去也。"绿暗"四句言时,芳菲不可玩,而自己心绪憔悴也。所以憔悴,以不见家山桃李,苦欲思归耳。大意如此。但永叔未必迫于思归者,亦有所不得已者在耶,当于言外领之。(《蓼园词选》)

浪淘沙

素约①小腰身,不奈②伤春。疏梅影下晚妆新。袅袅娉娉③何样似?一缕轻云。　　歌功动朱唇,字字娇嗔④。桃花深径一通津。怅望瑶台⑤清夜月,还送归轮。

【题解】

此词《诗词杂俎》本《漱玉词》等调误作《雨中花》。《续草堂诗余》等题作《闺情》。《续草堂诗余》等收为李清照词。王仲闻《校注》云:赵万里《漱玉词》云:"《诗词杂俎》本《漱玉词》收之,题作《闺情》,《花草粹编》五引作赵子发词。《草堂续集》以为李作,失之。"列存疑词,疑在作者。

【注释】

①素约:像用素绢束缚着的样子,指腰肢纤袅,身材苗条。魏·曹植《洛神赋》:"肩若削成,腰如约素"。"素约",《花草粹编》作"约素",可。

②不奈:经受不住。李煜词:"罗裳不耐五更寒。"此处,"奈"与"耐"同

意。奈,《草堂诗余》作"耐",可。

③袅袅娉娉:形容女子仪态优美。唐·杜牧《题赠美人》:"娉娉袅袅十三余,豆蔻梢头二月初"。"娉娉",各选本多作"娉婷",通。

④嗔:《续草堂诗余》、《花草粹编》、《花镜隽声》作"真",次。

⑤瑶台:神话传说中神仙居住的地方。晋·王嘉《拾遗记·昆仑山》:"昆仑山者,西方曰须弥,山对七星之下,出碧海之中,上有九层。……第九层山形渐小狭,下有芝田蕙圃,皆数百顷,群仙种耨焉。傍有瑶台十二,各广千步,皆五色玉为台基。"李白《清平乐》:"会向瑶台月下逢"。

【汇评】

宋·杨偍:"约"字清妙,远胜"束"字。(赵万里《校集古今词话》引)

明·沈际飞:"不奈"、"娇嗔",的确。描就一个娇娃。(《草堂诗余正集》)

明·潘游龙等:"不奈伤春"、"字字娇嗔",描出一个娇娃。(《古今诗余醉》)

徐北文等:此词写一年轻女子寂寞伤春的情怀,以及青春期萌生的淡淡轻愁……把女主人写得绰约多姿,仪态万方,给人以强烈的审美愉悦。

丑奴儿

晚来一阵风兼雨,洗尽炎光。理罢笙簧,却对菱花①淡淡妆。 绛绡缕薄冰肌莹,雪腻酥香。笑语檀郎②,今夜纱橱枕簟凉。

【题解】

此词《汇选历代名贤词府全集》调作《丑奴儿令》。杨金本《草堂诗余》等题作《夏意》。《词的》题作《新凉》。王仲闻《校注》云:"四印斋本《漱玉词》注:'此阕词意肤浅,不类易安手笔。'赵万里辑《漱玉词》云:'案上阕词

101

意儇薄,不似他作。未知升庵何据?'此首别见《汇选历代名贤词府全集》卷一、《花草粹编》卷二,题康伯可作。(赵万里辑《顺庵乐府》,此阕失收)又见杨金本《草堂诗余》后集卷下、《词的》卷二、《古今词选》卷一,俱无撰人姓氏。《古今别肠词选》卷一又误以此首为魏大中词。此首疑实为康与之词。"此词应列入存疑,疑在作者。

【注释】

①菱花:镜子。古代铜镜后往往刻四瓣菱花,故称镜子为菱花。宋·赵长卿《南歌子》:"懒对菱花淡淡妆。"又《夜行船》:"手捻双纨,菱花重照,带朵宜男草。"

②檀郎:唐宋时对男子之美称。韦庄《江城子》:"鬓鬟狼藉黛眉长,出兰房,别檀郎。"此写女子别其所欢。李贺《种牡丹曲》:"檀郎谢女眠何处。"则为泛称。李商隐《王十二兄与畏之员外相访见招小饮,时予以悼亡日近不去,因寄》云:"谢傅门庭归末行。今朝歌管属檀郎"则指女婿。

【汇评】

清·王鹏运:此阕词意肤浅,不类易安手笔。(四印斋本《漱玉词》注)

黄盛璋:像这一类的句子(指此词及《浣溪沙·绣面芙蓉一笑开》与清照批评柳永的"词语尘下")究相差有几,还能谈上典重?无怪乎道学先生如王鹏运等就极力为她辩护,说"词意肤浅,不类易安手笔",但他们忘记与她同时的王灼早就如此说她:"作长短句能曲折尽人意,轻巧尖新,姿态百出,闾巷荒淫之语,肆意落笔,自古缙绅之家能文妇女,未见如此无顾藉也。"而这两首词清新浅近,并未违反她的创作风格,除了封建的观点以外,没有什么理由能说不是她的作品。王灼批评她的作品为"轻巧尖新",恰恰就和"典重"相反对。(《李清照与其思想》)

徐北文等:宋·严羽云:"语忌直,意忌浅,脉忌露,味忌短,音韵忌散缓,亦忌迫促"(《沧浪诗话·诗辨》)。此词似有语直、意浅、脉露、味短之弊。(济南出版社《李清照全集评注》)

怨王孙

梦断漏悄,愁浓酒恼。宝枕生寒,翠屏向晓。门外谁扫残红? 夜来风^①。　　玉箫声断人何处? 春又去,忍把归期负^②。此情此恨此际,以托行云,问东君^③。

【题解】

此词《草堂诗余》等题作《春暮》,《啸余谱》、清·郭巩撰《诗余谱式》题作《春景》,《古今名媛汇诗》、《古今女史》题作《暮春》。杨金本《草堂诗余》等无题。以"暮春"为佳。《类编草堂诗余》等诸多词书收为李清照词。赵万里辑《漱玉词》云:"《诗词杂俎》本《漱玉词》收之,殆与《类编草堂诗余》同出一源。前一阕(指此词),至正本《草堂诗余》引与《如梦令》《武陵春》二词衔接,类编本以为李作,失之。"王仲闻《校注》案云:本首杨金本《草堂诗余》前集卷下作无名氏词。本书收为存疑,疑在作者。

【注释】

①夜来:《历城县志》作"落花",可。

②忍把归期负:《历城县志》作"空把流年负。""归",陈钟秀本《草堂诗余》等作"佳",可。

③东君:五行学说以四季之春与四方之东相配,此外之"东君"指春神,即拟人化之春季。

【汇评】

明·茅暎:此词稍平,然终无伧气。(《词的》)

明·李攀龙:(眉批)风扫残红,何等空寂。一结无限情恨,犹有意味。(评语)写情写意,俱形容春暮时光,词意俱到。(《草堂诗余隽》)

明·董其昌:此词形容暮春,语意俱到。(《便读草堂诗余》)

明·沈际飞:通篇四换韵,有兔起鹘落之致。"春又去",接递妙。(《草堂诗余正集》)

明·李廷机:形容日暮,情词俱到。以风扫残红,妙在此句。(《草堂诗余评林》卷一)

清·黄了翁:两句三叠"此"字,亦复流丽婉娜。东君,司春之神。(《蓼园词选》)

鹧鸪天

枝上流莺和泪闻,新啼痕间旧啼痕。一春鱼雁无消息①,千里关山劳梦魂。　　无一语,对芳樽,安排肠断到黄昏。甫能炙得灯儿了②,雨打梨花深闭门。

【题解】

此词《词的》等题作《春闺》。此首各书均未题为李清照之作。王仲闻《校注》云:"汲古阁未刻词本《漱玉词》收此二词(《鹧鸪天·枝上流莺和泪闻》、《青玉案·一年春事都来几》)虽未知所本,但此二首既非秦、欧之作,实应存疑,不宜遽从《漱玉词》中删去。"故以存疑之作视之。唐圭璋《全宋词》收为存疑之作。王延梯等《李清照集》、黄墨谷《重辑李清照集》俱未收。本书列存疑,疑在作者。

【注释】

①鱼雁:指书信。《饮马长城窟行之一》:"客从远方来,遗我双鲤鱼。呼儿烹鲤鱼,中有尺素书。"《汉书·苏武传》:"天子射上林中,得雁,足有系帛书,言武等在某泽中"。故后来鱼、雁成为书信的代称。宋·王僧孺《捣衣》诗:"尺书在鱼肠,寸心凭雁足。"宋·朱淑真《寄情诗》:"欲寄相思满纸愁,鱼沉雁杳又还休。"

②甫能:方才。宋·辛弃疾《杏花天》:"甫能得见茶瓯面,却早安排

肠断。"

【汇评】

宋·杨偍：此词形容愁怨之意最工。如后叠"甫能炙得灯儿了,雨打梨花深闭门",颇有言外之意。(赵万里《校辑古今词话》)

明·杨慎：无限含愁,说不得。(《草堂诗余》)

明·茅暎："梨花"句与《忆王孙》同。才如少游,岂亦自袭耶?抑爱而不觉其重耶?(《词的》)

明·李攀龙：(眉批)新痕间旧痕,一字一血。结两句有言外无限深意。(评语)形容闺中愁怨,如少妇自吐肝胆语。(《草堂诗余隽》)

明·张綖：后段三句似佳。结句尤曲折婉约有味,若嫌曲细。词与诗体不同,正欲其精工。故谓秦淮海以词为诗,尝有"帘幕千家锦绣垂"之句。孙莘老见之云:又落小石调矣。(《草堂诗余别录》)

明·沈际飞："安排肠断"三句,十二时中无间矣。深于闺怨者。末用李词。古人爱句,不嫌相袭。(《草堂诗余正集》)。

清·黄蓼园：孤臣思妇,同难为情。"雨打梨花"句,含蓄得妙,超诣也。(《蓼园词远》)

清·沈祥龙：词虽浓丽而不乏趣味者,以其但知作情景两分语,不知作景中有情,情中有景耳。"雨打梨花深闭门"、"落红万点愁如海",皆情景双绘,故称好句,而趣味无穷。(《论词随笔》)

徐北文等：这首小词玲珑别致,活泼跳脱。运用了"以少总多"、"乐景写哀"等艺术手法。(济南出版社《李清照全集评注》)

殢人娇

玉瘦①香浓,檀深雪散。今年恨、探梅又晚。江楼楚馆②,云闲水远。清昼永,凭栏翠帘低卷。　　坐上客来,尊前酒满③。歌声共、水流云断。南枝可插,更须频剪。莫直待西楼、数声羌管④。

【题解】

此词《花草粹编》题作《后庭梅花开有感》，他本皆无题。《花草粹编》、《历代诗余》、《三李词》收为李清照词。赵万里辑《漱玉词》云："案《梅苑》九引上阕，不注撰人。《花草粹编》题作李词者，其所据《梅苑》，殆较今本为善故也。兹并校之。"王仲闻《校注》本云："旧本《梅苑》今不可见，传本《梅苑》既不注撰人姓名，或《花草粹编》误题清照姓名，亦不可知。只能存疑。"不因今人不见旧本《梅苑》，而否定《花草粹编》"所据《梅苑》"，故收为李清照词。唐圭璋《全宋词》收为"存目词"，王延梯等《李清照集》、黄墨谷《重辑李清照集》收为易安词。本书列存疑，疑在作者。

【注释】

①玉瘦：梅花瘦小。宋·陈亮《梅花》："疏影横玉瘦。"

②江楼楚馆：远行爱侣居处。江楼，临江的楼。宋·高观国《金人捧露盘》："粉痕征，江楼怨，一笛休吹。"宋·吴礼之《丑奴儿》："金风飐叶，那更钱别江楼。"楚馆，楚地的馆舍，也指旅舍。宋·柳永《西平乐》："秦楼风吹"，楚馆云约，空惆怅、在何处？"宋·赵长卿《媚眼儿》："梦回楚馆云雨空。"

③"坐上"两句：《后汉书·孔融传》："坐上客杯满，樽中酒不空。"代用其语。

④羌管：羌笛。古代羌族的一种管乐器。此指笛曲《梅花弄》。唐·李白《题北榭碑》："黄鹤楼中吹玉笛，江城五月落梅花。"宋·柳永有名句："羌管弄晴。"

【汇评】

徐北文等：此词虽然被王仲闻《校注》列入易安存疑词作，但颇有易安咏梅词之风格。惟"坐上客来，尊前酒满"之运典二句，似是男子口气，易使读者生疑。（济南出版社《李清照全集评注》）

行香子

天与秋光,转转^①情伤,探金英^②知近重阳。薄衣初试,绿蚁新尝。渐一番风,一番雨,一番凉。　　黄昏院落,凄凄惶惶,酒醒时往事愁肠。那堪永夜,明月空床。闻砧声捣,蛩^③声细,漏声长。

【题解】

此词除李文褉辑《漱玉词》收入外,他本皆未收。《乐府雅词·拾遗》录此,无署名。上海中华书局《李清照集》以为"此词见《花草粹编》,王仲闻据此检传世《花草粹编》(影印万历本与清金绳武本),俱不作李清照词。本书作存疑,疑在作者。

【注释】

①转转:渐渐。

②金英:菊花。

③蛩:蟋蟀。

【汇评】

徐北文等:此词前结:"渐一番风,一番雨,一番凉",后结:"闻砧声捣,蛩声细,漏声长"与李清照的《行香子·草际鸣蛩》,后结"甚霎儿晴,霎儿雨,霎儿风",都是由三个结构相同,至少有一个字相同的词组组成,前人把它叫"重笔"。辛弃疾有《三山作》词结句:"放霎时阴,霎时雨,霎时晴。"《问薖庐随笔》认为此句"脱胎易安语也"。(济南出版社《李清照全集评注》)

浪淘沙

　　帘外五更风,吹梦无踪。画楼重上与谁同?记得玉钗斜拨火,宝篆成空①。　　回首紫金峰②,雨润烟浓③,一江春浪醉醒中④。留得罗襟前日泪,弹与征鸿。

【题解】

　　此词《续草堂诗余》等题作《闺情》。《词林万选》等多种词书,收为易安词。《续草堂诗余》等多种词书,以为此词是欧阳修词。赵万里辑《漱玉词》云:"案《花草粹编》卷五引此阕,不注撰人,《词林万选》注'一作六一居士'。检《醉翁琴趣》无之",杨金本《草堂诗余》作无名氏词。本书列为存疑之作,疑在作者。

【注释】

　　①宝篆:即篆香,香料的一种。

　　②紫金峰:山名。南京市郊的紫金山,王仲闻《校注》考《景定建康志》等书,当时尚无此名。王云:疑即紫金色之山峰,非有一峰名紫金也。

　　③烟:《历代诗余》等作"云"。

　　④一江春浪:《词洁》等作"一腔春恨",可。

【汇评】

　　明·钱允治:此词极与后主相似。(《续选草堂诗余》)

　　明·沈际飞:"吹梦"奇。幻想异妄。(《草堂诗余续集》)

　　明·卓人月:雁传书事化得新奇。(《古今词统》)

　　清·陈廷焯:易安《卖花声》云:"帘外五更风,吹梦无踪。画楼重上与谁同?记得玉钗斜拨火,宝篆成空。　　回首紫金峰,雨润烟浓。一江春浪醉醒中。留得罗襟前日泪,弹与征鸿。"凄艳不忍卒读,其为德夫作乎?

《白雨斋词话》）

又：凄艳不忍卒读。情词凄绝，多少血泪。（《云韶集》）

清·况周颐：《玉梅词隐》云前《孤雁儿》云："吹箫人去玉楼空，肠断与谁同倚，一枝折得，人间天上，没个人堪寄。"此阕云："画楼重上与谁同？记得玉钗斜拨火，宝篆成空。"皆悼亡词也。其清才也如彼，其深情也如此。玉台晚节之诬，忍令斯人任受耶？（《漱玉词笺》）

王璠：这词写得极其凄惋，感伤成分浓厚，可是读后并不感到消沉颓丧，反而被其流注于字里行间的真情实感所打动，引起共鸣，寄予同情，原因何在？一方面，与专主情致的悼亡之作有关。这类作品，因受题材——家常琐细、写法——今昔相比的制约，类多追思往事，叙写梦境，或表哀思，或诉哀肠，字字句句，无不从肺腑中出，以是感情真挚深厚，语调委婉低回，故尔极饶情致，扣人心弦。（《李清照研究丛稿·吹梦无踪　弹泪征鸿》）

浣溪沙

鬓子伤春慵更梳，晚风庭院落梅初，淡云来往月疏疏。
玉鸭熏炉闲瑞脑①，朱樱斗帐掩流苏②，通犀还解辟寒无？③

【题解】

旧或题作《闺情》。依词内容来看是写某贵妇伤春无聊的心情。这首词词语平淡，没有突出的艺术技巧，且和清照年轻时赋诗鉴古忙忙不可终日不同，故列于存疑，疑在语言和风格。

【注释】

①"玉鸭"句：玉鸭，犹金鸭，炉子为鸭形。熏炉：贮火之器，可以熏香和取暖。唐·李商隐诗云："睡鸭香炉换又熏"。瑞脑，一种香料。《酉阳杂俎》前集卷一："天宝末，交趾贡龙脑如蝉蚕形，波斯言老龙脑树节方有，禁中呼为瑞龙脑，上唯赐贵妃十枚，香气彻十余步"。

②"朱樱"句:因为伤春,红色小帐也懒得放下来,因而五彩的丝绳就被遮掩住。斗帐,覆斗形的帐子。朱樱斗帐,指形状如朱红色樱桃的小帐。流苏,饰于帷帐上的五彩丝绳。温庭筠诗:"红珠斗帐樱桃熟,金尾屏风孔雀闲。"朱樱斗帐:饰有红色珠子的覆斗形小帐。流苏:指挂在帐幔上的五彩穗子。

③通犀:即犀牛角。因角中有一白线贯通,故名。辟寒:驱寒。《开元天宝遗事》:"交趾国进犀角一株,色黄似金。使求请以金盘置于殿中,温温然有暖气袭人。上问其故,使对曰:'此辟寒犀也'。'顷自隋文帝时,本国曾进一株,直至今日。'"

【汇评】

清·周济:闺秀词惟清照最优,究苦无骨,存一篇尤清出者。(《介存斋论词杂著》)

清·谭献:易安居士独此篇有唐调,选家炉冶,遂标此奇。(《复堂词话》)

清·陈世焜(即陈廷焯):清丽之句(指"淡云"句)。宛约(指"遗犀"句)。(《云韶集》卷十)

蔡厚示:伤春,不同于惜春。惜春是惋惜春天的消逝,如黄庭坚的《清平乐》:"春归何处?"和辛弃疾的《摸鱼儿》:"更能消几番风雨?匆匆春又归去!"伤春,则是由于春天的到来而伤感,如冯延巳(一作欧阳修)的《蝶恋花》:"谁道闲情抛弃久?每到春来,惆怅还依旧。"和此词……这首词写的是梅花始凋、乍暖还寒的早春时节;而不是梅子黄熟"一川烟雨、满城风絮"的夏季风光。俗话说得好:"一燕可以知春。"因此,当女主人公蓦见地下落梅数瓣,便立即敏锐地感到春神的脚步又降临了……整首词写得如泣,如诉,如怨,如慕。在表面平静的叙述中,蕴藏着极为丰富、复杂而又细腻的感情。末尾一句,更进出了强烈的呼喊,发为直叩人心的诘问。(齐鲁书社《李清照词鉴赏》)

刘瑜:"瑞脑",是一种熏香的名字。前面冠之以"闲"字,说明这种香料是放置熏炉里,没有点燃。"瑞脑"应该点燃而不点,这反映女主人打不起精神,对周围的事物都不感兴趣的百无聊赖的情态。平时女主人喜燃熏

110

香,喜欢观赏景物,然而现在却一反常态,这说明女主人的心事沉重,思想活动的激烈……易安此词的内容和选材,与上基本相同,但我们却毫无重复之感,亦无觉因袭之嫌。这是因为作者不同,每人的心境不同,对相同事物的具体感受也不同。不同感受与基本相同的材料和不同的材料熔为一炉,因此形成了各自独具特色的意境。(民族出版社《李清照词欣赏》)

浣溪沙

绣面芙蓉一笑开,斜飞宝鸭衬香腮①。眼波才动被人猜。
一面风情深有韵,半笺娇恨寄幽怀②。月移花影③约重来。

【题解】

旧或题作《闺情》。此词过分轻薄,而且结句"月移花影约重来"明是从伪托朱淑真诗"月上柳梢头,人约黄昏后"而来,清照青年时,不可能有此约会,更不会袭用这样词句。本书收列存疑词,疑在内容和语言。

【注释】

①斜飞宝鸭:指香炉中升起的氤氲。宝鸭,鸭子形的铜香炉,亦可指头饰。

②幽怀:犹幽情,指隐秘的感情。

③月移花影:宋·王安石《春夜》:"春色恼人眠不得,月移花影上阑干。"这里指约会的时间,即月斜之际。

【汇评】

明·赵世杰等:(眉批)摹写娇态,曲尽如画。("眼波才动"句旁批)更入趣。《古今女史》)

明·徐士俊:朱淑真云:"娇痴不怕人猜",便太纵矣。(《古今词统》)

按:评者以易安此词"眼波才动被人猜"句比较朱淑真《清平乐·夏日游湖》"娇痴不怕人猜"句,故有此评语。

清·沈谦："唤起两眸清炯炯"、"闲里觑人毒"、"眼波才动被人猜"、"更无言语空相觑"，传神阿堵，已无剩美。(《填词杂说》)

清·贺裳：词虽以险丽为工，实不及本色语之妙。如李易安"眼波才动被人猜"，萧淑兰"去也不教知，怕人留恋伊"，魏夫人"为报归期及早，休误妾、一身闲"，孙光宪"留不得、留得也应无益"，严次山"一春不忍上高楼，为怕见、分携处"。观此种句，觉"红杏枝头春意闹"尚书，安排一个字，费许大气力。(《皱水轩词筌》)

清·田同之：词中本色语，如李易安"眼波才动被人猜"，萧淑兰"去也不教知，怕人留恋伊"，孙光宪"留不得、留得也应无益"，严次山"一春不忍上高楼，为怕见，分携处"。观此种句，即可悟词中之真色生香。(《西圃词说》)

清·吴衡照：易安"眼波才动被人猜"，矜持得妙。淑真"娇痴不怕人猜"，放诞得妙。均善于言情。(《莲子居词话》)

清·王鹏运：此尤不类，明明是淑真"月上柳梢头，人约黄昏后"词意。盖既污淑真，又污易安也。(四印斋本《漱玉词》注)

傅庚生：吴子律《莲子居词话》云："易安'眼波才动被人猜'，矜持得妙；淑真'娇痴不怕人猜'，放诞得妙；均善于言情。"言情之所以善，亦各从其环境所触发之性灵耳。易安归湖州守赵明诚，文苑双镳，深闺绣闼，辄不免工愁善媚，有似水柔情；故绮情结于矜持之态。淑真所嫁非偶，市井之民家，粗俗无堪共语者，言出率性，辄凭气于刚骨，故慧心发为放诞之词。(《中国文学欣赏举隅》)

陈迩冬：过去封建文人，把李清照"眼波才动被人猜"(《浣溪沙》句)一些词说成非她的作品，那是由于他们心目中只有女"神"和女"奴"，没有平等的女"人"的原故。(《宋词纵谈》)

瑞鹧鸪

双银杏

风韵雍容未甚都①,尊前甘橘可为奴②。谁怜流落江湖上,玉骨冰肌未肯枯。　　谁教并蒂连枝摘,醉后明皇倚太真③。居士擘开真有意④,要吟风味两家新。

【题解】

此词《花草粹编》卷六收为李清照词,并署题为《双银杏》。赵万里辑《漱玉词》以为本词上下阕分押二部韵:"按《虞》《真》二部,诗余(词)绝少通叶,极似七言绝句,与《瑞鹧鸪》词体不合。"《瑞鹧鸪》词牌其格律全与七言律诗同。清·万树《词律》卷八举侯寘词"遥天拍水共空明"为例,并指出:"即七言律诗,分前后段,前段第三四句,后段第一二句,俱作对语。但首句第二字平声起,不可误。"又举冯延巳之"才罢严妆怨晓风",指出"仄仄平平"起,中四句"对偶与七律正同"。宋人胡仔早已说唐初歌"词",多五、七言"诗","今存者只《瑞鹧鸪》七言八句诗。"案:此词不仅前后押两韵部,其中间四句,既不对仗,而且上下阕衔接处,亦不粘连,明为两首绝句。有人据此怀疑非清照作品,则证据不足。盖本为两首绝句,误抄一起,《花草粹编》编者遽加《瑞鹧鸪》名,并妄题为《双银杏》耳。此论可备一说。本书列为存疑之词。此词疑在词式。

【注释】

①风韵雍容未甚都:典出《史记·司马相如传》:"相如之临邛,从车骑,雍容闲雅甚都。"裴骃集解引郭璞曰:"都,犹姣,美丽。"《诗》:"洵美且都。"雍容,从容而有威仪。

②尊前甘橘可为奴:典出《三国志·孙休传》裴松之注引《襄阳记》所

载，李衡生前遣人在外植橘千株，临死对儿说："吾州里有千头木奴，不责汝衣食。"儿以白母，母云："此当是种甘橘也。"宋•苏轼《商王子直秀才》："山中奴婢橘千头。"清照借此典而戏问所咏之物：你既"未甚都"，与你同在酒杯前的甘橘怎可称为奴呢？"

③醉后明皇倚太真：明皇，唐玄宗李隆基。太真，杨贵妃别号。《开元天宝遗事》："明皇与太真幸华清宫。因宿酒初醒，凭妃子肩同看木芍药。上亲折一枝，与妃子同嗅其艳。"

④居士：信佛教而未出家者，称为居士。此处乃清照自称，她别号为易安居士。擘开真有意：擘（bò），剖开。古乐府民歌，多以谐音喻义，如以"莲"为"怜"，以"薁"谐"悲"等。宋•洪迈《容斋三笔》卷十六："世传东坡一绝句：莲子擘开须见薏（揩'意'），楸枰著尽更无棋（揩'奇'）。"王仲闻据《尔雅•释草》，释薏为莲子心之后，引欧阳修《蝶恋花》："莲（谐怜）子（借为代词）中心，自有深深意（谐薏）。"下阕多涉莲荷，如并蒂（莲）、薏等，与银杏无涉，词中擘开并蒂莲，一般眼光则以为如"焚琴煮鹤"——大煞风景，而清照不特为之而不讳，且云："要吟风味两家新"，其寓意与其遭遇有关。

【汇评】

清•赵万里：按虞、真二部，诗余绝少通叶。极似七言绝句，与《瑞鹧鸪》词集不合。（《漱玉词》〔赵辑本〕）

诸葛忆兵：大约此时李清照与赵明诚共同欣赏此物，用这个典故既写出浏览景物的从容，也写出夫妻的情深意浓。（《李清照诗词选》中华书局）

长寿乐

南昌生日

微寒应候，望日边，六叶阶蓂初秀①。爱景欲挂扶桑②，漏残银箭③，杓回摇斗④。庆高闳此际，掌上一颗明珠剖。有令容淑质，归逢佳偶⑤。到如今，昼锦满堂贵胄。　　荣耀，文步紫禁⑥，一一金章绿绶。更值棠棣连阴⑦，虎符熊轼⑧，夹河分守⑨。况青云咫尺，朝暮重入承明后。看彩衣争献，兰羞玉酎。祝千龄，借指松椿比寿⑩。

【题解】

这是一首祝贺某贵妇人生日的寿词，文字充满阿谀逢迎，而寿主不见经传，故不似李清照笔墨，但有的集子（如岳麓书社版杨合林编《李清照集》）收在李之名下。本书作存疑，疑在内容和语言。

【注释】

①六叶：传说此草月初每日生一叶。已生六叶知为初六。

②爱景，扶桑：传说中太阳升起的地方的大树。《山海经·海外东经》："汤谷上有扶桑，十日所浴。"郭璞注："扶桑，木也。"

③漏残银箭：指天将向晓。漏残，漏壶中的水将要滴尽。银箭，用在漏壶中刻有度数的标尺。

④回摇斗：斗柄回转，指春天即将来临。杓，北斗七星中柄部的三星，又称斗柄、杓星。

⑤归：出嫁。李清照《金石录后序》："余建中辛巳，始归赵氏。"

⑥紫禁：以紫微星垣喻皇帝居处，故称皇宫为紫禁。《文选·宋孝武宣贵妃诔》："掩彩瑶光，收华紫禁。"李善注："王者之宫，以像紫微，故谓宫中为紫禁。"此句说通晓文史的儿子得以出入皇宫。

⑦棠棣连阴：兄弟福荫相续。棠棣，指兄弟。阴：同"荫"，指福荫。

⑧虎符：古代帝王调兵遣将的凭证。熊轼：古代高级官员所乘之车，车前横轼为伏熊之形。

⑨夹河分守：《汉书·杜周传》："始周为廷史，有一马。及久任事，列三公，而两子夹河为郡守，家赀累巨万矣。"这里指子侄辈颇有人荣任地方高官。

⑩松椿比寿：祝寿之辞。《诗·小雅·天保》有"如松柏之茂"等祝词；《庄子·逍遥游》有以大椿比岁之句。

【汇评】

王学初：此首原题撰人为易安夫人，宋人未见有以此呼清照者，未知有

误否?《翰墨大全》有延安夫人、易少夫人,俱仅一字之异。(人民文学出版社《李清照集校注》卷一)

黄墨谷:此词仅见《截江网》,《全宋词》载之,风格,笔调均不类清照其他慢词,兹不录。(齐鲁书社《重辑李清照集·漱玉词》卷三)

徐北文等:元《截江网》卷六收录本词,以其为"易安夫人"之作,因为宋人未有称李清照为"易安夫人"者,且从内容和格调上看,亦不似李清照词作,只能存疑待考。在艺术技巧上,该词有如下特色:一、委婉含蓄。作者用"爱景",暗示出生季节是冬天;用"杓回摇斗",斗柄欲东指,进而点出生季是春天即将来临之时,即冬末;用"六叶阶蓂初秀",点示出生日是在冬末月初六;用"欲挂扶桑"、"漏残银箭",点出出生时辰是在太阳将出来的时候。隐而不露,耐人咀嚼。二、比喻生动、形象。用"掌上一颗明珠",比喻贵妇人曾备受父母钟爱;用"松椿"树龄之长,比喻贵妇人寿命之长;用"青云"比喻官位显赫。这些比喻甚为恰切,生鲜,至今仍有"掌上明珠"、"寿比南山不老松"、"青云直上"之语常为人所喜用。三、"昼锦"、"金章绿绶"等典故的运用,既典雅蕴藉,又丰富了词的内涵。(济南出版社《李清照全集评注》)

断句(十一则)

失调名·教我甚情绪①

【题解】

"教我甚情绪",《花草粹编》(卷二)朱秋娘集句《采桑子》收录之,并注撰人姓名。朱秋娘集句《采桑子》也见《彤管遗编》,但未注每句出处。《彤管遗编》称"朱秋娘"名为"希真",恰与宋·朱敦儒字"希真"同。《彤管遗编》、《古今女史》等所收朱希真(秋娘)词多见于朱敦儒《樵歌》,少部分见于朱淑真《断肠句》,朱秋娘其人之有无,很难说(详见王仲闻《李清照集校注》)。只存独句,未加注释。

①此句意谓叫我有什么情绪。

失调名·残句八则

（一）

几多深恨断人肠。

（二）

水晶山枕象牙床。

（三）

行人舞袖拂梨花。

（四）

犹将歌扇向人遮。

（五）

闲愁也似月明多。

（六）

罗衣消尽恁时香。

（七）

直送凄凉到画屏。

（八）

彩云易散月长亏。

【题解】

"几多深恨断人肠"、"水晶山枕象牙床"、"犹将歌扇向人遮"、"闲愁也似月明多"、"罗衣消尽恁时香"、"直送凄凉到画屏"、"彩云易散月长亏"七个断句，皆见宋·胡伟集句《宫词》，其中有诗句亦有词句，因未注明，也不见于现存李清照诗词之中，故是诗是词难以考定(详见王仲闻《李清照集校注》)，也将其编入李清照存疑词中。惟"几多深意断人肠"，别见于李莽《梅花衲》中。"行人舞袖拂梨花"，见《古今小说》(三十三卷)中《张古老种瓜娶文女》。《古今小说》此篇所引之词皆有问题，引句亦未必易安所作，是诗是词难以确定(详见王仲闻《李清照集校注》)。亦编入易安存疑词中。

【汇评】

王仲闻以为"以各句风调观之，似是词句"、"所引清照断句，决非伪作"。(人民文学出版社《李清照集校注》)

失调名·条脱闲揎系五丝

条脱闲揎系五丝。

【题解】

"条脱闲揎系五丝。"宋·陈元靓撰《岁时广记》卷(二十一)中《风俗通》载："五月五日，以杂色线织条脱，缠于臂上。沂公作《夫人阁端午帖》：'绕臂双条达，红纱昼梦惊。'易安居士词云：'条脱闲揎系五丝。'"其中所引"易安居士词"句，未注明原词调，原词已佚失，只存此句。

失调名·瑞脑烟残

瑞脑烟残，沉香火冷。

【题解】

"瑞脑烟残，沉香火冷。"宋·陈元靓撰《岁时广记》卷四十中《纪闻》载："唐贞观初，天下乂安，百姓富赡。时属除夜，太宗盛饰宫掖，明设灯烛。殿内诸房，莫不绮丽。盛奏歌乐，乃延萧后观之。乐阕，帝问萧后曰：'朕设此孰愈隋主。'萧后笑而答曰：'彼乃亡国之君，陛下开基之主，奢俭之事，固不同年。'帝曰：'隋主何如？'萧后曰：'隋主享国十有余年，妾常侍从，见其淫侈。每二除夜,殿前诸院设火山数十,尽沉香木根也。每夜,山皆焚沉香数车,火光暗则以甲煎沃之,焰起数丈。沉香甲煎之香,旁闻数十里。一夜之中用沉香二百余乘,甲煎过二百石。'欧阳公诗云:'隋宫守夜沉香火,楚俗驱神爆竹声。'李易安《元旦》词云:'瑞脑烟残,沉香火冷。'"其中所引"李易安《元旦》词"句,未注明原词调,原词已佚失。只存此两句。

误署词

误题为李清照撰词(29 首、断句 2 则)

玉烛新

溪源新腊后,见数朵江梅,剪裁初就。晕酥砌玉,芳英嫩,故把春心轻漏。前村昨夜,想弄月、黄昏时侯。孤岸悄,疏影横斜,浓香暗沾襟袖。　　尊前赋与多才,向岭外风光,故人知否?寿阳谩斗。终不似,照水一枝清瘦。风娇雨秀。好乱插,繁华盈首。须信道,羌笛无情,看看又奏。

【题解】

此首为周邦彦作,见宋本《详注周美成词片玉集》卷七。《梅苑》误作李清照词。

品　令

零落残红,似胭脂颜色。一年春事,柳飞轻絮,笋添新竹。寂寞,幽对小园嫩绿。　　登临未足。怅游子、归期促。他年清梦。千里犹到,城阴溪曲。应有凌波,时为故人凝目。

【题解】

此首为曾纡词,见《乐府雅词》卷下。《京本通俗小说》所引多付会小说。《京本通俗小说》卷十二西出一窟鬼《花草粹编》卷七《警世通言》第十四卷一窟鬼癞道人除怪。汲古阁未刻本《漱玉词》误作李清照词。

春光好

看看腊尽春回。消息到江南早梅。昨夜前村深雪里,一朵先开。盈盈玉蕊如裁。更细风,清香暗来。空使行人肠欲断,驻马徘徊。

【题解】

此阙《梅苑》作无名氏词。《永乐大典》卷二千八百零八梅字韵误作李清照词。

河 传

梅 影

香苞素质,天赋与、倾城标格。应是晓来,暗传东君消息。把孤芳,回暖律。寿阳粉面增妆饰。说与高楼,休更吹羌笛。花下醉赏,留取时倚栏干,斗清香,添酒力。

【题解】

此阙《梅苑》作无名氏词。《永乐大典》卷二千八百十梅字韵误作李清照词。

七娘子

　　清香浮动到黄昏，向水边疏影梅开尽。溪边畔，轻蕊有如浅杏。一枝喜来东君信。风吹只怕霜侵损。更欲折来，插向多情鬓。寿阳妆面，雪肌玉莹。岭头别后微添粉。

【题解】

　　此阕《梅苑》作无名氏词。《永东大典》卷二千八百十梅字韵误作李清照词。

忆少年

　　疏疏整整，斜斜淡淡，盈盈脉脉。徒怜暗香句，笑梨花颜色。羁马萧萧行又急。空回首、水寒沙白。天涯倦牢落，忽一声羌笛。

【题解】

　　上海新编《李清照集》云："此阕《梅苑》作易安词。"下《捣练子》、《喜团圆》、《清平乐》、《二色宫桃》、《泛兰舟》、《远朝归》、《十月梅》、《珍珠鬟》、《击梧桐》、《沁园春》等阕俱同。按传本《梅苑》，各首实为无名氏词。《永乐大典》卷二千八百十梅字韵误作李清照词。

玉楼春

腊 梅

腊梅先报东风信,清似龙涎香得润。黄轻不肯整齐开,比著红梅仍更韵。纤枝瘦绿天生嫩。可惜轻寒摧韵横。刘郎只解误桃花,惆怅今年春又尽。

【题解】

《永乐大典》卷二千八百零八一梅字韵误作李清照词。

以上五首,均见《梅苑》卷九,无撰人姓氏作品,为无名氏作品。《永乐大典》误题李清照作。《永乐大典》中误题撰人之词颇多,《梅苑》无名氏词,《永乐大典》往往以为前一人所作,误题作者姓名者,有三十余首。

唐圭璋《全宋词》《玉楼春》一首失收。又《全宋词》所录《永乐大典》各词,先后次序未依原书,文字亦与原书不尽相同,惜无注明。

柳梢青

春 晚

子规鸋鹉,可怜又是,春归时节。满院东风,海棠铺绣,梨花飞雪。　　丁香露泣残枝。算未比,愁肠寸结。自是休文,多情多感,不干风月。

【题解】

此首为蔡伸作,见《友古居上词》。《词学荃蹄》卷五、《七修类汇》卷三十四误作李清照词。

点绛唇

　　红杏飘香,柳含烟翠拖金缕。水边朱户。门掩黄昏雨。

　　烛影摇红,一枕伤春绪。归不去。凤楼何处?芳草迷归路。

【题解】

　　此首为苏轼作,见曾造本《东坡词拾遗》。《词学筌蹄》卷五误作李清照词。

青玉案

　　凌波不过横塘路,但目送、芳尘去。锦瑟年华谁与度?月楼花院,琐窗朱户。惟有春知处。　　碧云冉冉蘅皋暮。彩笔空题断肠句。试问闲愁知几许?一川烟草、满城风絮,梅子黄昏雨。

【题解】

　　此首为贺铸作,见《东山词》卷上,《乐府雅词》卷上、《中吴记闻》卷三,《诗人玉屑》卷二十一等书。(《词学筌蹄》卷五误作李清照词)。

如梦令

闺　怨

谁伴明窗独坐？和我影儿两个。灯尽欲眠时，影也把人抛躲。无那。无那。好个凄惶的我。

【题解】

此首为向镐作，见《乐斋词》。《续草堂诗余》卷上《古今诗统》卷三《词菁》卷二《花镜旧声》卷七《林下词选》卷一《见亭古今词选》卷一误作李清照词。

菩萨蛮

闺　情

绿云鬓上飞金雀。愁眉敛翠春烟薄。香阁掩芙蓉。画屏山几重。　　窗寒天欲曙。犹结同心苣。啼粉污罗衣。问郎何日归？

【题解】

此首为五代时牛峤所作，见《花间集》卷四。《续草堂余》卷上《古今词统》卷五《林下词选》卷一等误作李清照词。

生查子

元夕有怀

去年元夜时,花市灯如昼。月上柳梢头,人约黄昏后。

今年元夜时,月与灯依旧。不见去年人,泪满春衫袖。

【题解】

此首为欧阳修词,见《欧阳文忠公近体乐府》卷一。《词的》卷一误作李清照词。

浣溪沙

春　暮

楼上晴天碧四垂。楼前芳草接天涯。劝君莫上最高梯。

新笋已成堂下竹,落花都上燕巢泥。忍听林表杜鹃啼。

【题解】

此首为周邦彦词,见《详注周美成词片玉集》卷三。《便读草堂诗余》卷三,《题评名贤词话草堂诗余》卷三《草堂诗余评林春集》卷三《草堂诗余》卷二沈际飞《草堂诗余》正集卷一《古今词统》卷四《古今诗全醉》卷二《崇祯历城县志》卷十五《林下词选》卷一《见山亭古今词选》卷一《诗综》卷二十五《历代诗余》卷七《古今词选》卷一《历朝名媛诗词》卷十一《天籁轩词选》卷五《云韶集》卷十《复堂词录》卷八三误作李清照词。

孤鸾

早 梅

　　天然标格，是小萼堆红，芳姿凝白。淡伫新汝，浅点寿阳宫额。东君想留厚意，倩年年、与传消息。昨夜前村雪里，有一枝先折。　　念故人何处水云隔。纵驿使相逢，难寄春色。试问丹青手，是怎生描得？晓来一番雨过，更那堪，数声羌笛。归去和羹未晚，劝行人休摘。

【题解】

　　此首实无名氏作，见《草堂诗余》后集卷下、杨金本《草堂诗余》后集卷下。此首见《草堂诗余正集》卷四：题朱希真撰，注"误刻李"。当时或以此首为李清照词。

品 令

　　急雨惊秋晓。今岁较、秋风早。一觞一咏，更须莫负，晚风残照。可惜莲花已谢，莲房尚小。　　汀苹岸草。怎称得、人情好？有些言语，也待醉折，荷花问道。道与荷花，人比去年总老。

【题解】

　　此首见《花草粹编》卷七，无撰人姓名，与前《品令》"零落残红"一首相衔接。《词谱》卷九误作李清照词。有的版本两首一起排列,标题为"品令二首"。

捣练子

欺万木,怯寒时。倚栏初认月宫姬。拭新妆,披素衣。
孤标韵,暗香奇。冰容玉艳缀琼枝。借阳和,天付伊。

喜团圆

轻攒碎玉,玲珑竹外,脱去繁华。尤殢东君,最先点破,压倒群花。　　瘦影生香,黄昏月馆,青浅溪沙。仙标淡伫,偏宜幺凤,肯带栖鸦。

【题解】

此二首俱无名氏词,见《梅苑》卷八。第二首又误作晏几道词,见朱之赤旧藏抱经斋钞本《小山词》补遗引《花草粹编》。李文祎辑《漱玉集》卷三此二首俱误作李清照词。

清平乐

寒溪过雪,梅蕊春前发。照影临姿香苒苒,临水一枝风月。　　梦游仿拂仙乡。绿窗曾见幽芳。事往无人共说,愁闻玉笛声长。

二色宫桃

镂玉香苞酥点萼,正万木园林萧索。惟有一枝雪里开,江南有信凭谁托？　　前年记赏登高阁。叹年来、旧欢如昨。听取乐天一句云,花开处、且须行乐。

【题解】

此二首俱无名氏作,见《梅苑》卷九。李文祜辑《漱玉集》卷三误作李清照词。

小桃红

后园春早,残雪尚蒙烟草。数树寒梅,欲绽香英。小妹无端,折尽钗头朵,满把金尊细细倾。　　忆得往年同伴,沉吟无限情。恼乱东风,莫便吹零落,惜取芳菲眼下明。

【题解】

此首为晏殊《玉堂春》词,见《珠玉词》。《梅苑》卷八误作无名氏词。李文祜辑《漱玉集》又误作李清照词。

行香子

天与秋光,转转情伤。探金英,知近重阳。薄衣初试,绿蚁初尝。渐一番风、一番雨、一番凉。　　黄昏院落,恓恓惶惶。酒醒时、往事愁肠。那堪永夜,明月空床。闻砧声捣、蛩声细、漏声长。

【题解】

此首无名氏作,见《乐府雅词拾遗》卷下。《全宋词》失收。李文裿辑《漱玉集》卷四误作李清照词。

泛兰舟

霜月亭亭时节,野溪开冰灼。故人信付江南,归也仗谁托?寒影低横,轻香暗度,疏篱幽院何在?秦楼朱阁。称帘幕。摧酒共看,新诗承醉更堪作。雅淡一种天然,如雪缀烟薄。肠断相逢,手撚嫩枝,追思浑似,那人,浅妆梳掠。

【题解】

此首无名氏词,见《梅苑》卷一。李文裿《漱玉集》误作李清照词。

远朝归

金谷先春，见乍开江梅，晶明玉腻。珠帘院落，人静雨疏烟细。横斜带月，又别是、一般风味。金尊里，任遗英乱点，残粉低坠。　　惆怅杜陇当年，念水远天长，故人难寄。山城倦眼，无绪更看桃李。当时醉魄，算依旧、徘徊花底。斜阳外，谩回首、画楼十二。

【题解】

此首赵耆孙词，见《花草粹编》卷八。《梅苑》卷一作无名氏词。李文裿辑《漱玉集》卷四误作李清照词。

又

新律才交，早旧梢南枝，朱污粉腻。烟笼淡妆，恰值雨膏初细。而今看了，记他日、酸甜滋味。多应是，伴玉簪凤钗，低捱斜坠。　　迤逦，对酒当歌，眷恋得芳心，竟日何际？春光付与，尤是见欺桃李。叮咛寄语，且莫负，尊前花底。拚沈醉，尽铜壶、漏传三二。

【题解】

此首《梅苑》卷八作无名氏词。《花草粹编》卷八作赵耆孙词。李文裿辑《漱玉集》卷四误作李清照词。

十月梅

千林凋尽,一阳未报,已绽南枝。独对霜天,冒寒先占花期。清香映月浮动,临浅水、疏影斜欹。孤标不似,绿李夭桃,取次成蹊。　　纵寿阳妆脸偏宜。应未笑、天然雅态冰肌。寄词高楼,凭栏羌管休吹。东君自是为主,调鼎鼐,终付他时。从今点缀,百草千花,须待春归。

【题解】

此首无名氏词,见《梅苑》卷一。李文祎辑《漱玉集》卷四误作李清照作。

真珠髻

红　梅

重重山外,苒苒流光,又是残冬时节。小园幽径,池边楼畔,翠木嫩条春别。纤蕊轻苞,粉萼染,猩猩鲜血。乍几日,好景和风,次第一齐催发。　　天然香艳殊绝,比双成皎皎,倍增芳洁。去年因遇东归使,指远恨,意曾攀折。岂谓浮云终不放、满枝明月。但叹息,时饮金钟,更绕丛丛繁雪。

【题解】

此首无名氏词,见《梅苑》卷一。《历代诗传》卷八十七误作晏几道词。

李文祹辑《漱玉集》卷四误作李清照词。

击梧桐

雪叶红凋,烟林翠减,独有寒梅难并。瑞雪香肌,碎玉奇姿,迥得佳人风韵。清标暗折芳心,又是轻泄,江南春信。最好山前水畔,幽闲自有,横斜疏影。　　尽日凭栏,寻思无语,可惜飘琼飞粉。但怅望,王孙未赏,空使清香成阵。怎得移根帝苑,开时不许众芳近。免教向、深岩暗谷,结成千万恨。

沁园春

山驿萧疏,水亭清楚,仙姿太幽。望一枝颖脱,寒流林外,为传春信,风定香浮。断送光阴,还同昨夜,叶落从知天下秋。凭栏处,对冰肌玉骨,姑射来游。　　无端品笛悠悠,似怨感长门人泪流。奈微酸已寄,青青杪,助当年太液,调鼎和馐。樵岭渔桥,依稀精彩,又何藉纷纷俗士求?孤标在,想繁红闹紫,应与包羞。

【题解】

此二首无名氏作,见《梅苑》卷一。李文祹辑《漱玉集》卷一并误作李清照词。

断句（二则）

失调名

凝眸。两点春山满镜愁。

【题解】

此为周邦彦《南乡子》词句。见陈元龙《详注周美成词片玉集》卷三。《花镜旧声》所附《花镜韵语》误为李清照作。

又

几日不来楼上望，粉红香白已争妍。

【题解】

此二句为清初顾贞立（顾贞观之姊）《浣溪沙》词句，全篇云："百啭娇莺唤独眠。起来慵自整花钿。浣衣风日试衣天。　几日不曾楼上望，粉红香白已争妍。柳条金嫩滞春烟。"题作《和王仲英夫人韵》见《众香词》礼集。（亦见清初人其它选本，兹不赘引）《蕙风词话》误为李清照词句。

误题原因简析

赵万里先生《校辑宋金元人词·引用书目·类编草堂诗余四卷》有题识云：……古乐府及元明戏曲之佳者，其撰人多不能确知，宋词亦然。故分类本于词之撰人不能详者，辄空缺不注。黄大兴

《梅苑》、曾造《乐府雅词拾遗》亦如之。而分调时不明斯例，悉以前一阕所记撰人当之，于是宋世名家凭空又添作赝作若干首，而明以后人无摘其谬者。以讹传讹，实此书作之始。如分类本前集上《浣溪纱》"水涨鱼天拍柳桥"一阕。与周邦彦《渡江云》衔接，分调时以为周作，毛子晋补辑《片玉词》据以录入，即其例矣……"其说精辟。以之解释各误题撰人之词作品，往往迎刃而解。不特《类编草堂诗余》如此，他书如是者亦多有之，以明周瑛所撰之《词学筌蹄》为例，所有误题撰人之作品，约有百首左右，其致误原因亦大抵如是。如分类本《草堂诗余》前集卷上李易安《如梦令》"昨夜雨疏风骤"一首后有无撰人姓名词五首：（一）《武陵春》"风住压香花已尽"阕、（二）《怨王孙》"梦断漏悄"阕、（三）《青玉案》"凌波不过横塘路"阕、（四）《点绛唇》"红杏飘香"阕、（五）《柳梢青》"子规啼血"阕，《词学筌蹄》悉以为李易安词。《词学筌蹄》流传未广，故后人承其误者，只有郎瑛《七修类稿》卷三十四亦以《柳梢青》为易安词，李文裿则又承郎瑛之误。至《类编草堂诗余》则后之各种刊本《草堂诗余》号称李廷机、唐顺之、李攀龙、董其昌、杨慎等批评点注者无一不从之出，流传愈广则承误者愈多，相沿以讹传讹者约有五、六十首。《翰墨大全》中无撰人姓名词而《花草粹编》署有撰人，《花草粹编》中无撰人姓名词而《历代诗余》署有撰人者，其致误之由亦俱与《类编草堂诗余》相同。秦恩复刻《乐府雅词》，拾遗两卷中无人词添注撰人姓名者不少，其中如梁寅《侍香金童》、赵与仁《醉春风》等则又承《历代诗余》之误。

赵先生之说发表于一九三一年，而后之研究词学者，或未注意。李文裿辑《漱玉集》，不明此理，竟误收黄大与《梅苑》中无名氏词多首以为李清照作，黄节、萨雪如等从而推波助澜为之揄扬。其后李文裿且云："或谓，易安居士之诗文词久佚，不可复得。子之所辑，为数颇富，得勿以他人之作滥人以实篇幅乎？曰：凡所徵引，俱已详其本源。为是言者,则余弗与之辩也。"自信太深,故其错误迄未改正。如能注意赵万里先生之说,其误收之弊,当可避免。

李清照词被误题他人作八首简介

(1)《如梦令》"常记溪亭日暮",原出《乐府雅词》卷下,乃杨金刻本《草堂诗余》前集卷下误题苏轼作,《历代名贤词府》卷一、《唐词记》卷五误以为吕洞宾作,《词林万选》卷四以为无名氏词。

(2)《浣溪沙》"小院闲窗春色深",原出《乐府雅词》卷下,《历代名贤词府》卷一、明陈钟秀本《草堂诗余》卷上误题周邦彦作,明周瑛《词学筌蹄》卷五误题欧阳修作,吴文英《梦窗词集》误收此首,洪武本《草常诗余》前集卷上、杨金本《草堂诗余》后集卷上又误以为无名氏作。

(3)《浣溪沙》"淡荡春光寒食天",原出《乐府雅词》卷下,误入宋仲并《浮山集》卷三,非《永乐大典》误,即清四库馆臣误辑。《浮山集》中尚误收他人之诗,其情况与此词相同。

(4)《一剪梅》"红藕香残玉簟秋",原出《乐府雅词》卷下,误入宋赵长卿《惜香乐府》卷九,《续草堂诗余》卷下又误以为无名氏作。

(5)《蝶恋花》"泪湿罗衣脂粉满",原出《乐府雅词》卷下,而明田艺蘅《诗女史》卷十一、《留青日札》卷四十、郦琥《彤管遗编》后集卷十二等俱误作延安夫人词,《新编事文类聚翰墨大全》后丙集卷四又误作无名氏词。

(6)《怨王孙》"湖上风来波浩渺",原出《乐府雅词》卷下,《词谱》卷二则以为无名氏作。

(7)《忆秦娥》"临高阁",原出《全芳备祖》后集卷十八桐门,而杨金本《草堂诗余》前集卷下则误作无名氏词，《花草粹编》卷四从之。

　　（8）《声声慢》"寻寻觅觅"，张端义《贵耳集》卷上曾引之，而明代有误作康与之词者，见《草堂诗余别集》卷二。

全诗新编

浯溪中兴颂诗和张文潜 (二首)①

其 一

五十年功如电扫,华清花柳咸阳草。

五坊供奉斗鸡儿②,酒肉堆中不知老。

胡兵忽自天上来,逆胡亦是奸雄才。

勤政楼前走胡马,珠翠踏尽香尘埃。

何为出战辄披靡？传置荔枝多马死③。

尧功舜德本如天,安用区区纪文字。

著碑铭德真陋哉,乃令鬼神磨山崖。

子仪光弼不自猜④,天心悔祸人心开。

夏商有鉴当深戒⑤,简策汗青今具在⑥。

君不见,当时张说最多机,虽生已被姚崇卖⑦。

【题解】

这两首诗是李清照早年和张耒《读中兴颂碑》诗所作。据记载,张耒诗歌流传开来以后,在当时的影响非常广泛,黄庭坚、潘大临等著名诗人都有和作。李清照的和诗深刻分析了唐朝之所以会发生安史之乱和唐王朝军队一败涂地的原因,通过总结历史的教训,表现了诗人对北宋末年朝政的担忧,并以此对宋朝统治者予以劝诫。

【注释】

①浯溪中兴颂:浯溪,地名,在湖南祁阳县。唐肃宗上元二年(761年),元结撰《大唐中兴颂》,刻于浯溪石崖上,时人谓之摩崖碑。碑文记述了安禄山作乱,肃宗平乱,大唐得以中兴的史实。和张文潜:张文潜,北宋

143

诗人,名耒,字文潜,苏轼门下"四学士"之一。

②五坊:五坊,《新唐书·百官志·殿中监》:"闲厩使押五坊以供时狩。一曰雕坊,二曰鹘坊,三曰鹞坊,四曰鹰坊,五曰狗坊。"专门饲养打猎的鹰犬供皇帝游乐之用。后人指不务正业之人为"五坊小儿"。斗鸡儿:《岁时广记》卷十七引《东城老父传》:"明皇乐民间清明节斗鸡戏。及即位,治鸡坊,索长安雄鸡,金尾、铁距、高冠、昂尾千数,养于鸡坊,选六军小儿五百,使教饲之。"此指唐玄宗爱好斗鸡,玩物丧志。

③传置荔枝:《新唐书·杨贵妃传》:"妃嗜荔枝,必欲生致之,乃置骑传送数千里,味未变,已至京师。"由于骏马兼程急递,许多马因递送荔枝而累死。

④不自猜:一作"不用猜"。

⑤夏商有鉴:一作"夏为殷鉴"。《诗经·大雅·荡》:"殷鉴不远,在夏后之世。"即后世当以前事为鉴戒。

⑥简策汗青:古代书籍由竹简编成,为便于书写和长久保存,则必须将竹简在火上烤干,炙烤时竹简出水如汗一般,故曰汗青。此简策汗青代指史册。

⑦张说、姚崇:二人均为唐玄宗时宰相。

其 二

君不见惊人废兴传天宝①,中兴碑上今生草。

不知负国有奸雄,但说成功尊国老②。

谁令妃子③天上来,虢秦韩国④皆天才。

花桑羯鼓玉方响⑤,春风不敢生尘埃。

姓名谁复知安史,健儿猛将安眠死。

去天尺五抱瓮峰⑥,峰头凿出开元字。

时移势去真可哀,奸人心丑深如崖。

西蜀万里⑦尚能返,南内一闭⑧何时开?

可怜孝德如天大，反使将军⑨称好在。

呜呼！奴辈乃不能道：辅国用事张后专⑩，

乃能念：春荠长安作斤卖⑪。

【注释】

①天宝：唐玄宗年号。

②国老：告老退休的卿大夫。此指郭子仪、李光弼等平息安史之乱的功臣。

③妃子：此指杨贵妃。

④虢、秦、韩国：杨贵妃三姊分封之地。《唐书·杨贵妃传》："有姊三人，皆有才貌。玄宗并封国夫人之号。大姨封韩国，三姨封虢国，八姨封秦国，并承恩泽。出入宫掖，势倾天下。"

⑤花桑句：羯鼓，乐器，以山桑木为之。状如漆桶，下承以牙床，以两杖击之。唐玄宗素喜音律，尤擅长击羯鼓，人称之为"八音领袖"。方响：乐器。《杨太真外传》卷上："上尝梦十仙子，乃制《紫云回》。并梦龙女，又制《凌波曲》。二曲既成……就按于清元小殿。宁王吹玉笛，上羯鼓，妃琵琶，马仙期方响，李龟年觱篥，张野狐箜篌，贺怀智拍，自旦至午，欢洽异常。"

⑥去天尺五：杜甫《赠韦七赞善》诗自注："俚语：城南韦杜，去天尺五"。意谓韦杜两家高贵，与皇室接近，极言其高。抱瓮峰：即瓮肚峰。唐·郑棨《开天传信记》："华岳云台观中方之上，有山崛起如半翁之状，名曰瓮肚峰。上尝赏望，嘉其高迥，欲于峰头大凿'开元'二字，填以白石，令百余里望见。谏官上言，乃止。"

⑦西蜀万里：安史之乱时，玄宗逃至西蜀(今四川)。

⑧南内：长安有大内、西内、南内三宫，南内即兴庆宫，本唐玄宗听政处。安史之乱平息后，玄宗回到长安，肃宗信用李辅国，迁玄宗于西内，故谓"南内一闭"。

⑨将军：指高力士。高力士天宝七年加至骠骑大将军。《新唐书·高力士传》："帝或不名而呼将军。"

⑩辅国用事：辅国，李辅国，玄宗时为阉奴，得肃宗信任，权势日益显赫。用事，当权。张后：肃宗皇后，与李辅国勾结专权，后为李辅国杀。《唐书·肃宗张皇后传》："皇后宠遇专房，与中官李辅国持权禁中，干预政事，请谒过当。帝颇不悦，无如之何。"

⑪春荠长安作斤卖：《高力士外传》："园中见荠菜，士人不解吃。便赋诗曰：'两京秤斤卖，五溪无人采。夷夏虽有殊，气味应不改。'使拾之为羹，甚美。"以上二句意谓：人们只知道责备唐玄宗宠信高力士、引入杨玉环的误国之罪，却不知道责备肃宗宠信李辅国、张后之弊。

【汇评】

宋·周辉：浯溪《中兴颂碑》，自唐至今，题咏实繁。零陵近虽刊行，止荟粹已入石者，曾未暇广搜而博访也。赵明诚待制妻易安李夫人尝和张文潜长篇二。以妇人而厕众作，非深有思致者能之乎？（《清波杂志》卷八）

明·陈宏绪：李易安诗余，脍炙千秋，当在《金荃》、《兰畹》之上。古文如《金石录后序》，自是大家举止，绝不作闺阁妮妮语。《打马图序》变复磊落不凡。独其诗歌无传。仅见《和张文潜浯溪中兴碑》二篇……二诗奇气横溢，尝鼎一脔，已知为驼峰、麟脯矣。（《寒夜录》卷下）

清·王士禛：宋闺秀李清照，号易安居士，吾郡人，词家大宗。其集名《漱玉》，而诗不概见。兄西樵昔撰《然脂集》，采摭最博，止得其诗二句，云："少陵也是可怜人，更待明年试春草。"此外了不可得。陈士业《寒夜录》乃载其《和张文潜浯溪碑歌诗》二篇，未言出于何书。予撰《语溪考》，因录入之。……二诗未为佳作，然出妇人手亦不易，矧易安之逸篇乎？故著之。（《香祖笔记》卷五）

王璠：诗中斥责明皇误国，招致离乱，抒发诗人怨愤，忧心如焚。托古讽今，寄意深远。简直与《离骚》的作者屈原同一胸襟。姑且撇开诗中的寄托与思想，就艺术表现方面说，这二诗与白居易的新乐府《秦中吟》没有什么区别，都是尽善尽美的好诗。王士禛《香祖笔记》说"二诗未为佳作"，那是十分冤屈的。（《李清照研究丛稿·李清照的诗》）

徐北文等：在这两首诗中，李清照从大处落墨，深刻分析了唐代之所以会发生安史之乱及唐王朝军队一败涂地的原因，即以唐明皇为首的统治阶级耽于淫佚,任用奸佞。唐玄宗登基之后,在相当长的一个时期内,唐朝仍处于"盛世"之中。然而当他骄奢淫逸,竭民力以快己欲时,其诸般功业也就一扫而空了("五十年功如电扫")。李清照在第一首诗中总结了这一历史的教训,同时指出,这一历史的教训,今天的人们应该很好的记取("夏商有鉴当深戒,简策汗青今具在")。

又,第二首诗中,李清照着重写了奸雄误国的危险。诗人指出,《大唐中兴颂》碑虽然歌颂了郭子仪、李光弼等兴国功臣,但元结对历史的经验教训的总结是不全面的,他"不知负国有奸雄,但说成功尊国老。"奸雄的危害之大是万万不可忽视的("奸人心丑深如崖"),当年唐明皇,因战乱流亡西蜀,最后还能返回故都,可是被权奸人物所作弄,就没有重见天日的机会了("西蜀万里尚能反,南内一闭何时开")。(济南出版社《李清照全集评注》)

上枢密韩肖胄①诗（二首）

绍兴癸丑五月,枢密韩公、工部尚书胡公使虏②,通两宫③也。有易安室者,父祖皆出韩公门下④,今家世沦替,子姓寒微,不敢望公之车尘。又贫病,但神明未衰落。见此大号令,不能忘言,作古、律诗各一章,以寄区区之意,以待采诗者云。

> 三年夏六月⑤,天子视朝久。
> 凝旒望南云,垂衣思北狩⑥。
> 如闻帝若曰,岳牧与群后⑦。
> 贤宁无半千⑧,运已遇阳九⑨。
> 勿勒燕然铭⑩,勿种金城柳⑪。
> 岂无纯孝臣⑫,识此霜露悲⑬。
> 何必羹舍肉⑭,便可车载脂⑮。

土地非所惜，玉帛如尘泥。
谁当可将命，币厚辞益卑。
四岳⑯佥曰俞，臣下帝所知。
中朝第一人⑰，春官⑱有昌黎。
身为百夫特，行足万人师。
嘉祐与建中，为政有皋夔⑲。
匈奴畏王商⑳，吐蕃尊子仪㉑。
夷狄已破胆，将命公所宜。
公拜手稽首，受命白玉墀㉒。
曰臣敢辞难，此亦何等时。
家人安足谋，妻子不必辞。
愿奉天地灵，愿奉宗庙威。
径持紫泥诏㉓，直入黄龙城㉔。
单于定稽颡㉕，侍子㉖当来迎。
仁君方恃信，狂生休请缨。
或取犬马血，与结天日盟。
胡公清德人所难，谋同德协心志安㉗。
脱衣已被汉恩暖㉘，离歌不道易水寒。
皇天久阴后土湿，雨势未回风势急。
车声辚辚马萧萧，壮士懦夫俱感泣。
闾阎嫠妇亦何知㉙，沥血投书干记室㉚。
夷虏从来性虎狼，不虞预备庸何伤。
衷甲昔时闻楚幕，乘城前日记平凉㉛。
葵丘践土非荒城，勿轻谈士弃儒生㉜。
露布㉝词成马犹倚，崤函关出鸡未鸣。
巧匠何曾弃樗栎㉞，刍荛之言㉟或有益。

不乞隋珠与和璧㊱,只乞乡关新信息。

灵光㊲虽在应萧萧,草中翁仲㊳今何若。

遗氓岂尚种桑麻,残虏如闻保城郭。

嫠家父祖生齐鲁,位下名高人比数。

当时稷下㊳纵谈时,犹记人挥汗成雨。

子孙南渡今几年,飘零遂与流人伍。

欲将血泪寄山河,去洒东山㊵一抔土。

又

相见皇华㊶过二京,壶浆㊷夹道万人迎。

连昌宫㊸里桃应在,华萼楼㊹前鹊定惊。

但说帝心怜赤子,须知天意念苍生。

圣君大信明如日,长乱何须在屡盟。

【题解】

宋高宗绍兴三年(1133年),朝廷派同签枢密院事韩肖胄和工部尚书胡松年出使金国,去慰问被囚于北方的徽、钦二帝。李清照特作此二诗为韩、胡二公送行。这两首诗表现了诗人反击侵略、收复失地的强烈愿望,充满了爱国主义的激情。

【注释】

①韩肖胄:北宋名相韩琦之曾孙。宋高宗绍兴三年(1133年)任尚书吏部侍郎、端明殿学士、同签枢密院事。被朝廷委派出使金国,为通问使。

②胡公:即胡松年,随韩肖胄出使金国,为副使。使虏:虏,指金国,使虏,出使金国。

③通两宫:通:通问、问候。两宫,指被金人虏去的宋徽宗、宋钦宗。

④父祖皆出韩公门下:韩公,指韩肖胄曾祖韩琦,安阳人。韩琦曾相仁宗、英宗、神宗三朝。李清照之祖父和父亲(李格非)皆曾为韩琦荐引,故曰出韩公门下。

149

⑤三年夏六月：三年，指宋高宗绍兴三年（1133 年）。六月，当为五月，清照笔误。

⑥凝旒：旒，古代帝王之冕前后所悬垂的玉穗。《礼记·玉藻》："天子玉藻，十有二旒，前后邃延。"凝旒，指天子冕旒一动不动，形容庄重严肃。南云：南天之云。天子面南而坐，故所望为南云。垂衣：言天下太平而无为。《周易·系辞》下："黄帝、尧、舜，垂衣裳而天下治，盖取诸乾坤。"北狩：狩，本意为狩猎，引申为出巡。宋徽、钦二宗被掳北去，不敢明言，托词出巡，故曰北狩。

⑦岳牧：岳，尧帝时以上羲和之四子分掌四岳诸侯。牧，一州之长为牧。岳牧，泛指朝廷百官。群后：各位诸侯，泛指百官。

⑧半千：《孟子·公孙丑》，"五百年必有王者兴，其间必有名世者。"古人遂以"半千"为贤者兴起之时。

⑨阳九：指岁月充满灾难。古称四千六百一十七岁为一元，初入元一百零六岁中，将逢灾岁九，为阳九。

⑩燕然铭：燕然，山名，在今蒙古人民共和国。《后汉书·窦宪传》："窦宪、耿秉与北单于战于稽落山，大破之。虏众奔溃，单于遁走……宪、秉遂登燕然山，山塞三千余里，刻石勒功，纪汉威德，令班固作铭。"

⑪金城柳：用晋·桓温北伐故事。《晋书·桓温传》："温自江陵北伐，行经金城，见少为琅琊时所种柳皆已十围，慨然曰：'木犹如此，人何以堪！'攀枝折条，泫然流涕。"

⑫纯孝臣：《左传·隐元年》："颍考叔，为颍谷封人……君子谓颍考叔纯孝也。"

⑬霜露悲：怀念父母之悲。《礼记·祭义》："霜露既降，君子履之，必有凄怆之心，非其寒之谓也；春雨露既濡，君子履之，必有怵惕之心，如将见之。"

⑭羹舍肉：用颍考叔故事。《左传·隐元年》："颍考叔，为颍谷封人……公赐之食，食舍肉。公问之，对曰：'小人有母，皆尝小人之食矣，未尝君之羹，请以遗之。'公曰：'尔有母遗，繄我独无。'颍考叔曰：'敢问何谓也？'公语之故，且告之悔。对曰：'君何患焉，若阙地及泉，隧而相见，其谁

曰不然?'公从之。"

⑮车载脂:以油脂涂车轴。可以走得快一点。《诗经·卫风·泉水》:"载脂载牵。"

⑯四岳:四方诸侯之长。《尚书·尧典》:"帝曰:咨,四岳。"注:"四岳即上羲和之四子,分掌四岳之诸侯,故称焉。"此指群臣。

⑰中朝第一人:指唐人李揆。李揆为唐肃宗时宰相,肃宗称其"门第、人物、文学皆当世第一。"后李揆奉命出使外蕃,外蕃酋长问他:"唐有第一人李揆,公是否?"李揆恐被拘,故意道:"非也。他那个李揆怎肯到此。"(事见《新唐书·李揆传》、《刘宾客嘉话录》)苏轼诗:"单于若问君家世,莫道中朝第一人。"

⑱春官:《周礼·春官宗伯》,"乃立春官宗伯,使帅其属,而掌邦礼,以佐王和邦国。"春官,相当于后世之礼部。

⑲为政有皋夔:皋夔,贤臣。皋陶,虞舜时为狱官之长。夔,舜时乐正也。韩肖胄曾祖韩琦嘉祐年间曾任宰相,祖韩忠彦建中靖国年间为宰相。

⑳王商:汉成帝母王太后之弟,曾代匡衡为相。

㉑吐蕃尊子仪:《新唐书·郭子仪传》记,回纥、吐蕃入侵,郭子仪"自率铠骑二千出入阵中。回纥怪问是谁,报曰:'郭令公。'惊曰:'令公存乎?怀恩言天可汗弃天下,令公即世,中国无主,故我从以来。今公存,天可汗存乎?'报曰:'天子万寿。'回纥悟曰:'彼欺我乎!'"

㉒白玉墀:以白玉为阶,代指宫殿。

㉓紫泥诏:紫泥,皇帝用以封书信的印泥。紫泥诏,即用紫泥封的诏书。

㉔黄龙城:辽、金地名,在今吉林省宁安县,当时为金朝国都。

㉕稽颡:行至敬之礼,以额触地。

㉖侍子:汉时匈奴及西域诸国遣国君之子入侍,名曰"侍子",实际上就是人质。

㉗心志安:意志坚定。王仲闻《李清照集校注》为"必志安",可。

㉘脱衣已被汉恩暖:《史记·淮阴侯列传》:"韩信谢曰:'臣侍项王,官不过郎中,位不过执戟,言不听,画不用,故倍楚而归汉。汉王授我上将军

印,予我数万众,解衣衣我,推食食我,言听计用,故吾得以至于此。夫人深亲信我;倍之不祥,虽死不易,幸为信谢项王。'"

㉙"闾阎"句:嫠妇,寡妇,此作者自谓。

㉚"沥血"句:记室,古代官名,相当近现代之秘书。汉魏时始设。宋·高承《事物纪原》:"其官始见于魏武之世矣。宋用晋制,自明帝后,皇子帝虽非都督,亦置记室参军。则记室而为参军,晋制也。宋朝亦置于诸王府,曰某王府记室也。"

㉛"乘城"句:平凉,地名,在今甘肃省。记平凉,记取平凉之教训。《唐书·马燧传》记:唐贞元三年五月十五日,浑瑊与吐蕃相尚结实盟于平凉,吐蕃埋伏重兵突然袭击。葵丘:春秋时宋国地名,在今河南省兰考县境内。公元前651年夏,齐桓公会周公、鲁侯、宋子、卫侯、郑伯、许男、曹伯于此。同年秋,齐侯盟诸侯于葵丘。践土:地名,在今河南省原阳西南。晋文公曾于此与齐、宋、郑、卫等国会盟。

㉜弃儒生:《郦生传》:"沛公不好儒,未可以儒生说。"

㉝露布:布告,此指军中报捷的文书。古时用兵获胜,上其功报于朝,谓之露布。

㉞樗栎:不成材之木。

㉟刍荛之言:刍荛,采薪者。刍荛之言,指地位低下的人说的话。

㊱隋珠:《淮南子·览冥训》:"譬如隋侯之珠,和氏之璧,得之者富,失之者贫。"注:"隋侯,汉东之国,姬姓诸侯也。隋侯见大蛇伤断,以药傅之。后蛇于江中衔大珠以报之。因曰'隋侯之珠',盖月明珠也。"和璧:和氏璧。

㊲灵光:汉鲁恭王殿名。王延寿《鲁灵光殿赋》:"鲁灵光殿者,盖景帝程姬之子恭王余之所立也……遭汉中微,盗贼奔突,自西京未央、建章之殿,皆见毁坏,而灵光岿然独存。"

㊳翁仲:秦·阮翁仲,南海人。身长一丈三尺,气质端勇,异于常人。始皇使率兵守临洮,声振匈奴,死后铸其铜像于咸阳宫司马门外。后人泛称坟墓或建筑物前的石像为翁仲。

㊴稷下:地名,在今山东临淄。《史记·孟子荀卿列传》:"自驺衍与齐之稷下先生:淳于髡、慎到、环渊、接子、田骈、驺奭之徒,各著书言治乱之

事,以干世主,岂可胜道哉。"索隐:"按稷,齐之城门也。或云:'稷,山名。'谓齐之学士,集于稷门之下也。"

⑩东山:鲁地山名。《孟子·尽心上》:"孔子登东山而小鲁,登泰山而小天下。"

⑪皇华:颂使臣之语,亦指皇帝派出之使臣。《诗经·小雅·皇华》:"皇皇者华,君遣使臣也。送之以礼乐,言远而有光华也。"二京:南宋使臣赴金,要经过南京(今河南商丘)、东京(今河南开封)。

⑫壶浆:古时百姓以壶盛浆慰劳义师。《孟子·梁惠王下》:"以万乘之国,伐万乘之国,箪食壶浆,以迎王师。"

⑬连昌宫:唐宫名,高宗时置,在洛阳。元稹《连昌宫词》:"连昌宫中满宫竹,岁久无人森似束。又有墙头千叶桃,风动落花红簌簌。"

⑭华萼楼:花萼相辉楼。徐松《唐两京城坊考》:"开元二十四年十二月,毁东市东北角道政坊西北角,以广花萼楼前地。置宫后,宁王宪、申王扬、岐王范、薛王业邸第相望,环于宫侧,明皇因题'花萼相辉'之名,取诗人棠棣之意。"

【汇评】

王仲闻:(该诗)不仅歌颂了人民永远不会对敌人屈服的爱国主义精神,清照殷切希望恢复失地、拯民于水火的热烈感情,也充分流露出来了。(《李清照集校注·后记》)

王延梯:李清照不是政治家,而是无权过问政事的"闾阎嫠妇"。但她却能以政治家的眼力,对敌我形势以及对敌斗争策略,提出颇为精到的见解,写出思想性、战斗性较强的诗篇,表现了对国家前途、民族命运的密切关注,这实在是难能可贵的。(《李清照集注·前言》)

徐北文等:这两首诗既有深刻的揭露、尖锐的遣责,也有冷静的分析、积极的建议;既含锥心泣血的悲痛,又具气贯长虹的豪情。诗中人物形象鲜明,高宗的急于求和,韩、胡二公的大义凛然,中原百姓的殷切企盼,诗人的崇敬与忧虑,关切和希望等等,皆得到了形象的描绘。尤其第一首中,诗人感情由隐至显,由冷静到强烈,由舒缓至奔放。在叙事与抒情的有机结合中,表达了深刻的思想和强烈的感情。这两首诗用典甚多,虽然从中可

以看出诗人才学之丰厚,但终有过多过滥之嫌,在一定程度上减弱了作品的艺术魅力。(济南出版社《李清照全集评注》)

乌 江

生当作人杰,死亦为鬼雄。
至今思项羽,不肯过江东①。

【题解】

此诗另有题作《夏日绝句》,李清照南渡之后,建炎三年(1129年)赵明诚罢守江宁,李清照与丈夫具舟去芜湖。沿江而上时经过和县乌江(楚霸王项羽兵败自刎处)。此诗作于此时。此时,正"北兵仓皇南遁之时"也。

【注释】

①不肯过江东:《史记·项羽本纪》记:项羽垓下兵败后,逃至乌江畔,乌江亭长欲助项羽渡江,项羽笑曰:"天之亡我,我何渡为?且籍与江东子弟八千人渡江而西,今无一人还,纵江东父老怜而王我,我何面目见之?纵彼不言,籍独不愧于心乎?"言罢,拔剑自刎。

【汇评】

诸葛忆兵:诗人咏史,主要是为了咏怀……李清照的愤慨贬斥之意一目了然。……中国传统文化中,向来以成败论英雄,所谓"成则为王败则寇",很少推崇"失败的英雄"。从这样的角度出发,李清照的见识又远远超出众人。(《李清照诗词选》)

徐北文等:这是一首雄浑宏阔的咏史诗,也是一首脍炙人口的言志诗。李清照在这首诗中,不以成败论英雄,对楚汉之争中最后以失败而结束了自己的斗争生涯的楚霸王项羽,表示了钦敬和推崇。从而向人们展示了这样一种人生哲学——活,要活得昂扬,出类拔萃,有声有色;死,要死得壮烈,英武慷慨,可歌可泣。总而言之,人要有气节。(济南出版社《李清照全

集评注》)

陈祖美:李清照如此钦佩项羽这位末路英雄,这在当时不啻是一种独到之见,亦不失为一种可取的英雄史观。但此诗的意义主要不是在歌颂项羽,而是与她在建炎初年所写的前引二诗联类似,旨在讥讽不图恢复的南宋朝廷和宋高宗的逃跑主义。……此外,诗人提倡生作人杰,死为鬼雄,当类似于今天所说的人要是有一点精神、要有志气的意思,而与那种志大才疏、徒有豪言壮语自封的"英雄"是有本质区别的。我们既崇尚那种叱咤风云、光彩奕奕的英雄,也看在日常生活中,默默地燃烧自己照亮他人具有烛光精神和那种消耗自己滋补他人具有"维他命"素质的无名英雄。但愿有更多的人,去充当那种不再上演"别姬"悲剧的,既平凡又豪迈新时代的人杰和英雄。(《李清照诗词文选评》)

咏 史①

两汉本继绍②,新室如赘疣③。
所以嵇中散④,至死薄殷周⑤。

【题解】

今见这两联咏史诗通过对两汉之际王莽篡政的历史回顾,借古讽今。对由金人扶植的伪齐、伪楚政权进行了斥责。对在民族危难之际保持民族气节的人士予以肯定和赞扬。此诗出于《朱子语类》卷一百四十,系朱熹评清照诗时所引。王仲闻《校注》云:据《朱子语类》,上两句与下两句并不连接,盖从一首中先摘二句,继又另摘二句。各本多以四句连接为一首,非是。王说极是。

【注释】

①咏史:诗歌中以歌咏历史来表达作者思想的一类作品。
②继绍:继承。

③新室：西汉末年，王莽篡权称帝之后，定国号为新，故称之为"新室"。赘疣：皮肤上生出的多余的肉结，形容累赘之物，应予除掉。《庄子·内篇·大宗师》："彼以生为附赘县(悬)疣。"

④嵇中散：即三国时魏人嵇康。嵇康，字叔夜，谯郡铚(今安徽宿县)人，拜中散大夫，虽未就，人仍称嵇中散。康丰姿俊逸，放达不羁，与阮籍、山涛、向秀、刘伶、阮咸、王戎合称"竹林七贤"。有《嵇康集》传世。

⑤至死薄殷周：嵇康友山涛为吏部郎迁散骑常待后，曾推举嵇康。嵇康遂与之绝交，并作《与山巨源绝交书》，其中有言："每非汤武而薄周孔"。非，指摘不是。薄，鄙薄，瞧不起。殷周，指殷汤王和周武王，二人皆以征战得国。

【汇评】

宋·朱熹：本朝妇人能文，只有李易安与魏夫人。李有诗，大略云："两汉本继绍，新室如赘疣"云云，"所以嵇中散，至死薄殷周。"中散非汤、武得国，引之以比王莽。如此等语，岂女子所能。(《朱子语类》卷一百四十)

明·王世贞："所以嵇中散，至死薄殷周"，易安此语虽涉议论，是佳境，出宋人表。用修故峻其掊击，不无矫枉之过。(《艺苑卮言》卷四)

清·宋长白："朱紫阳云：'今时妇人能文，只有李易安与魏夫人……'(略，引前朱熹评语)。"愚按易安在宋，自是闺房胜流。然以殷周比莽，殊觉不伦。况桑榆一札，未免被人点检耶！若魏夫人《咏虞美人草》，方见英雄气概。(《柳亭诗话》卷二十九)

《章丘县志》卷九《李格非传》：女清照，才情更丽。尤工于词。尝有《咏史》诗曰："两汉本继绍……"意见声调，绝响一代。班妤、左嫔、蔡文姬之流也。

王仲闻：作者跳出了封建时代妇女生活的狭窄天地，发表了对社会、政治的一些见解。莫怪后来理学家朱熹也说："岂寻常妇人所能！"(《李清照集校注》)

王璠：这是藉汉喻宋的讽刺诗，是对伪楚、伪齐两个傀儡政权的嘲讽和蔑视，同"南渡衣冠少王导，北来消息欠刘琨"，一样的不满意当时政治的表示。(《李清照研究丛稿·李清照的诗》)

徐北文等：从这首咏史诗所存的四句之中可以看出李清照思想中的封建正统观念，但是，更主要的，还在于它表现了诗人强烈的爱国主义思想。应该看到，在当时民族斗争十分尖锐激烈的情况下，大宋的旗号对于团结人民，保持民族的独立和尊严，是有着积极作用的。"在民族战争中承认'保卫祖国'"是一种爱国主义，对此，马克思主义者已有定论。由此看来，对于李清照此诗中的思想局限性，我们也就不必过多责备了。（济南出版社《李清照全集评注》）

夜发严滩①

巨舰只缘因利往，扁舟亦是为名来。
往来有愧先生德②，特地通宵过钓台③。

【题解】

　　此诗另题作《钓台》，可。宋高宗绍兴四年（1134 年），李清照由临安去金华避乱，途经严子陵钓台，写了此诗。诗中对汉隐士严子陵表示崇敬，对为名缰利索所羁的世人作了形象的概括和嘲讽，寄寓颇深。诗人借景抒情，表达了对世风日下的感慨。

【注释】

　　①严滩：相传为汉·严子陵垂钓之地，在桐庐（今属浙江）县东南。西汉末年，严光（字子陵）与刘秀是朋友，刘秀称帝（汉光武帝）后请严光做官，光拒绝，隐居在浙江富春江。其垂钓之所后人名之为钓台，亦名严滩。

　　②先生德：先生，指严光。宋·范仲淹守桐庐时，于钓台建"严先生祠堂"，并作记，其中云："先生之德，山高水长。"

　　③通宵过钓台：严光不为利名所动，隐居不出，后人每每自愧弗如，故过钓台者，常于夜间往来。明·郎瑛《七修类稿》卷三十《赵墓严台诗》记："汉严子陵钓台，在富春江之涯。有过台而咏者曰：'君为利名隐，我为利名

来。羞见先生面，黄昏过钓台。'"李清照诗化用此诗意,更为深刻。

【汇评】

黄墨谷：不能忽视这首小诗,正如黄山谷论诗所说:"孙吴之兵,棘端可以破镞。"她只用二十八个字,却把当时临安都,朝野人士卑怯自私的情形,描绘得淋漓尽致。这时,词人也没有饶恕自己的苟活苟安,竟以为无颜对严光的盛德,所以"特地通宵过钓台",既生动又深刻地表达愧怍之心。孔子云:"知耻近乎勇"。清照这种知耻之心,和当时那此出卖民族、出卖人民的无耻之徒(相比),确是可敬得多了。(《重辑李清照集·李清照评论》)

徐北文等：该诗在构思上并无创新之处,只是改写了一首前人所作的五言绝句。原诗为:"君为利名隐,我为利名来,羞见先生面,黄昏过钓台。"该诗作者已失考(有谓为范仲淹作者,不足凭),从李清照诗意与该诗完全相同来看,李清照过严子陵钓台时的心情,是与该诗作者相一致的。"往来有愧",是李清照这首诗所表达的中心思想。看来,女诗人是承认自己挣脱不开名缰利索,同时也是不愿为名缰利索所羁的。李清照像芸芸众生一样,是生活在现实社会中的,她不能像严光那类隐士一样去生活,但她对严光那类隐士却表示钦敬,对自己感到惭愧。应该说,在封建社会,一个人能具有这样的名利观念,也就不错了。(济南出版社《李清照全集评注》)

题八咏楼

千古风流八咏楼[①],江山留与后人愁。
水通南国[②]三千里,气压江城十四州[③]。

【题解】

此诗作于宋高宗绍兴五年(1135 年)。李清照避乱流寓金华时。诗人感叹祖国山河破碎,徒成半壁,表现了强烈的忧愤之气,感伤国事之情。

①八咏楼:在宋婺州(今浙江金华),原名元畅楼。南朝·齐·沈约任东阳(今金华)太守时,写了总题为《八咏》的八首诗于玄畅楼壁。宋太宗至道年间更名八咏楼,与双溪楼、极目亭同为婺州临观胜地。

②南国:泛指中国南方广大地区。

③十四州:宋两浙路计辖二府十二州(平江、镇江府,杭、越、湖、婺、明、常、温、台、处、衢、严、秀州),统称十四州(见《宋史·地理志》)。

【汇评】

明·赵世杰:气象宏敞。(《古今女史》诗集卷六)

王璠:仅仅四句,气势何等开朗雄俊!那里有半点脂粉女子习气?(《李清照研究丛稿·李清照的诗》)

陈祖美:李清照的这首《题八咏楼》历时八九百年,余韵犹在,仍然撼动人心,这当与其使事用典的深妙无痕息息相关。惟其如此,女诗人关于八咏楼的题咏,不仅压倒了在她之前的诸多"须眉",其诗还将与"明月双溪水,清风八咏楼"一样,万古常青!(上海古籍出版社《李清照诗词文选评》)

徐北文等:读到这首《题八咏楼》,人们不禁会想起杜甫的名作《登岳阳楼》。杜甫登楼,也正是国难当头(吐蕃入侵)的时候和孤身漂零的时候,二位诗人的心境是相同的。杜甫登楼,触景生情,感情抑制不住,不禁老泪纵横。而李清照呢,她却将强烈的感情深深埋在了心底,她努力不使感情外露。因此,该诗虽然蕴含丰富,却写得十分沉稳凝重。尽管如此,诗人那哀痛之情、悲愤之情仍然溢出纸外,深深地打动着每一位读者。这正是《题八咏楼》一诗的艺术力量之所在。(济南出版社《李清照全集评注》)

偶　成

十五年前①花月底,相从曾赋赏花诗。
今看花月浑相似,安得情怀似昔时。

此诗当作于宋高宗建炎三年(1129 年)赵明诚去世后,为悼念赵明诚而作。诗人睹物伤情,抚今追昔,感怀不已。本诗明白如话,一气呵成,情深意笃。

【注释】

①十五年前:明诚建炎三年去世,十五年前为政和四年(1114 年),夫妇屏居青州,琴瑟和谐,"花月相似"。

【汇评】

诸葛忆兵:当年,两人携手赏花,相与赋诗,是多么优雅浪漫。如今"花月相似",景物依旧,却物是人非,诗人自然没有了"旧时"的情怀。……以这样的问号结束,饱含了诗人诸多复杂的情感回味。(《李清照诗词选》)

徐北文等:李清照与赵明诚结婚以后,生活中虽然也经历过坎坷和波折,但总起来看,还是美满幸福的。无论是在东京,在青州、莱州,还是南渡后在金陵,夫妇二人和谐相处,情趣高雅,不仅感情融洽,而且志同道合。建炎三年(1129 年)赵明诚的瘁死,对李清照来说是一个极大的打击,她不仅由此失去了物质上的依靠,更主要是失去了精神上的寄托。这首七绝,从首句所提到的"十五年前"来分析,当为李清照晚年所作。诗人因眼前景致触发了情思,不禁追忆起当年与丈夫在一起的美好生活,并由此发出了感慨。(济南出版社《李清照全集评注》)

感　怀　并序

宣和辛丑八月十日到莱①。独坐一室,平生所见,皆不在目前。几上有《礼韵》②,因信手开之,约以所开为韵作诗,偶得"子"字,因以为韵,作《感怀》诗云。

寒窗败几无书史,公路可怜合至此③。
青州从事孔方兄④,终日纷纷喜生事。
作诗谢绝聊闭门,燕寝凝香⑤有佳思。
静中我乃得至交,乌有先生子虚子⑥。

【题解】

此诗作于宋徽宗宣和三年(1121 年)八月。李清照与丈夫赵明诚屏居青州十多年后,赵出守莱州。李清照于莱州作此诗,表现了夫妻的理想及廉正品格。

【注释】

①宣和辛丑:即宋徽宗宣和三年(1121 年)。八月十日为公历 9 月 23 日。莱:莱州。今山东莱州市(原名掖县)。

②《礼韵》:宋代官颁韵书《礼部韵略》,共五卷。宋时考试以此为据,不依《广韵》、《集韵》。

③公路:汉末袁术,字公路。《三国志·袁术传》裴松之注引《吴书》:"术既为雷薄等所拒,留住三日,士众绝粮,乃还,至江亭,去寿春八十里,问厨下,尚有麦屑三十斛。时盛暑,欲得蜜浆,又无蜜。坐棂床上,叹息良久,乃大咤曰:'袁术至于此乎!'因顿伏床下,呕血斗余,遂死。"李清照诗中用以喻室中空无所有,感而借典自叹。

④青州从事:指好酒。《世说新语·术解》:"桓公有主簿,善别酒,辄令先尝。酒好者谓青州从事,恶者谓平原督邮。青州有齐郡,平原有鬲县。从事言到脐,督邮言到鬲上住。"他把好酒称为"青州从事",是用谐音戏谑。因青州有齐郡,"齐"谐音"脐","从事"本为官名,此意谓酒一直到脐部。故后世称美酒为青州从事。孔方兄:指钱。古钱外廓圆,内方孔。鲁褒《钱神论》:"钱之为体,有乾坤之象。内则其方,外则其圆。……故能长久为世神宝,亲之如兄,字曰孔方。"

⑤燕寝凝香:《绣水诗钞》等本作"虚室香生"。《重辑李清照集》作"虚室生香"。均可。燕寝,古代多指帝王寝息之所。唐·韦应物《郡斋雨中与

诸文士燕集》云："燕寝凝清香"，后亦指地方官员之公馆。赵明诚为莱州知事，故云。凝香，香气凝结。

⑥乌有先生：无有先生，乌通无。西汉司马相知《子虚赋》中的虚构人物名。《史记·司马相如列传》："相如以子虚，虚言也，为楚称。乌有先生者，乌有此事也，为齐难。无是公者，无是人也，明天子此义。故空藉此三人为辞，以推天子诸侯之苑囿。其卒章归之于节俭，因以讽谏。"子虚子：司马相如《子虚赋》中的人物。乌有先生和子虚。子虚，虚言也，子，尊称。乌有先生，无有此事也。故乌有、子虚都是无有之意。

【汇评】

明·赵世杰：喜生事，说尽俗缘缠，眼高一世。(《古今女史》诗集卷三)

程千帆、徐有富：她在诗中表示要谢绝俗缘，同子虚、乌有这些汉赋中虚构人物结成至交，正反映了她心中的寂寞。(《李清照》)

徐北文等：宣和三年(1121年)，李清照于中秋节前由青州赶到莱州。到莱州以后，由于赵明诚忙于公务，二人不能像在青州那样终日相伴，加上人地两生，使李清照感到十分寂寞无聊。何以排遣心中寂寞？于是，她想起了作诗。不巧的是，约定的诗韵偏偏是"子"字韵，对于诗人来说，"子"韵属于"险韵"，用以作诗难度较大。李清照不违先约，知难而上，写下了这首感怀诗。……此诗虽为因闲而作，却绝非赋闲之篇，诗人的理想、情操、品格皆融于诗中，是一首较好的述怀诗。(济南出版社《李清照全集评注》)

春　残

春残何事苦思乡①？病里梳头恨发长②。
梁燕语多③终日在，蔷薇风细一帘香④。

【题解】

此诗作年不详，大约在绍兴二年(1132年)春，病中思夫思乡，写下此诗。从诗意看,诗中表现了作者深切的思念之情。

【注释】

①"春残"句:此句字面上的意思是说,暮春时节为何苦苦思念家乡呢?而其深层寓意则当是:由于对亡人的怀念更加重了思乡之情。

②"病里"句:此句的表层语义是,因为病体虚弱,梳妆吃力,怨恨头发太长。而其深层似含有发长识短,以至再嫁匪人的自责之意。

③梁燕语多:栖于梁头的燕子不停地喃呢。语出欧阳修《蝶恋花》词:"梁燕语多惊晓睡,银屏一半堆香被。"而李清照此句则意谓梁上双燕,雄雌相伴,终日软语呢喃,仿佛彼此有说不尽的知心话。诗人以此反衬之笔,抒发悼亡之感,情深意切。

④"蔷薇"句:系隐括唐高骈《山亭夏日》诗:"水精帘动微风起,满架蔷薇一院香"而成,意谓一阵和煦的春风,穿过绣帘,将蔷薇花的清香送入室内。此情此景,如果丈夫赵明诚健在,该是多么令人赏心悦目,而今作为未亡人却倍加伤感。

【汇评】

清·陆昶:甚工致,却是词语也。(《历朝名媛诗词》卷七)

清·陆昶:清照诗不甚佳,而善于词,隽雅可诵。即如《春残》绝句"蔷薇风细一帘香",甚工致,却是词语也。(《历朝名媛诗词》卷七)

王璠:这首诗我们虽不能说那就是词,但却与词境相接近。它的好处,在描绘出诗人的真实心情,也可以说是一般女子的心情。(《李清照研究丛稿·李清照的诗》)

陈祖美:李清照在其创作的早期和中期,特别是在写作《词论》前后,对于诗和词在题材内容方面的规定十分严格,其诗几乎都是有关江山社稷和兴观群怨的,而其词则多抒写儿女情怀,婉转缠绵,语词清丽,属"闺思"、"闺情"一类。到了后期,其诗、词距离逐渐接近,以至被认为用"词语"作诗。本诗即是一例。(《李清照诗词文选评》)

晓　梦

晓梦随疏钟①,飘然跻②云霞。

因缘安期生③,邂逅萼绿华④。

秋风正无赖,吹尽玉井花。

共看藕如船,同食枣如瓜⑤。

翩翩座上客,意妙语亦佳。

嘲辞斗诡辩,活火分新茶⑥。

虽非助帝功,其乐莫可涯。

人生能如此,何必归故家。

起来敛衣坐,掩耳厌喧哗。

心知不可见,念念犹咨嗟。

【题解】

在这首记梦诗中,写了神仙境界中仙人们逍遥自在的生活,表现了诗人对无拘无束的自由生活的向往,同时也反映了诗人寻求精神解脱而不得的苦闷心情。全诗想像丰富,富有浪漫色彩。诗境开阔,风格飘逸。

【注释】

①疏钟:稀疏的钟声。

②跻(jī):升。

③安期生:秦时仙人。《列仙传》:"安期先生者,琅琊阜乡人也。卖药于东海边,时人皆言千岁翁。秦始皇东游,请见,与语三日三夜,赐金璧,度数千万。出于阜乡亭,皆置去,留书,以赤玉舄一双为报,曰:后数年,求我于蓬莱山。始皇即遣徐市、卢生等数百人入海。未至蓬莱山,辄逢风浪而还。立祠阜乡亭海边十数处云。"

④萼绿华:古代传说中的仙女。《真诰》卷一:"萼绿华者,自云是南山人,不知何山也。女子,年可二十上下,青衣,颜色绝整。以升平三年十一月十日夜降羊权。自此往来,一月之中,辄六来过耳。云本姓罗。赠权诗一篇,并致火浣布手巾一方,金石条脱各一枚。"

⑤食枣如瓜:《史记·封禅书》:"李少君曰:君尝游海上,见安期生。安期生食巨枣,大如瓜。安期生仙者,居蓬莱,合则见人,不合则隐。"

⑥分新茶:指用新茶叶作分茶游戏。

【汇评】

明·赵世杰:笔意亦欲仙。(《古今女史》诗集卷二)

清·俞正燮:诗秀朗有仙骨也。(《癸巳类稿·易安居士事辑》)

王璠:我们细咀嚼玩味,觉得真和李白的《梦游天姥吟留别》与杜甫《送孔巢父谢病归江东兼呈李白》两诗相类似,有异曲同工之妙。因为从诗的内容上说:都是表示作者厌恶现实,想脱离尘俗,去到想像的天国里讨生活,凭空的虚构出若有其事的神仙境界。从描写的技巧上说:三诗都是脑子里的幻想,写得迷离恍惚,含有一种神秘性,把人引入其中,几乎疑是真事,而不觉是置身于虚无缥缈中。从作者的背景上说:他们三人均生当乱世,社会扰攘的时代,李白的浪迹江湖,杜甫的穷愁潦倒,清照老寡凄凉,对于国家,对于身世,无一不感到辛酸凄惨,因此有这冥想的诗篇。况且他们同是天才的大诗人,写出来的诗有不期然而然的暗合,实非偶然呢!(《李清照研究丛稿·李清照的诗》)

王延梯:这诗飘然而有仙骨,具有豪迈洒脱的特色……表现了诗人对个性自由的渴望,对没有桎梏、没有羁绊的生活的向往,反映了诗人追求精神解脱的苦闷心情和对封建束缚的反抗。(《李清照评传》)

徐北文等:李清照的诗作流传下来的不多,而记梦诗又仅此一首。与李清照那些充满了批判精神的现实主义诗作相比,《晓梦》诗那强烈的浪漫主义色彩,就显得格外引人注目了。……这首记梦诗,表现了诗人对自由生活的向往,也反映了诗人不满于现实的精神苦闷。当这种苦闷之情只能在神仙境界中才能得以解脱时,则更可见诗人寻求个性自由之迫切和强烈。全诗写得洒脱飘逸,想像丰富,有仙骨神韵,在清照诗作中,可谓独具

一格。（济南出版社《李清照全集评注》）

分得知字韵

学诗^①三十年，缄口不求知。
谁遣好奇士，相逢说项斯^②。

【题解】

这是作者与人分韵作诗留下的作品。得知字韵：以"知"字为韵作诗。
大约作于建炎二年（1128 年）。

【注释】

①学诗：《彤管遗编》等本作"学诗"，不少本子作"学语"，可。

②相逢说项斯：项斯，唐江东人，字子迁，其初未成名时，以诗卷谒杨敬
之，杨爱其才，赠诗曰："几度见诗诗尽好，及观标格过于诗。平生不解藏人
善，到处逢人说项斯。"项斯由此名振，擢上第。这里借以喻指自己的诗才
受到了前辈诗人的高度评价。（见唐李绰《尚书故实》。）

【汇评】

宋·朱熹《游艺论》：本朝妇人能文，只有李易安与魏夫人，李有诗，大
略云（首略）……岂女子所能。

诸葛忆兵：李清照用"说项"典，幽默地感谢诗友对自己的推崇。这是
一次分到"知"字韵即席的创作，同时表现了李清照敏捷的诗才。（中华书
局《李清照诗词选》）

皇帝阁春帖子^①

莫进黄金簟^②，新除玉局床^③。
春风送庭燎^④，不复用沈香^⑤。

【题解】

此诗为李清照寓居临安时的作品，属对皇帝歌功颂德的应酬之作，歌颂皇帝生活的节俭。它写于绍兴十三年(1143年)立春前夕。

【注释】

①春帖子：宋时，立春、端午二节，学士院均向宫中进献"帖子词"，剪贴于禁中门帐，供皇帝及后宫欣赏。靖康之难后，一度中止，宋高宗绍兴十三年(1143年)恢复。春帖子，即立春时进献的帖子词。

②黄金簟：簟，竹席。黄金簟，指用金箔编成的铺床席。《南史·齐武帝纪》：永明九年："夏五月丙申，林邑国献金簟。"

③玉局床：局，通"曲"。局床，即局脚床。《神仙传·张道陵传》："陵坐局脚玉床斗帐中。"

④庭燎：《诗·小雅·庭燎》毛传："庭燎，大烛也。"郑笺："建设大烛。"唐·李商隐诗："沈香甲煎为庭燎。"

⑤不复用沈香：隋炀帝奢侈，每逢除夕，在宫庭中焚沉香，明如白昼。唐·李商隐诗《隋宫守岁》："沈香甲煎为庭燎。"不复用，不再用。指皇帝注意节俭。沈香，同"沉香"，一种香料。

【汇评】

清·赵翼：宋时八节内宴，翰苑皆撰帖子词。(《陔余丛考》卷二十四)

王仲闻说赵翼之说"非也。宋时只有立春及端午帖子词，他节无之，亦非用于内宴。赵氏殆以致语与帖子词混为一谈而误。"(《李清照集校注》)

167

贵妃阁春帖子

金环半后礼^①,钩弋比昭阳^②。
春生百子帐^③,喜入万年觞^④。

【题解】

此诗作于宋高宗绍兴十三年(1143年)立春前夕,是献给后宫吴贵妃的应酬之作(同年四月,吴贵妃册封皇后)。祝贺吴贵妃为皇帝所宠幸,多子多福。

【注释】

①金环:宫中妃妾所用的一种饰物,用以作产期或经期的标志。《太平御览》卷一百三十五引《五经要义》:"古者后夫人必有女史彤管之法。后妃群妻以礼御于君所。女书其日,授其金环,以示进退之法。生子月娠,则金环退之。当御者以银环进之,著于左手。既御著于右手。左者阳也,亦当就男,故著左手。右者阴也,既御而复故。此女史之职也。"半后礼:后,皇后。半后礼,享受皇后一半的待遇。《杨太真外传》:"册太真宫女道士杨氏为贵妃,半后服。"意为待遇仅次于皇后。

②钩弋:汉代宫名,武帝时赵倢伃所居之处。赵号称拳夫人,汉昭帝的母亲。《汉书·赵倢伃传》:"武帝巡狩过河间,望气者言此有奇女,天子亟使使召之。既至,女双手皆拳。上自披之,手即时伸,由是得幸,号拳夫人。"昭阳:汉人宫名。成帝宠妃赵飞燕所居之处,甚豪华。《汉书·外戚·孝成赵皇后传》:"其中庭彤朱,而殿上髹漆,切皆铜沓、黄金涂、白玉阶,璧带往往为黄金釭,函兰田璧,明珠、翠羽饰之。自后宫未尝有焉。"

③百子帐:古人举行婚礼时所用的一种锦绣篷帐,上绣百小儿嬉戏图,以祝多子多孙。(见程大昌《演繁露》卷十三)

④万年觞:觞,酒器。万年觞,指向皇帝奉献的寿酒。《后汉书·班超

传》:"陛下举万年之觞。"

【汇评】

王仲闻:据《宋史·后妃传》,宋高宗吴皇后于绍兴十三年闰四月自贵妃立为皇后后,宫中无贵妃。只有潘贤妃(卒于绍兴十八年)、刘贤妃(绍兴二十四年自婉容进位贤妃),俱非贵妃。贵妃既虚位,似不得有贵妃阁帖子。此非其吴皇后为贵妃时作乎?(人民文学出版社《李清照集校注》)

皇帝阁端午帖子①

日月尧天②大,璇玑舜历长③。

侧闻行殿帐④,多集上书囊⑤。

【题解】

这是端午节向皇帝进献的颂赞之词。此诗作于宋高宗绍兴十三年(1143年),李清照在临安(今杭州)。

【注释】

①端午帖子:《岁时广记》卷二十二:"《皇朝岁时杂记》:学士院端午前一月,撰皇帝、皇后、夫人阁门帖子,送后苑作院,用罗帛制造,及期进入。"另,周密《浩然斋雅谈》:"李易安,绍兴癸亥在行都,有亲族为内命妇者,因端午进帖子……"宋时每逢立春、端午,均命翰林作帖子词进献宫中,剪贴于禁中门帐,供皇帝及内宫欣赏,所作多为歌功颂德之辞。李清照绍兴十三年分别为皇帝阁、皇后阁、夫人阁各作一诗。

②尧天:形容太平盛世。《论语·泰伯第八》:"子曰:大哉,尧之为君也。巍巍乎,唯天为大,唯尧则之。"《乐府诗集》卷七十九:"自古几多明圣主,不如今帝胜尧天。"

③璇玑:舜帝时测天之器。《史记·五帝本纪》:"舜乃在璇玑玉衡,以齐七政。"郑玄注:"璇玑玉衡,浑天仪也。七政,日月五星也。"舜历长:舜

历:舜帝的历数。舜历长,谓高宗在位的时间像舜帝那么长。

④侧闻:《诗女史》《彤管遗编》等作"或闻"。侧闻,间接听说。行殿帐:皇帝行在殿堂中的帷幄。

⑤多集上书囊:古时大臣上书,用青布袋封之,《汉书·东方朔传》:"孝文皇帝之世……集上书囊以为殿帷。"《太平御览》卷六百九十九引《益部耆旧传》:"汉文帝连上事书囊以为帐,恶闻纨素之声。"这里用汉文帝集上书囊作宫殿帷帐的故事,来颂高宗注重节俭。

【汇评】

宋·周密:李易安,绍兴癸亥在行都,有亲联为内命妇者,因端午进帖子。(《浩然斋雅谈》)

王仲闻:时秦楚材在翰林,恶之,止赐金帛而罢。意帖用上官昭容事。(人民文学出版社《李清照集校注》)

皇后阁端午帖子

意帖①初宜夏,金驹已过蚕②。
至尊千万寿,行见百斯男③。

【题解】

这是端午节向皇后进献的祝颂之词。此诗作于宋高宗绍兴十三年(1143年),李清照在临安(今杭州)。

【注释】

①意帖:即如意帖。古时民间常于端午节时在壁上张贴帖子,上书吉祥如意之语。另,周密《浩然斋雅谈》:"意帖用上官昭容事。"上官昭容,名婉儿,唐中宗昭仪。

②金驹:即白驹,指日影,用喻时光。《庄子·知北游》:"人生天地之间,若白驹之过郤,忽然而已。"白驹,指日影,郤,指墙之缝隙。过蚕:过了

养蚕的时节。明·谢肇淛《西吴技乘》："吴兴以四月为蚕月"。端午节在五月，故曰"已过蚕"。蚕：这里指养蚕期。

③百斯男：即多子。《诗经·大雅·思齐》："太姒嗣徽音，则百斯男。"

【汇评】

宋·周密：李易安绍兴癸亥在行都，有亲联为内命妇者，因端午进帖子……时秦楚材在翰林，恶之，只赐金帛而罢。意帖用上官昭容事。（《浩然斋雅谈》卷上）

夫人阁端午帖子

三宫催解粽①，妆罢未天明②。
便面天题字③，歌头④御赐名。

【题解】

此诗作于宋高宗绍兴十三年（1143年），李清照在临安（今杭州）时，是端午节前送往后宫的应酬之作。夫人乃皇妃称呼的一种。

【注释】

①解粽：《岁时广记》卷二十一："《岁时杂记》：京师人以端午日为解粽节。又解粽为献，以叶长者为胜，叶短者输，或赌博，或赌酒。"陆游《初夏》诗："已过浣花天，行开解粽筵。"

②"妆罢"句：《癸巳类稿》、《绣水诗抄》等作"团箭彩丝萦"，可。

③便面：扇子。《汉书·张敞传》："敞无威仪，时罢朝会过，走马章台街，使御史驱，自以便面拊马。"颜师古注："便面所以障面，盖扇之类也。不欲见人，以此自障面，则得其便，故曰便面，亦曰屏面。"天题字：天，指皇帝。天题字，即皇帝题字（于扇）。

④歌头：唐宋曲中篇名。指歌曲头一部分的第一段。如《水调歌头》、《六州歌头》等等。

断句（七则）

（一）

"何况人间父子情。"（见张琰《洛阳名园记》序）

（二）

"炙手可热心可寒。"（见晁公武《郡斋读书志》卷四下）

（三）

"诗情如夜鹊①，三绕未能安。"（见朱弁《风月堂诗话》卷上）

（四）

"少陵②也自可怜人，更待来年试春草。"（同上）

（五）

"南渡衣冠少王导③，北来消息欠刘琨④。"（同上）

（六）

"南来尚怯吴江冷，北狩应知易水寒。"（见胡仔《苕溪渔隐丛话》后集卷三十三引《说诗隽永》）

（七）

"露花倒影柳三变⑤，桂子飘香张九成⑥。"（见陆游《老学庵笔

记》卷二)

这七则断句,原作失传。这里所列乃后人从诸专集、别集中辑出的,已获得研究者的共识,认定是李清照之作。虽惜其残缺,但幸其孑存。细品之,可知第(一)(二)句当写于婚后不久,党争株连之际;第(三)(四)(五)(六)句当写于南渡之后;第(七)句当作于绍兴二年(1132 年)。

【注释】

①夜鹊:曹操《短歌行》:"月明星稀,乌鹊南飞。绕树三匝,无枝可依。"

②少陵:杜甫。他曾居长安南少陵附近,故尝自称"少陵野老",世称"杜少陵"。

③南渡:西晋原都洛阳,怀、愍二帝被虏后,元帝立于建康,是为东晋。晋室渡江而南,故曰南渡。王导:晋人。元帝南渡即位后,王导为相,历事三朝,对晋之中兴多有功劳。《世说新语》卷上之上《言语第二》:"过江诸人,每至美日,辄相邀新亭,藉卉饮宴。周侯中坐而叹曰:'风景不殊,正自有山河之异。'皆相视流泪。惟王丞相愀然变色曰:'当共戮力王室,克复神州,何至作楚囚相对?'"

④刘琨:晋人,与王导同时。元帝未立时,琨上表劝进,时为并州刺史。晋室南渡后,留在北方,后为段匹磾所害。《世说新语·言语第二》:"刘琨虽隔阂寇戎,志在本朝。谓温峤曰:'班彪识刘氏之复兴,马援知汉之可辅。今晋阼虽衰,天命未改。吾欲立功于河北,使卿延誉于江南,子其行乎?'温曰:'峤虽不敏,才非昔人。明公以桓、文之姿,建匡立之功,岂敢辞命。'"

⑤露花倒影:柳永词《破阵乐》首句:"露花倒影,烟芜蘸碧,灵沼波暖。"柳三变:柳永初名柳三变,北宋早期著名词人,李清照曾评其词"变旧声作新声,出《乐章集》,大得声称于世。虽协音律,而词语尘下。"(《词论》)

⑥桂子飘香张九成:张九成,字子韶。宋高宗绍兴二年(1132 年)三月,赵构策试诸路类试奏名进士于讲殿,以张九成为第一。张九成对策中有"澄江泻练,夜桂飘香"之语。

【汇评】

宋·朱弁：赵明诚妻，李格非女也。善属文，于诗尤工。晁无咎多对士大夫称之。如"诗情如夜鹊，三绕未能安"，"少陵也自可怜人，更待来年试春草"之句，颇脍炙人口。（《风月堂诗话》卷上）

宋·庄绰：靖康初，罢舒王王安石配享宣圣，复置《春秋》博士，又禁销金。时皇弟肃王使虏，为其拘留未归。种师道欲击虏，而议和既定，纵其去，遂不讲防御之备。太学轻薄子为之语曰："不救肃王废舒王，不御大金禁销金，不议防秋事《春秋》。"其后，胡人连年以深秋弓劲马肥入寇，薄暑乃归。远至湖、湘、二浙，兵戈扰攘，所在未尝有乐土也。自是越人至秋亦隐山间，逾春乃出。人又以《千字文》为戏曰："彼则寒来暑往，我乃秋收冬藏。"时赵明诚妻李氏清照亦作诗以诋士大夫云："南渡衣冠欠王导，北来消息少刘琨。"又云："南来尚觉吴江冷，北狩应悲易水寒。"后世皆当为口实矣。（《鸡肋编》卷中）

清·陈锡路：李易安有句云："诗情如夜鹊，三绕未能安。"晁补之称之，见朱弁《风月堂诗话》。按，二句新色照人，却能抉出诗人神髓，而得之女子，尤奇。（《黄嬭余话》卷八）

清·俞正燮：忠愤激发，意悲语明，所非刺者众。（《癸巳类稿·易安居士事辑》）

又，（李易安）又为诗诮应举进士曰："露花倒影柳三变，桂子飘香张九成"。应举者服其工对，传诵则恶之。（同上）

丙卷

全文新编

词　论

　　乐府声诗并著①，最盛于唐。开元、天宝间②，有李八郎③者，能歌擅天下。时新及第进士开宴曲江④，榜中一名士先召李，使易服，隐姓名，衣冠故敝，精神惨沮，与同之宴所，曰："表弟愿与坐末。"众皆不顾。既酒行，乐作，歌者进，时曹元谦⑤、念奴为冠。歌罢，众皆咨嗟称赏。名士忽指李曰："请表弟歌。"众皆哂，或有怒者。及转喉发声，歌一曲，众皆泣下。罗拜曰："此李八郎也。"自后郑、卫之声日炽⑥，流靡之变日烦，已有《菩萨蛮》、《春光好》、《莎鸡子》、《更漏子》、《浣溪沙》、《梦江南》、《渔父》等词，不可遍举。

　　五代干戈，四海瓜分豆剖，斯文道熄⑦。独江南李氏君臣⑧尚文雅，故有"小楼吹彻玉笙寒"⑨、"吹皱一池春水"之词⑩。语虽奇甚，所谓"亡国之音哀以思"者也⑪。

　　逮至本朝，礼乐文武大备，又涵养百余年，始有柳屯田永⑫者，变旧声作新声，出《乐章集》⑬，大得声称于世。虽协音律，而词语尘下。又有张子野⑭、宋子京兄弟⑮、沈唐⑯、元绛⑰、晁次膺⑱辈继出，虽时时有妙语，而破碎何足名家。至晏元献⑲、欧阳永叔⑳、苏子瞻㉑，学际天人，作为小歌词，直如酌蠡水于大海，然皆句读不葺之诗尔，又往往不协音律者。何耶？盖诗文分平侧，而歌词分五音，又分五声，又分六律，又分清浊轻重。且如近世所谓《声声慢》、《雨中花》、《喜迁莺》，既押平声韵，又押入声韵；《玉楼春》本押平声韵，又押上、去声，又押入声。本押仄声韵，如押上声则协；如押入声，则不可歌矣。王介甫㉒、曾子固㉓，文章似西汉，若作一小歌词，则人必绝倒，不可读也。

乃知词别是一家，知之者少。后晏叔原㉔、贺方回㉕、秦少游㉖、黄鲁直㉗出，始能知之。又晏苦无铺叙；贺苦少典重；秦即专主情致，而少故实，譬如贫家美女，虽极妍丽丰逸，而终乏富贵态；黄即尚故实，而多疵病，譬如良玉有瑕，价自减半矣。

【题解】

这是李清照居青州(约 1108 年)时写的一篇词学专论。文章通过对词体的产生流变及其对她以前的词坛名家进行了评论，乃至尖锐的批评，表现了李清照在学术上过人的胆识。阐述了词的内容、形式，尤其是合乐的特点，强调词必须"典重"、"故实"、"铺叙"和"协律"，提出了词"别是一家"的主张，反映了作者的词学观。这篇词论，在词体的严格界定及其艺术创作规律诸方面，表现了独到的见解和可贵的探索精神。历代对此仁智互见，褒贬不一。强调一种文体的特殊性和遵守其特有的艺术规律是必要的，但从发展来看又不应囿于固有的模式，对内容、形式的一定突破也是必要的，值得肯定的。而事实上作者后期的创作中在音律方面的探讨已对其创作理论有所冲决。作为词人论词，《词论》是宋代词坛上第一篇理论文章，是一篇扼要地总结词的发展、富有独创性见解的专论，尽管人们见仁见智，誉毁不一，但在中国文学批评史上应占有相当的地位，这是大家的共识。

【注释】

①乐府:原是秦汉时的音乐官署，负责搜集民歌、写诗谱乐，因此后人又将能入乐的诗称为乐府。后世的仿作、似作亦称为乐府诗。唐以后又泛称曲子词为乐府。声诗:此处指乐府之外唐人用作歌词的五、七言诗。声诗并著:乐曲和歌辞都著名。

②开元、天宝间:开元、天宝都是唐玄宗的年号。

③李八郎:即李衮,唐代有名的歌手。唐代有斗声乐以较胜负的风气,下文中描写了一歌惊四座的故事。

④曲江:在长安城东南,是唐代京城的名胜之一。唐代新及第的进士都在这里宴会,叫曲江宴。

⑤曹元谦:唐代名歌手,生平不详。念奴:天宝年间著名的歌妓,"有姿色,善歌唱,每啭声歌喉,则声出于朝霞之上。"(王仁裕《开元天宝遗事》卷上)

⑥郑卫之声:郑、卫是春秋时两个诸侯国,这两地新兴的音乐,被儒家认为是乱世之音,靡靡之音。与下文"流靡之变"互文见义。炽(chì 赤):一天天的兴旺。

⑦斯文道熄:指诗词创作衰落。

⑧江南李氏君臣:指南唐国君李璟、后主李煜、大臣冯延巳等人。李璟为周世宗大败后改号江南国主,故称江南李氏。

⑨小楼吹彻玉笙寒:李璟《浣溪沙》词中的名句,句意为思妇吹笙,清寒入骨。

⑩吹皱一池春水:冯延巳《谒金门》中的名句,以被吹皱了的一池春水隐喻思妇情绪的波动。

⑪亡国之音哀以思:《礼记·乐记》:"亡国之音哀以思,其民困。"思,哀怜、哀伤的意思。黄升《唐宋诸贤绝妙词选》评李煜《乌夜啼》一词时曾用此语。

⑫柳屯田永:即柳永(约 987—约 1053 年),北宋著名词人。因任屯田员外郎(工部屯田司的助理官),所以世称柳屯田。词作近二百首。柳永力创知发展长调的体制,运用民间俚俗语言和铺叙手法,反映知识分子的怀才不遇与与市民、歌妓的生活。其词作内容有所突破,形式有所创新,对慢词的发展起过推动作用。是中国词史大量写慢词第一人。其作在当时流传很广,所谓"凡有水井处,即可歌柳词。"

⑬《乐章集》:柳永词集名。

⑭张子野:即张先(990—1078 年),北宋词人。官至都官郎中。

⑮宋子京兄弟:即宋庠、宋祁(字子京)。宋庠官至宰相,但宋人载籍未

言其能词;宋祁官至翰林学士承旨,词作不多。

⑯沈唐:字公述,北宋词人。

⑰元绛:字厚之,官至参知政事,词作传世甚少。

⑱晁次膺:即晁端礼(1046—1113年),北宋词人。

⑲晏元献:即晏殊(991—1055年),元献为谥号。北宋词人。仁宗时做宰相。他所作词内容上大致是男欢女爱,离情别绪等传统题材,但风格疏淡,语言也极凝炼自然,多少摆脱了浓艳的脂粉气。有《珠玉集》。

⑳欧阳永叔:即欧阳修(1007—1072年),官至副宰相,北宋中叶文坛的领袖,今传词集《六一词》,内容虽是士大夫的闲情逸致,但写得清丽明媚,语近情深。

㉑苏子瞻:即苏轼(1037—1101年),北宋著名的文学家。词今传《东坡乐府》三百多首,他以诗为词,扩展了词的内容。怀古、咏史、说理、谈玄、感时伤事、描绘山水、抒写身世等,一扫晚唐五代以来文人词柔靡纤弱的气息,词的意境清新,风格豪迈,开创了词的豪放派。

㉒王介甫:王安石(1021—1086年),字介甫,晚号半山,临川(江西抚州)人,庆历进士,两度为相,是北宋著名的政治家和文学家,"中国十一世纪时的改革家"(列宁《修改工人政党的土地纲领》),唐宋八大家之一。今存《临川集》及所编《唐百家诗选》等。

㉓曾子固:曾巩(1019—1083年),字子固,南丰(今属江西)人。嘉祐进士,官至中书舍人。北宋散文家,唐宋八大家之一。有《元丰类稿》传世。

㉔晏叔原:晏几道(约1030—约1106年),字叔原,号小山,临川(江西临川)人,晏殊的第七子,官至开封府推官,北宋词人。有《小山词》存世。

㉕贺方回:贺铸(1052—1128年),字方回,号庆湖遗老。原籍山阴(浙江绍兴),生长于卫州(河南汲县),曾任州的通判,晚年退居苏州。北宋词人。有《东山词》及《庆湖遗老集》存世。

㉖秦少游:秦观(1049—1100年),字少游、及虚,号淮海居士。高邮(今属江苏)人。元丰进士,官至秘书省正字兼国史院编修。北宋词人。有《淮海集》存世。

㉗黄鲁直:黄庭坚(1045—1105年),字鲁直,号山谷道人、涪翁。分宁

（江西修水）人。治平进士，官至秘书丞。北宋著名诗人，江西诗派的开创者。词与秦观齐名。有《山谷集》存世。

【汇评】

宋·胡仔：易安历评诸公歌词，皆摘其短，无一免者。此论未公，吾不凭也。其意盖自谓能擅其长，以乐府名家者。退之诗云："不知群儿愚，那用故谤伤。蚍蜉撼大树，可笑不自量"。正为此辈发也。（《苕溪渔隐丛话》后集卷三十三）

清·冯金伯：裴（畅）按：易安自恃其才，藐视一切，语本不足存。第以一妇人能开此大口，其妄也不待言，其狂亦不可及也。（《词苑萃编》卷九）

清·方成培：易安居士言，诗文分平仄，而歌词公五音，又分五声，又分音律（应为六律），又分清浊轻重……如押入声，则不可歌矣。培案：段安节言，商角同用，是押上声者，入声亦可押也。与易安说不同。余尝取柳永《乐章集》按之，其用韵与段说合者半，不合者半。乃知宋人协韵比唐人较宽。宋大乐以平入配重浊，以上去配轻清，亦与段图不同。大抵宋词工者，惟取韵之抑扬高下与协律者押之，而不拘拘于四声，其不知律者，则惟求工于词句，并置此而不论矣。（《香研居词麈》卷三）

清·江顺诒：《词麈》录李易安论词云……诒按：后之填词，韵有上、去通押者，而无平、仄同押者，虽与曲有别，究与律无关也。（《词学集成》卷四）

俞平伯：李清照在《词论》里，主张协律；又历评诸家皆有所不满，而曰"乃知词别是一家，知之者少"，似乎夸大。现在我们看她的词却能够相当地实行自己的理论，并非空谈欺世。她擅长白描，善用口语，不艰深，也不庸俗，真所谓"别是一家"。（《唐宋词选释·前言》）

夏承焘：词辨五首清浊之说，北宋人已有之。李易安论词云："诗分平侧，而歌词分五音，又分六律，又分清浊轻重。"此较柳、周四声之律，剖析益密矣。惟其五音、清浊、轻重之涵义，易安未有解说。……但易安好为高论，据其今存各词，校其所说，未必尽合，其同时人论词，亦无及此者。（《唐宋词字声之演变》）

徐北文等：词家论词，自是行家里手。李清照此篇短论，虽长不过七百字,但却对词体的特征作了概括而又有分析的说明,明确提出了词与诗相比"别是一家"的著名论断。诗与词从较大范畴来讲是有其相近之处的,但诗、词毕竟是两种文体,词作为"诗余"自有其自己的特点,"别是一家"也本不成问题。作者在这里论述的特定对象是"词",必须在词与诗的比较中讲清"别"在何处。历代对本文所论及的词体特征多有评述,但仁智互见,喜恶不一。评实而论,此篇词论高揭一杆"别是一家"的大纛,历数源流,评说"当今",确有一种自矜自持的伟丈夫之气。文章以形象性的论述和对词人词作的具体分析,表明了自己对词体的见解,并以此为标准,于具体评论中从不同侧面申明了词"别是一家"的主旨。(济南出版社《李清照全集评注》)

《金石录》后序

右《金石录》三十卷者何?赵侯德甫①所著书也。取上自三代,下迄五季,钟、鼎、甗、鬲、盘、匜、尊、敦之款识,丰碑大碣、显人晦士之事迹,凡见于金石刻者二千卷。皆是正讹谬,去取褒贬,上足以合圣人之道,下足以订史氏之失者,皆具载之,可谓多矣。呜呼!自王播②、元载③之祸,书画与胡椒无异;长舆、元凯④之病,钱癖与传癖何殊。名虽不同,其惑一也。

余建中辛巳⑤始归赵氏,时先君作礼部员外郎⑥,丞相时作吏部侍郎⑦,侯年二十一,在太学作学生。赵、李族寒,素贫俭。每朔望⑧谒告出,质衣取半千钱入相国寺,市碑文果实归,相对展玩咀嚼,自谓葛天氏之民⑨也。后二年,出仕宦,便有饭蔬衣练,穷遐方绝域⑩,尽天下古文奇字⑪之志,日就月将⑫,渐益堆积。丞相居政府,亲旧或在馆阁⑬,多有亡诗、逸史、鲁壁⑭、汲冢⑮所未见之书。遂尽力传写，浸觉有味，不能自已。后或有古今名人书画，三代奇器，亦复脱衣市易。尝记崇宁⑯间，有人持徐熙牡丹图⑰，求钱二十万。当时虽贵家子弟，求二十万钱，岂易得耶？留信宿，计无所出而还之。夫妇相向惋怅者数日。

后屏居乡里十年，仰取俯拾，衣食有余。连守两郡，竭其俸入，以事铅椠⑱，每获一书，即同共勘校，整集签题。得书、画、彝、鼎，亦摩玩舒卷，指摘疵病，夜尽一烛为率。故能纸札精致，字画完整，冠诸收书家。余性偶强记，每饭罢，坐归来堂烹茶，指堆积书史，言某事在某书某卷第几页第几行，以中否角胜负，为饮茶先后。中即举杯大笑，至茶倾覆怀中，反不得饮而起，甘心老是乡矣。故虽处忧患困穷，而志不屈。收书既成，归来堂⑲起书库大橱，簿甲乙⑳，置书册。如要讲读，即请钥上簿，关出卷帙㉑。或少损污，必惩责揩完涂改，不复向时之坦夷㉒也。是欲求适意而反取憀栗。余性不耐，始谋食去重肉，衣去重采，首无明珠翠羽之饰，室无涂金刺绣之具。遇书史百家，字不刓缺㉓，本不讹谬者，辄市之，储作副本。自来家传《周易》、《左氏传》，故两家者流，文字最备。于是几案罗列，枕席枕藉，意会心谋，目往神授，乐在声色狗马之上。

至靖康丙午㉔岁，侯守淄川，闻金寇犯京师，四顾茫然，盈箱溢箧，且恋恋，且怅怅，知其必不为己物矣。建炎丁未㉕春三月，奔太夫人㉖丧南来。既长物不能尽载，乃先去书之重大印本者，又去画之多幅者，又去古器之无款识者。后又去书之监本㉗者，画之平常者，器之重大者。凡屡减去，尚载书十五车㉘。至东海㉙，连舻渡淮㉚，又渡江，至建康。青州故第，尚锁书册什物，用屋十余间，期明年春再具舟载之。十二月，金人陷青州，凡所谓十余屋者，已化为煨烬矣。

建炎戊申秋九月，侯起复知建康府。己酉春三月罢，具舟上芜湖，入姑孰㉛，将卜居赣水上。夏五月，至池阳㉜，被旨知湖州㉝，过阙上殿。遂驻家池阳，独赴召。六月十三日，始负担，舍舟坐岸上，葛衣岸巾㉞，精神如虎，目烂烂，光射人㉟，望舟中告别，余意甚恶，呼曰："如传闻城中缓急奈何？"戟手遥应曰㊱："从众。必不得已，先弃辎重，次衣被，次书册卷轴，次古器，独所谓宗器㊲者，可自抱负，与身俱存亡，勿忘失也。"遂驰马去。途中奔驰，冒大暑，感疾，至行在病店㊳。七月末，书报卧病。余惊怛，念侯性素急，奈何病痁，或热，必服寒药，病可忧。遂解舟下，一日夜行三百里。比至，果大服柴胡、黄芩药，疟且痢，病危在膏肓。余悲泣，仓皇不忍问后事。八月十八日㊴遂不起，取笔作诗，绝笔而终，殊无分香卖履㊵之意。

葬毕，顾四维，无所之。朝廷已分遣六宫，又传江当禁渡。时犹有书二万卷，金石刻二千卷，器皿茵褥可待百客，他长物称是。余又大病，仅存喘息，事势日迫。念侯有妹婿任兵部侍郎，从卫在洪州㊶，遂遣二故吏先部送㊷行李往投之。冬十二月，金寇陷洪州，遂尽委弃。所谓连舻渡江之书，又散为云烟矣。独余少轻小卷轴、书贴，写本李、杜、韩、柳集，《世说》《盐铁论》㊸、汉唐石刻副本数十轴，三代鼎鼐十数事，南唐写本书数箧，偶病中把玩，搬在卧内者，岿然独存。

上江既不可往，又虏势叵测，有弟远任勑局删定官㊹，遂往依之。到台㊺，台守已遁。之剡，出陆㊻，又弃衣被，走黄岩㊼，雇舟入海，奔行朝，时驻跸章安㊽。从御舟海道之温㊾，又之越㊿。庚戌㊿十二月，放散百官，遂之衢㊿。绍兴辛亥春三

184

月,复赴越,壬子赴杭。先侯疾亟时,有张飞卿学士㊳,携玉壶过视侯,便携去,其实珉也。不知何人传道,遂妄言有颁金之语㊴,或传亦有密论列者,余大惶怖,不敢言,亦不敢遂已,尽将家中所有铜器等物,欲赴外庭投进。到越,已移幸四明㊵,不敢留家中,并写本书寄嵊县。后官军收叛卒,悉取去,闻尽入故李将军家。所谓岿然独存者,无虑十去五六矣。惟有书画砚墨,可五七簏,更不忍置他所,常在卧榻下,手自开阖。在会稽,卜居土民钟氏舍,忽一夕,穴壁负五簏去矣。余悲恸不已,重立赏收赎。后二日,邻人钟复皓出十八轴求赏,故知其盗不远矣。万计求之,其余遂牢不可出,今知尽为吴说㊶运使贱价得之。所谓岿然独存者,乃十去其七八。所有一二残零不成部帙书册,三数种手书帖,犹复爱惜如护头目,何愚也耶!

今日忽阅此书,如见故人。因忆侯在东莱静治堂㊷,装幖初就,芸签缥带㊸,束十卷作一帙。每日晚,吏散,辄校勘二卷,跋题一卷,此二千卷有题跋者,五百二卷耳。今手泽㊹如新,而墓木已拱,悲夫! 昔萧绎江陵陷没㊺,不惜国亡而毁裂书画;杨广江都倾覆㊻,不悲身死而复取图书。岂人性之所著,生死不能忘欤? 或者天意以余菲薄,不足以享此尤物耶? 抑亦死者有知,犹斤斤爱惜,不肯留在人间耶? 何得之艰而失之易也!

呜呼! 余自少陆机作赋之二年㊼,至过蘧瑗知非之两岁㊽,三十四年之间,忧患得失,何其多也! 然有有必有无,有聚必有散,乃理之常;人亡弓,人得之㊾,又胡足道。所以区区记其终始者,亦欲为后世好古博雅者之戒云。绍兴五年㊿玄黓壮月朔甲寅日易安室题。

【题解】

这篇散文,实质上是李清照和赵明诚的合传。在中国散文上是名篇杰作,在研究李清照生平及其思想方面是最重要的第一手资料。本文不仅简洁地交代了《金石录》作者、卷数、内容并对该书作出评价等必须的文字外,用大部分篇幅,叙写金石书画的收集与散佚的过程,并通过这一叙述,铺写了自己的家世、经历,抒发了遭罹变故后的悲痛情怀。所以,这篇后序不仅有自传的性质,而且反映了当时动乱苦难的时代,是研究李清照生平的第一手最重要资料。《金石录》,书名,金石学名著,李清照之夫赵明诚著,共三十卷。李清照始终参与。金,指古代金属器皿,主要为青铜器钟鼎之类,器上往往有铭文。石,古代石刻文字碑铭之类。后序:《金石录》卷首有赵明诚的自序,李清照写的序文在卷末,故称后序,即跋。

【注释】

①赵侯德甫:赵明诚字德父,又作德夫、德甫。父、夫、甫作为男子的"字"的字尾,三字通用。但赵挺之,字正夫,他给儿子起字不可能有"夫"字,即使儿子给自己起字,也不可能用"夫"字,故"德夫",必误。侯,旧时对州郡长官的雅称。赵明诚曾做过莱州、淄州、建康府及湖州等地方官,故称"侯"。

②王播:字明敫,唐代太原(今山西省太原市)人。文宗时尚书左仆射,为官贪酷,但生平不曾专意收藏书画,也未遭祸。困此清代何焯校改为"王涯"。王涯,字广津,亦唐代太原人,官至中书侍郎,同中书门下平章事(宰相),后因谋诛宦官事泄而被杀。家中壁藏名书画甚丰,秘不示人。死后被人破垣剔取金玉,而弃其书画于道。(见《新唐书·王涯传》)又顾炎武《日知录》引作"涯",是。此非传写之错,必李清照用典之误。

③元载:字公辅,唐凤翔岐山(今陕西岐山)人。代宗时,官至中书侍郎,专横纳贿,聚敛财货,后溺死。抄其家产时,中有胡椒八百石。见《新唐书·元载传》。

④长舆:和峤的字。晋汝南西平(今属河南省)人,惠帝时太子太傅。家富万贯,秉性吝啬,时人谓其有"钱癖"。见《晋书·和峤传》。元凯:杜预的字。晋京兆杜陵(今陕西省西安)人,武帝时为镇南大将军,封当阳县侯。

后潜心研究经典古籍,尤爱《春秋左氏传》,著有《春秋左氏传集解》、《春秋长历》等书,"臣有《左传》癖。"

⑤建中辛巳:宋徽宗建中靖国元年(1101 年)。

⑥先君:死去的父亲,即李格非。李格非,字文叔,宋神宗熙宁九年(1076 年)中进士,官至礼部员外郎,提点京东刑狱。北宋著名学者、文学家,有《洛阳名园记》传世。

⑦丞相:此指李清照的公公赵挺之。赵挺之字正夫,密州诸城(今山东诸城)人。进士出身,徽宗时做过吏部侍郎。后官至尚书右仆射(丞相)。

⑧朔望:阴历的每月初一和十五。

⑨葛天氏之民:语出陶渊明《五柳先生传》:"衔觞赋诗,以乐其志,无怀氏之民欤? 葛天氏之民欤?"葛天氏,上古传说中古部落的帝王。据说那时"不言而自信,不化而自行。"(《路史·禅道记》)人民性格纯朴,生活悠闲。这显然是对原始社会的一种理想化的想像。此处借以表达自得其乐的欢愉心情。

⑩穷遐方绝域:跑遍边远的地方。穷,尽(收)。遐方,边远。绝域,人迹罕到之处。

⑪尽天下古文奇字:收集全天下的上古文字。古文,秦以前的文字。奇字,古文的异体字。

⑫日就月将:语出《诗·周颂·敬之》:"日就月将,学有缉熙于光明。"孔颖达疏:"日就,谓学之使每日有成就;月将,谓至于一月则有可行。言当习之以积渐也。"日积月累,必有所获成。

⑬馆阁:收藏书籍、编修国史的机关。宋有昭文馆、史馆、集贤院三馆,又有秘阁、龙图阁、天章阁、宝文阁等,统称"馆阁"。赵挺之为相时,三馆秘阁已改为秘书省。文中所述当指秘书省。

⑭鲁壁:汉武帝时,鲁恭王毁孔子宅壁,得《古文尚书》等。见孔安国《古文尚书序》。

⑮汲冢:晋武帝时,汲郡(今河南省汲县西南)人不(fōu)准盗挖魏襄王(一说魏安厘王)墓,得竹书、漆书,世称《汲冢书》。后遂称秘藏古籍为"鲁壁汲冢"。见《晋书·束皙传》。冢,坟墓。

⑯崇宁：宋徽宗赵佶年号(1102—1106 年)。

⑰徐熙：南唐著名画家。"钟陵(今江西进贤)人，世为江南仕族。熙识度闲放，以高雅自任。善画花木、禽鱼、蝉蝶、蔬果。学穷造化，意出古今。"(宋·郭若虚《图画见闻志》)

⑱铅椠(qiàn)：古代的书写工具。铅指铅条，椠指木版。此指校勘、刻印古籍。

⑲归来堂：赵明诚、李清照屏居青州时的宅第室名。其来历既有取陶渊明"归去来兮"之意以明志，更有可能受到晁补之自名"归来子"启发以呼应。

⑳簿甲乙：分门别类登记编号，编制目录。簿，用作动词，登记在册。甲乙，排定次序。

㉑请钥上簿：令取钥匙并进行取书登记。关出卷帙：取出书籍。关，领取。帙，原指书套，泛指成套的书或一套书。结本无"出"字，次。黄墨谷重辑本属下断句，可。

㉒坦夷：随随便便，不放在心上。

㉓刓(wán)缺：磨损短缺，残缺不全，刓，原意为削去边、角。

㉔靖康丙午：宋钦宗赵桓靖康元年(1126 年)。这句待订正。它是宋高宗的第一个年号。靖康二年(1127)四月北宋亡，五月高宗即位后改元建炎，史称南宋。故建炎元年最早从五月算起，不可能有"春三月"的，或笔误，或抄讹。

㉕建炎丁未：宋高宗赵构建炎元年(1127 年)。

㉖太夫人：指赵明诚之母郭氏，在其卒于江宁时，由淄州南来奔丧的当只有赵明诚一人，李清照则由淄州返青州，整理金石文物，以备南运。

㉗监本：国子监所刻的书，又称官本。因系公开发售，普通易得。

㉘尚载书十五车：由于现存《后序》有所阙衍和字句舛误，对这"十五车"书，很容易被理解为赵明诚奔母丧时，带往江宁之物。实际当系后往江宁的李清照押运的东西。

㉙东海：东海郡辖历史上多有变异。宋时指今江苏省东北部与山东毗邻的一带地方。

㉚连舻:许多大船前后相接。舻,本指船头或船尾,此指舳舻,就是大船。

㉛姑孰:今安徽省当涂县。

㉜池阳:今安徽省贵池县。

㉝湖州:今浙江省吴兴县(或曰今湖州市)。

㉞葛衣岸巾:(穿着)夏布衣服,戴着露额的头巾。岸巾,即岸帻(zé),帻,头巾。其态度相当洒脱。瑞本作"著衣巾",钮抄本作"著衣岸巾",均差。

㉟目烂烂,光射人:烂烂,目光明亮的样子。《世说新语·容止》:"裴令公目王安丰:目烂烂如岩下电。"

㊱戟(jǐ)手:王仲闻据《左传·哀公二十五年》杜注,以为以手插腰如戟。王水照《宋代散文选注》谓:竖起食指和中指来指人,形如古代兵器中的戟,以此指点清照。

㊲宗器:宗庙所用的礼乐之器,或指宗器之拓片。

㊳行在:皇帝的行宫。此处指当时宋高宗住地建康。病痁(diàn):患了疟疾。痁,有二解,一是指有热无寒的疟疾;二是指濒于危患。此当兼二解,意为赵明诚所患系濒于危患的疟疾。

㊴八月十八日:十八,瑞本作"十七",可存。

㊵分香卖履:典出曹操《遗令》:"余香可分与诸夫人。诸舍中无所为,学作履组(鞋带儿)卖也。"此话意谓,域外馈赠的名贵香料,可以作为遗产分给众妾;至于宫女,没有别的事情可做,就叫她们去学做鞋子挣钱养活自己。后来,此典除了被作为曹操生活俭朴的美誉外,还专指人在临终时对其妻妾的遗嘱。

㊶洪州:今江西省南昌市。

㊷部送:或作"部随"。护送,押送。

㊸《世说》:即《世说新语》,南朝宋刘义庆撰。《盐铁论》:书名,汉代桓宽著。

㊹远(háng):此指李清照的异母弟李远。敕局删定官:主管把皇帝的诏旨编辑成书。属尚书省,职能是"裒集(聚集)诏旨,纂类成书"。

㊺台：台州（今浙江临海）。

㊻剡（shàn）：今浙江省嵊（shèng）县西南。嵊：各本作“剡”。嵊即今浙江嵊县。

㊼黄岩：今浙江省黄岩县。

㊽驻跸（bì）：皇帝出行暂住，即驻扎。跸，皇帝出行清道，禁止行人往来。因此跸指帝王车驾。驻跸，帝王出行时住宿下来，即驻扎的意思。当时赵构暂住在章安镇（今黄岩、临海一带）。

㊾温：温州（今浙江温州）。

㊿越：越州（今浙江绍兴）。

(51)庚戌：建炎四年（1130 年）。

(52)衢：衢州（今浙江省衢县）。

(53)张飞卿学士：王仲闻据《清河书画舫》申集载田亘跋王晋卿瀛山图，以为此张飞卿，阳翟（今河南省禹县）人。喜书画。而清·陆心源《仪顾堂题跋》，以为此张飞卿即字飞卿之张汝舟，为毗陵人。王仲闻说，是。陆说，非。

(54)颁金：清俞正燮《易安居士事辑》改为“颂金”。俞改字后，释为“献璧北朝”，误。近人多认定“颁金”即“颁赐金人”，有“通敌”之意，是。王仲闻以为或原文有误，以存疑为是。就上下文看，“颁金”原文无误。

(55)四明：今浙江省宁波市。一说浙江省鄞县。

(56)吴说：字傅明，浙江钱塘人，著名书法家。其书法自成一体，名曰“游丝书”。时任福建路转运判官，故称之为运使。

(57)东莱静治堂：东莱，即莱州（今山东莱州）。静治堂，莱州府衙宅第中赵明诚的书斋。

(58)芸签：书签。古代多用芸草驱除书中的蠹虫，所以又称书为芸编，称书签为芸签。一说芸草所做的书签。缥（piāo）带：束书用的带子，多用淡青色的帛制作。芸签缥带，文中是指《金石录》成书中贴在卷帙上的名签和缚在卷帙上的带子。

(59)手泽：语出《礼记·玉藻》：“父没而不能读父之书，手泽存焉尔。”孔颖达疏：“谓其书有父平生所持手之润泽存在焉，故不忍读也。”原意为手汗所润泽。此指赵明诚校勘题跋所留下的墨迹。

⑥⓪萧绎:南朝梁元帝。公元 552 年萧绎在江陵(今湖北江陵)即位。公元 554 年魏兵攻陷江陵,他将所藏图书十四万卷全部烧毁,并说:"读书万卷,犹有今日,故焚之。"(司马光《资治通鉴》)遂被俘身死。

⑥①杨广:隋炀帝。杨广于大业十二年(616 年)出游江都(今江苏扬州),大业十四年(618 年)被部将宇文化及所杀。死前"聚书三十七万卷,皆焚于广陵(即江都)。"(唐代杜宝《大业幸江都记》)据史书载,杨广平生酷爱书史,藏书堆积如山,却一字不许外出。死后,新王朝调其图书晋京,河中遇风浪而全数覆没。监运官称此系隋炀帝托梦收书。他死也要把书籍带走,此其谓"不悲身死,而复取图书。"

⑥②少陆机作赋之二年:即十八岁。据杜甫《醉歌行》中有"陆机二十作文赋,汝更少年能缀文"的诗句。陆机,字士衡,吴郡华亭(今上海松江)人,西晋文学家,二十作《文赋》。此句意谓作者十八岁时嫁给赵明诚。

⑥③过蘧(qú)瑗(yuàn)知非之两岁:即 52 岁。《淮南子·原道训》:"蘧伯玉年五十而知四十九年之非。"蘧瑗,字伯玉,春秋时卫国大夫。后人因以五十岁为知非之年。这里是作者自称写此《后序》时年 52 岁了。

⑥④人亡弓,人得之:典出《吕氏春秋·贵公》:"荆人有遗弓者,而不肯索,曰:'荆人遗之,荆人得之,又何索焉。'"文意说自己虽然失掉了所藏的金石书画,但别人得了也是一样,有人失有人得吧。

⑥⑤绍兴五年:多本作"绍兴二年",洪迈《容斋四笔》作"绍兴四年"。后经考订,实为"绍兴五年"。此条争议较多,不详述。

【汇评】

宋·洪迈:东武赵明诚德甫,清宪丞相中子也。著《金石录》三十篇……凡为卷二千。其妻易安李居士,平生与之同志。赵没后,愍掉旧物之不存,乃作《后序》,极道遭罹变故本末……时绍兴四年也,易安年五十二矣。自叙如此,予读其文而悲之,为识于是书。(《容斋四笔》卷五)

宋·陈振孙:明诚,宰相挺之之子。其妻易安居士为作《后序》,颇可观。(《直斋书录解题》卷八)

宋·无名氏:易安居士李氏,赵丞相挺之之子讳明诚字德夫之内子也。

191

才高学博,近代鲜伦。其诗词行于世甚多。尝见其为乃夫作《金石录后序》,使后之人叹息。以见世间万事,真如梦幻泡影,而终归于一空而已。(《瑞桂堂暇录》见《说郛》四十六卷)

明·曹安:李易安,赵丞相挺之之子赵德夫之内也。序德夫《金石录》,谓:"王播(涯)、元载之祸,书画与胡椒无异;长舆、元凯之病,钱癖与传癖何殊?名虽不同,其感一也。"又谓:"萧绎江陵陷没,不惜国亡而毁裂书画;杨广江都倾覆,不悲身死而复取图书。岂人性之所著,生死不能忘之欤?"又谓"有有必有无,有聚必有散,乃理之常。人亡弓,人得之,又胡足道?夫女子,微也,有识如此,丈夫独无所见哉!"(《谰言长语》卷下)

明·祝允明:"有此文才,有此智识,亦闺阁之杰也。"(刘士鏻编《古今文致》卷三引《金石录后序》评语)

明·郎瑛:赵明诚……著《金石录》一千卷(三十卷)。其妻李易安,又文妇中杰出者。亦能博古穷奇,文词清婉,有《漱玉集》行世,诸书皆曰与夫同志,故相亲相爱至极。予观其叙《金石录》后,诚然也。(《七修类稿》卷十七)

明·归有光:观李易安所称其一生辛勤之力,顷刻云散,可以为后人藏书之戒。然余平生无他好,独好书,以为适吾性焉耳,不能为后日计也。(仁和朱氏刊本《金石录》载《题(金石录)后》)

明·朱大韶:易安此序,委曲有情致,殊不似妇女口中语,文固可爱。予凤有好古之癖,且亦因以识戒云。(《湉喜斋藏书记》卷一引宋本《金石录》题跋)

明·胡应麟:李易安《金石录》……李氏夫妇雅尚,具见篇中。……李于文稍愧稚训,第其好而能专,专而能博,博而能读,殆有过于欧、苏两公所谓者。因颇采撷其语,著于篇。胡应麟曰:夫书好而弗力,犹亡好也,故录庐陵《集古序》。夫书聚而弗读,犹亡聚也,故录眉山《藏书记》。夫书好而聚,聚而必散,势也。曲士讳之,达人齐之,益愈见聚者之弗可亡读也,故录易安《金石志》终焉。(《少室山房笔丛》)卷四,甲部,《经籍会通》四)

明·田艺蘅:德甫著《金石录》,其妻与之国志,乃共相考究而成,由是名重一时。赵没后,愍悼旧物之不存,乃作《后序》。(《诗女史》卷十一)

明·赵世杰等：(眉批)前序乃德甫所作。("有人持徐熙《牡丹图》……"眉批)力不能致此宝物，宜其惋怅。("坐归来堂烹茶"一段眉批)真一时胜消息，不能久耳。("目恋恋，且怅怅"一段眉批)先见之明。("既长物不能尽载"一段眉批)计此时又合惋怅数日。("其青州故第……又化为煨烬"一段眉批)可惜可恨。("必不得已，先弃辎重"一段眉批)追叙变故次第，段段婉致。("金寇陷洪州"一段眉批)此时可哭。("独余……岿然独存"眉批)可贺。("无虑十去五六"一段眉批)更可恸哭。("今日忽阅此书"一段眉批)有怆然之思。(《古今女史》前集卷三)

明·萧良有：叙次详曲，光景可睹。存亡之感，更凄然言外。(《古今女史》卷三引《金石录后序》评语)

明·朱尔绣：聚散无常，盈虚有数。达见者于富贵福泽，亦当作如是观。(《古今女史》卷三引《金石录后序》评语)

明·张丑：易安居士能书、能画，又能词，而尤长于文藻。迄今学士每读《金石录序》，顿令精神开爽。何物老妪生此宁馨，大奇，大奇。(《清河书画盘舫》申集引《才妇录》)

清·钱谦益：赵明诚《金石录》三十卷，李易安后序。明诚之室，文叔之女也。其文淋漓曲折，笔力不减乃翁。"中郎有女堪传业"，文叔之谓耶。(《绛云楼书目》卷四金石类陈景云注)

清·谢启光：《金石录》，宋赵德父所著。原本于欧阳文忠公《集古录》，益广罗而确核之，盖竭一生之心力而成是书。德父自为序；没，而其室李易安又序其后。中间叙述购求之殷，收蓄之富，与夫勘校之精勤，即流离即难，犹携以远行，斤斤爱护不少置，深惋惜后来之散失。余初得易安序，读之，嘉其夫妇同心，笃于嗜古……(谢刻《金石录》)

清·顾炎武：读李易安题《金石录》，引王涯、元载之事，以为有聚有散，乃理之常；人亡人得，又胡足道！未尝不叹其言之达。(《日知录集释》卷二十一)

清·王士禄：《吴柏寄姊书》云：诵《金石录序》令人心花怒开，肺肠如涤。

《袖释堂脞语》云：班、马作史，往往于琐屑处极意摹写，故文字有精神

193

色态。易安《金石录后序》中间数处，颇得此意。至萧绎江陵陷没一段，文人癖好图书，过于家国性命，尤极浓至。（《宫闺氏籍艺方考略》）

清·钱曾：《金石录》，清照序之极详，其搜访可谓不遗余力……（《读书敏求记》）

清·阮刘文如：易安此序，言德甫夫妇之事甚详。《宋史·赵挺之传》传后无明诚之事，若非此序，则德甫一生事迹年月，今无可考。按《后序》作于绍兴四年，易安自言："余自少陆机作赋之二年，至过蘧伯玉知非之两岁，三十四年之间，忧患得失，何其多也！"是作序之年，五十二岁矣。序言十九岁归赵氏时，先君作礼部员外郎，侯年二十一。按德甫卒于建炎三年，是德甫卒年四十九也。易安十九岁为建中靖国元年。是年挺之为礼部侍郎。是赵李同官礼部时联姻也。

清·王赠芳等：明诚作《金石录》，考据精确，多足正史书之失，清照实助成之。靖康二年，明诚奔母丧于建康，半弃所藏。其年十二月，金人陷青州，火其藏书十余屋。明诚，诸诚人而家于青也。建炎二年起复，知建康府。三年，召知湖州。至行在，病卒。清照自为文祭之。既葬，清照赴台州依其弟迒。辗转避难于越、衢诸州。绍兴二年，又赴杭州，所携古器物以次失去，乃为《金石录后序》，自述流离状。（《济南府志·列女传》）

清·周乐：明诚卒，（清照）乃作《金石录后序》，自述其离乱状，人皆悯之。（冷雪庵本《漱玉集·题李易安遗像并序》）

清·李慈铭：阅赵明诚《金石录》，其首有李易安《后序》一篇，叙致错综，笔墨疏秀，萧然出畦町之外。予向爱诵之，谓宋以后闺阁之文，此为观止。（《越缦堂读书记》卷九·艺术）

清·符兆纶：（清照）因取明诚在日所同著《金石录》，序而藏之。自述流离，备极凄惨，至今读之，尤觉怦怦。其去明诚之没盖已六年，年且五十有二矣。（《续修历城县志》引《历下咏怀古迹持抄》）

朱铸禹：赵明诚喜好搜藏考订金石拓本，著有《金石录》三十卷。清照于绍兴二年题跋书后，详叙在开封时搜集书籍金石文物的情况和他们夫妻"缥书赌茗"的乐趣，以及靖康之间金人侵入后，兵荒马乱，仓皇避难，收藏散失，明诚病殁等凄凉情况。文字是非常委婉动人的。（《唐宋画家人名辞

典》)

　　浦江清：以上李清照《金石录后序》一篇。清照为宋代有名之女词人，其夫《金石录》一书亦为宋代学术界之名著。此文详记夫妇两人早年之生活嗜好，及后遭逢离乱，金石书画由聚而散之情形，不胜死生新旧之感，一文情并茂之佳作也。赵、李事迹，宋史失之简略，赖此文而传，可以当一篇合传读。故此文体例虽属于序跋类，以内容而论，亦同自叙文。清照本长于四六，此文却用散笔，自叙经历，随笔提写。其晚景凄苦郁闷，非为文而造情者，故不求其工而文自工也。(《国文月刊》一卷二期)

　　游国恩、王起、萧涤非、季振淮、费振刚：李清照遗留下来的少数诗文，大都是南渡以后的作品。《金石录后序》介绍了《金石录》的内容与成书过程，同时回忆了她婚后三十四年间的忧患得失，是一篇优美动人的散文。(《中国文学史》三)

　　徐北文等：通过文物古籍聚散的命运，写出了国破家亡时作者颠沛流离的悲惨遭遇，表达了作者掉念死者、追思家珍的笃真情感。同时也写出了作者的家世和一生的大体经历，并从一个侧面反映了外族入侵、朝廷腐败给人民带来的苦难和不幸。因此，这篇文章不仅是研究李清照生平事迹的可靠材料，而且也是动乱时代的一个缩影，具有很高的传记资料价值和一定的历史认识价值。这篇跋文同时又是一篇叙议结合、文情并茂的散文佳作，全文主线分明，叙次井然，细节生动，感情丰沛，跌宕起伏，感人至深。(《李清照全集评注》)

投内翰綦公崇礼启

　　清照启①：素习义方②，粗明诗礼。近因疾病，欲至膏肓③，牛蚁不分④，灰钉已具⑤。尝药虽存弱弟⑥，应门惟有老兵。既尔苍黄，因成造次。信彼如簧之说，惑兹似锦之言。弟既可欺，持官文书⑦来辄信；身几欲死，非玉镜架亦安知？僶俛难言，优柔莫决，呻吟未定，强以同归。视听才分，实难共处，忍以桑榆⑧之晚景，配兹驵侩⑨之下才。身既怀臭之可嫌⑩，惟求脱去；彼素抱璧之将往⑪，决欲杀之。遂肆侵凌，日加殴击，可念刘伶之肋⑫，难胜石勒之拳⑬。局天扣地⑭，敢效谈娘之善诉⑮；升堂入室，素非李赤之甘心⑯。外援难求，自陈何害，岂期末事，乃得上闻。取自宸衷⑰，付之廷尉。被桎梏而置对，同凶丑而陈词。岂惟贾生羞绛灌为伍⑱，何啻老子与韩非同传⑲。但祈脱死，莫望偿金。友凶横者十旬⑳，盖非天降；居囹圄者九日㉑，岂是人为！抵雀捐金㉒，利当安往；将头碎璧㉓，失固可知。实自谬愚，分知狱市㉔。此盖伏遇内翰承旨㉕，搢绅望族，冠盖清流㉖，日下无双㉗，人间第一。奉天克复，本缘陆贽之词㉘；淮蔡底平，实以会昌之诏㉙。哀怜无告，虽未解骖㉚，感戴鸿恩，如真出己㉛。故兹白首，得免丹书㉜。清照敢不省过知惭，扪心识愧。责全责智㉝，已难逃万世之讥；败德败名，何以见中朝之士㉞。虽南山之竹㉟，岂能穷多口之谈；惟智㊱者之言，可以止无根之谤。高鹏尺鷃㊲，本异升沉；火鼠冰蚕㊳，难同嗜好。达人共悉，童子皆知。愿赐品题㊴，与加湔洗㊵。誓当布衣蔬食，温故知新。再见江山，依旧一瓶一钵；重归畎亩，更须三沐三薰㊶。忝在葭莩㊷，敢兹尘渎㊸。

【题解】

这是李清照写给綦崇礼的一封答谢信。作于绍兴二年（1132 年）。信中交待了她晚年再嫁张汝舟的不幸，以及离异的经过。在这封不长投启中，作者连用历史典故，诉说了身心所遭受到的巨大痛苦，表达了羞与恶人为伍，决心造发奸究，渴望"智者"仗言以正视听，全其清名的真切意愿。它是研究李清照生平事迹的重要资料之一。此信以细腻的描绘和恰切的用典表现了真实而又复杂的心理变化。感情真挚，陈词恳切，令人怅惋。内翰：官名，即翰林学士，职责是为皇帝起草诏书。綦(qí)崇礼：字处厚，政和八年进士，官吏部侍郎、兵部侍郎、翰林学士、宝文阁学士等。《宋史》本传称他"廉俭寡欲，独覃心辞章，洞晓音律，酒酣气振，长歌慷慨，议论风生，变一时之英也。"著有《北海集》六十卷，今已佚传。启：书信。

【注释】

①启：书信，文体之一种。首句"清照启"，为旧时书信开头的通常格式，此处"启"字即陈述之意。

②义方：指礼仪规矩。《左传·隐公二年》："臣闻爱子，教之以义方，弗纳于邪。"

③膏肓：古代中医以心尖脂肪为膏，心脏和隔膜之间为肓，认为属药力不能到达之处。病入膏肓，即不可救药。

④牛蚁不分：比喻精神虚弱恍惚。《世说新语·纰漏》："殷仲堪父病虚悸，闻床下蚁动，谓是牛斗。"

⑤灰钉已具：指密封棺材用的泥灰和铁钉都已作了准备。人之将死，后事已作好安排。

⑥尝药：古礼，尊长用药，幼卑先尝，然后进奉。弱弟：指作者之弟李远。远当时任敕局删定官，明诚死后，清照投奔他。李清照晚年曾得到他的照顾。

⑦持官文书：韩愈《试大理评事王君墓志铭》载，王适托人去侯高家提亲，侯高声言其女非官人不嫁。时王尚未作官，让媒人袖一卷书假作官文书，侯高信以为真，遂将女嫁与。作者用典，暗指张汝舟派媒人来进行欺骗之事。

⑧桑榆：本为日落处的树。后以树上的余光比喻人的晚年。

⑨驵侩：即古之牙商，今之捐客。本指说合牲畜交易的中间经纪人，即指人品低劣的张汝舟。

⑩怀臭：沾上狐臭气。《吕氏春秋·遇合》："人有大臭者，其亲戚、兄弟、妻妾、知识，无能与居者。"

⑪抱璧之将往：《左传·哀公十八年》："(卫庄公)曰：'活我，吾与汝

璧。'己氏曰:'杀汝,璧其焉往?'遂杀之,而取其璧。"这里指张汝舟有图谋杀人之心。

⑫刘伶之肋:《世说新语·文学》注引《竹林七贤论》:"(伶)尝与俗士相忤,其人攘袂而起,必欲筑之。伶和其色曰:'鸡肋岂足以当尊拳?'其人不觉废然而返。"刘伶,字伯伦,沛国(安徽宿县)人。西晋名士,竹林七贤之一,有传世名作《酒德颂》。

⑬石勒之拳:据《晋书·石勒载记》:"初勒与李阳邻居,岁常争麻地,迭相殴击。……乃使召阳。既至,勒与欢谑,引阳臂笑曰:'孤往日厌卿老拳,卿亦饱孤毒手。'"石勒,十六国时后赵开国君主。连上句借刘伶、石勒两典俱言备受张汝舟的虐待。

⑭局天扣地:即跼(jú,已并入"局")天蹐(jí)地,弯着身子,小碎步轻走。形容谨慎、惶恐、小心。《诗经·正月》:"谓天盖高,不敢不局。谓地盖厚,不敢不蹐。"

⑮谈娘:即《踏摇娘》,古代一个乐舞剧目。据唐·崔令钦《教坊记》所云:北齐苏某酗酒殴打妻子,妻子含悲向邻里诉说。艺人扮妇人效其悲诉状,摇顿其身,众合之"踏摇来"故称"踏摇娘"。

⑯李赤:据柳宗元《李赤传》说,李赤(江湖狂浪之人)为厕鬼所惑,误认其妻,且以入厕为升堂入室,友人苦劝无效,后卒入厕而死。用此典表白自己素不甘心与污秽之人为伍。

⑰宸(chén)衷:帝王的心意。宸,北极星之所在,借指帝王所居,引申指帝王。

⑱贾生羞绛灌为伍:贾生即贾谊,贾谊以与绛侯周勃、灌婴同辈而羞耻。据《史记·屈原贾生列传》:"天子议以贾生任公卿之位,绛、灌、东阳侯、冯敬之属尽害(嫉妒)之。"贾谊,西汉杰出的政论家、文学家,雒阳(河南洛阳)人,文帝时博士,曾任大中大夫,后因周勃等妒害,贬为长沙王太傅、梁怀王太傅,年三十三忧郁而死。绛、灌,即绛侯周勃和灌婴,皆为西汉初大臣。王仲闻校注本以为此易安误用,或传写错误。"贾生"应为淮阴侯韩信之误。《史记·淮阴侯传》:"(韩信)居常鞅鞅,羞与绛、灌等列。"王说确是。

⑲老子与韩非同传：《史记》列传第三，题为《老子韩非列传》，记叙老子、庄周、申不害、韩非的事迹。魏晋以后，世以为老子、庄子为道家，而申不害与韩非为法家，且出于重道抑法之见，以为同传为不伦不类。《南史·王敬则传》载王俭耻与王敬则同列。云："不图老子与韩非同传！"

⑳友凶横者十旬：指与张汝舟一起生活了三个多月。十旬，一百天。

㉑居圄圉者九日：指作为告发张汝舟枉传而被牵连坐牢九天。圄圉：监狱。

㉒抵雀捐金：意为以高价换取贱物。抵，击；捐，舍。《庄子·寓言》："以随侯之珠，弹千仞之雀"，"其所用者重，而所要者轻。"汉代桓宽《盐铁论·崇礼篇》："昆山之旁，以玉璞抵乌鹊。"皆言得不偿失。

㉓将头碎璧：典出《史记·廉颇蔺相如列传》。蔺相如见秦王得所奉璧而无意偿十五城；于是借故讨回璧玉，"持璧，却立倚柱，怒发上冲冠，谓秦王曰：'……大王必欲急臣，臣头今与璧俱碎于柱矣。'"

㉔分知狱市：本以为官府不明是非曲直，如狱市那样善恶不分。"狱市者，所以并容也。"（《史记·曹相国世家》）集解引《汉书音义》："狱市兼受善恶。"

㉕内翰承旨：内翰即翰林学士的通称。承旨，以翰林学士中的资深者任之。文中指綦崇礼。

㉖冠盖清流："冠盖"，以官员的服饰车马指代官员。清流，指有声望出身门阀世族的士大夫。

㉗日下无双：日下，指京城。《南史·伏挺传》，任昉谓伏挺："此子日下无双！"

㉘"奉天"两句：奉天，地名，即今陕西省乾县。唐德宗李适曾避朱泚之乱于此。"陆贽之词"指德宗时翰林学士陆贽于奉天为皇帝起草的诏书。据《唐书·陆贽传》："奉天所下诏书，虽武夫悍卒，无不挥涕感激，多贽所为也。"

㉙"淮蔡"两句：淮蔡唐代方镇名，即淮南西道。淮西彰义军节度使吴少阳于元和九年（814 年）卒，其子蔡州刺史吴元济于蔡州反叛朝廷。元和十二年（817 年）被平定。会昌之诏，会昌年间的诏书。会昌（841—846 年）

为唐武宗年号,此处清照所记有误或传写致误,当为唐宪宗元和年间。会昌诏书多系宰相李德裕所草拟,李德裕文集亦名《会昌一品集》,"实以"句。《癸巳类稿》作"共传昌黎之笔",但韩愈不仅为裴度之行军司马,无为宪宗草诏事。以上四句皆为称誉綦崇礼为文之功的恭敬之词。

㉚解骖:以财物救人之急难。《晏子春秋》及《史记·管晏列传》都载有晏子解左骖赠越石父为之赎身抵罪事。

㉛如真出己:如同亲自将我释放出狱一样。《左传·成公三年》载,荀莹对曾计划救他离开楚国的郑国商人"善视之,如实出己。"

㉜丹书:古时罪犯刑书以经笔书写,故称。

㉝责全责智:求得保全名节和明智行事。

㉞中朝:即朝中,朝廷。

㉟南山之竹:极言其多,罄竹难书。古时以竹简代纸为书写之用。《旧唐书·李密传》在列举隋炀帝之罪时有"罄南山之竹,书罪无穷"语。

㊱智者:此指綦崇礼。《荀子·大略》中有"流言止于智者"语。

㊲高鹏尺鷃:大鹏和斥鷃。《庄子·逍遥游》云:"有鸟焉,其名为鹏,背若泰山,翼若垂天之云,转扶摇羊角而上者九万里,绝云气,负青天,然后图南,且适南溟也。斥鷃笑之曰:'彼且奚适也。我腾跃而上,不过数仞而下,翱翔蓬蒿之间,此亦飞至也,而彼且奚适也。'此小大之辨也。"斥鷃,也作尺鷃,小鸟。

㊳火鼠冰蚕:火鼠,古代传说中生于火中的大鼠。据说"不尽木火中有鼠,重千斤,毛长二尺余。"(见《搜神记·东方经》)冰蚕,古代传说中的一种蚕"长七寸,黑色,有角有鳞。以霜雪覆之,然后作茧,长一尺,其色五彩,织为文锦,入水不濡,以之投火,经宿不燎。"(见《拾遗记·员峤山》)

㊴品题:对人物加以评说。

㊵湔(jiàn)洗:洗刷。湔,洗。

㊶三沐三薰:再三熏香沐浴,洁身以表敬重。《国语·齐语》载,春秋时齐桓公派人从鲁国接管仲回齐,"以至,三衅三浴之"。且亲自出迎于城效。韩愈《答吕医山人书》"方将坐足下三浴而三薰之"句。

㊷忝(tiǎn)在葭莩:指有愧于与綦崇礼的亲戚关系(綦崇礼与赵明诚一

家有亲姻关系）。忝，谦词，辱，有愧于。葭莩，《汉书·中山靖王刘胜传》：胜于建元三年来朝，天子置酒，胜闻乐而泣。问其故"，刘胜以为宗室诸王常被朝臣谗言："今群臣非有葭莩之亲，鸿毛之重，群居党议，朋友相为，使夫宗室摈却，骨肉冰释。"颜师古注："葭，芦也。莩者其筒中白皮，至薄者也。葭莩喻薄，鸿毛喻轻。"葭莩原指极疏远之亲戚，后人则只以"葭莩"为亲戚代称。

㊸敢兹尘渎：冒昧地这样来麻烦您。敢，表敬副词，有冒昧意。尘渎，尘污、慢渎，即烦劳之意。

【汇评】

宋·胡仔：近时妇人，能文词如李易安，颇多佳句。……易安再适张汝舟，未几又反目，有《启事》与綦处厚云："猥以桑榆之晚景，配兹驵侩之下才。"传者无不笑之。（《苕溪渔隐丛话》前集卷六十）

明·瞿佑：明诚卒，易安再适非类，即而反目。有启与綦处厚学士："猥以桑榆之暮景，配兹驵侩之下才。"见者笑之，然其词颇多佳句。（《秀公集》卷下之《易安乐府》）

清·宋长白：愚按：易安在宋，自是闺房胜流，然以殷周比莽，殊觉不伦。况"桑榆"一札，未免被人点检耶！若魏夫人《咏虞美人草》方见英雄气慨。（《柳亭诗话》卷二十九）

清·褚人获：易安《与綦处厚启》有"猥以桑榆之晚景，配兹驵侩之下才"，传者笑之。（《坚瓠集》七集卷一）

清·吴衡照：易安居士再适张汝舟，卒至对簿，有与綦处厚启云云。宋人说部多载其事，大抵彼此衍袭，未可尽信。《宋史·李文叔传》附见易安居士，不著此语，而容斋去德甫未远，其载于《四笔》中无微词也。且失节之妇，朱子又何以称乎？反复推之，易安当不其然。（《莲子居词话》）

清·陈廷焯：赵彦卫《云麓漫抄》谓：易安再适张汝舟，诸家皆沿其说。又伪撰《投内翰綦公崇礼启》云："清照启……敢兹尘渎。"《渔矶漫抄》中谓：易安再适张汝舟，竟至对簿，《启》在临安时作。案：易安并无再适事。《启》乃好事者伪作无疑。（《云韶集·词坛丛话》）

清·俞正燮：读《云麓漫抄》所载《谢綦崇礼启》，文笔劣下，中杂有佳语，定是篡改本。又夫妇讦讼，必自证之，启何云无根之谤。余素恶易安改嫁张汝舟之说，雅雨堂刻《金石录序》，以情度易安不当有此事。及见李心传《建炎以来系年录》采鄙恶小说，比其事为文案，尤恶之。……且《启》言："牛蚁不分，灰钉已具。……猥以桑榆之末景，配兹驵侩之下才。"易安，老命妇也，何以改嫁，复与官告？又言："视听才分，实难共处……岂期末事，乃得上闻，取自宸衷，付之廷尉。"是又闺房鄙论，竟达阙廷，帝察隐私，诏之离异，夫南渡仓皇，海山奔窜，乃舟车戎马相接之时，为一驵侩之妇，从容再降玉音，宋之不君，未应若此。审视《金石录后序》，始知颂金事白蓦有湔洗之力，小人改易安《谢启》，以飞卿玉壶为汝舟玉台，用轻薄之词，作善谑之报，而不悟牵连君父，诬衊庙堂，则小人之不善于立言也。(《癸巳类稿》)

清·陆心源：李易安改嫁，千古厚诬。……其启即汝舟所改，非别有怨家也。(《仪顾堂题跋》)

清·李慈铭：王继先本奸黠小人，时方得幸，必有恫吓赵氏之事。而綦崇礼为左右之，得白，故易安作启以谢。至张汝舟妻李氏，或本易安一家，与夫不咸，讼讦离异，当时忌易安之才如学士秦楚材者，乃被易安诮刺如张九成等者，因将引事移之易安。或汝舟之妻，亦娴文字，作文自述被夫欺凌殴击之事……后人因其适皆李姓，遂牵合之……余故申而辨之，补俞氏之阙，正陆氏之误，可为不易之定论矣。(《越缦堂乙集》)

黄盛璋：说清照改嫁的是出于宋人的记载，宋代并没有人怀疑这件事的真实性，怀疑它并予以全部否定的乃是其后数百年明、清时代的人。他们为什么要起怀疑并用了很大的力气为她辩护呢？其原因不外两点：一是爱才，二是封建观点。……过去有的人对她改嫁加以诟责，有的人又为她辩护，由于看问题的角度，多少都不免带有偏见，今天要是抛除封建道德的观点来考察这个问题，我们认为她之改嫁并不是不能理解。(《李清照事迹考辩》)

黄墨谷：黄盛璋、王仲闻、王延梯在考辩所谓改嫁问题，完全摒弃清照传记性的叙述《后序》，摒弃她的诗词文赋，照搬宋人说部的记载，罗列一些与清照无关的材料，甚至竟说什么："改嫁不改嫁本来不关紧要"；说什么"改嫁一事，完全不影响对她作品的艺术评价，辩护是不必要的。"知人论世，文如其人。宋人之所以谤伤李清照就是要毁坏她的声望名誉。

我认为宋、明、清许多金石家、词家、词学家为《金石录》的版行和校勘；对李清照晚年的遭遇，特别对"改嫁"的造谣谤伤辨诬，是有功于艺林，他们保全了我国文学史上最杰出的女作家李清照的声誉与光辉形象。他们的功绩是不可磨灭的。（《重辑李清照集·翁方纲〈金石录〉本读后》）

打马图经序

慧则通①，通则无所不达；专则精，精则无所不妙。故庖丁之解牛，郢人之运斤②，师旷之听③，离娄之视④，大至于尧、舜之仁，桀、纣之恶，小至于掷豆起蝇⑤，巾角拂棋⑥，皆臻至理者何？妙而已。后世之人，不惟学圣人之道不至圣处，虽嬉戏之事，亦得其依稀仿佛而遂止者多矣⑦。夫博⑧者无他，争先术耳，故专者能之。予性喜博，凡所谓博者，皆耽之，昼夜每忘寝食。但平生随多寡未尝不进⑨者何？精而已。自南渡来，流离迁徒⑩，尽散博具，故罕为之，然实未尝忘于胸中也。今年冬十月朔⑪，闻淮上警报⑫，江浙之人，自东走西，自南走北，居山林者谋入城市，居城市者谋入山林，旁午络绎⑬，莫卜所之⑭。易安居士亦自临安泝流⑮，涉严滩之险⑯，抵金华⑰，卜居陈氏第⑱。乍释舟楫而见轩窗，意颇适然。更长烛明，奈此良夜乎？于是乎博弈之事讲矣。且长行、叶子、博塞、弹棋⑲，世无传者。打揭、大小猪窝、族鬼、胡画、数仓、赌快之类⑳，皆鄙俚不经见。藏酒、摴蒲、双蹙融㉑，近渐废绝。选仙、加减、插关火㉒，质鲁任命㉓，无所施人智巧。大小象戏、弈棋㉔，又惟可容二人。独采选㉕、打马，特为闺房雅戏。尝恨采

203

选丛繁,劳于检阅,故能通者少,难遇勍敌㉖。打马简要,而苦无文采㉗。按打马世有二种:一种一将十马者,谓之关西马;一种无将二十马㉘者,谓之依经马。流行既久,各有图经凡例可考。行移赏罚,互有同异。又宣和间,人取二种马,参杂加减,大约交加侥幸,古意尽矣。所谓宣和马者是也。予独爱依经马,因取其赏罚互度㉙,每事作数语,随事附见㉚,使儿辈图之㉛。不独施之博徒,实足贻诸好事。使千万世后,知命辞打马,始自易安居士也。时绍兴四年十一月㉜二十四日,易安室序㉝。

【题解】

这是李清照为其所编著的《打马图经》一书所写的序。打马:古代的一种博戏。因棋子称马,故名打马。她在古代原来的打马之一种"依经马"的基础之上,"取其赏罚互度,每事作数语,随事附见",首创"命辞打马",还编写了《打马图经》详加说明(见后文)。书前的这篇序言,在评介各种博戏之后,着重介绍了自创"命辞打马"的经过和缘由。序文因涉及到南渡避乱的有关情景,故对研究李清照的生平和认识当时的社会状况具有相当的参考价值,受到研究者的重视。

【注释】

①慧则通:聪颖就能通晓道理,则,一作"即"。其下句三个"则"亦作"即"。可通。

②郢(yǐng)人之运斤:比喻技艺熟练高超。《庄子·徐无鬼》:"郢人垩(è)墁其鼻端,若蝇翼,使匠石斫之。匠石运斤成风,听而斫之,尽垩而鼻不伤,郢人立不失容。"郢,古代楚国的国都,在今湖北省江陵县西北。运斤,挥动斧子。

③师旷之听:师旷听力极强。师旷,春秋时晋平公的大乐师,善弹琴,传说其辨音能力极强,且能听音乐辨吉凶。

④离娄之视:离娄视力极强。离娄,传说为黄帝时代视力极好的人。"能视于百步之外,见秋毫之末。"(见《孟子》赵岐注)

⑤掷豆起蝇:唐代段成式《酉阳杂俎》续集卷四:"张芬中丞在韦南康皋幕中,有一客,于宴席上,以筹碗中绿豆击蝇,十不失一,一坐惊笑。芬曰:'无费我豆!'遂指起蝇,拈其后脚,略无脱者。"起蝇,用手指夹取苍蝇,也能手到擒拿。

⑥巾角拂棋:古代的一种游戏。刘义庆《世说新语·巧艺》:"弹棋始自魏宫内,用妆奁戏。文帝于此戏特妙,用手巾角拂之,无不中。有客自云能,帝使为之,客著葛巾角,低头拂棋,妙逾于帝。"

⑦后世之人……多矣:此三十三字,《癸巳类稿》及《图谱原序》俱无,差。

⑧博:古代一种赌输赢的游戏。

⑨但平生随多寡未尝不进:进,赢。但,一作"且"(图谱序),可。随,或无此字(粤本等),差。

⑩昼夜……迁徙:此二十九字,《癸巳类稿》及《图谱原序》只作"南渡流离"四字,且下文之"故罕为之……胸中也"十三字无,差。

⑪十月朔:阴历十月初一。朔,每月初一。

⑫淮上警报:淮河一带传来情势危急的消息。此指绍兴四年(1134年)九月,金兵五万人并纠合傀儡政权刘豫的军队,由泗州渡淮水南侵并进至扬州大义镇。淮上,淮河沿线。

⑬旁午络绎:交错纷杂,往来不绝。旁午,一纵一横,纵横交错,来往不绝。

⑭莫卜所之:又作"莫不失所"(粤本及图谱序),可。

⑮易安居士:粤本及图谱原序皆作"余",可。溯流:逆流而上。原文为"泝",已并入溯。

⑯严滩:地名,在令浙江桐庐县城之富春江西。因东汉严光(子陵)曾在此隐居而得名。

⑰金华:古府名,治所在今浙江省金华县。

⑱卜居陈氏第:借住在姓陈的家里。卜居,择地而居。

⑲长行:古代博戏之一。唐代李肇《国史补》:"今之博戏,有长行最盛。其具有局、有子,子有黄黑各十五。"叶子:古代一种斗纸牌的博戏。唐代称叶子格,后称叶子戏。宋代欧阳修《归田录》:"叶子格者,自唐中世以后有之……唐世士人宴集,盛行叶子格。"博塞:古代的一种博戏,或谓专名,或谓泛称。《庄子·骈拇》:"问谷奚事,则博塞以游。"杜甫《今夕行》:"今夕何夕岁云徂,更长烛明不可孤。咸阳客舍一无事,相与博塞为欢娱。"或作"博簺"。弹棋:古代一种博戏。相传汉代刘向仿蹴踘(古代踢足球之类的习武项目)之体而作,用十二棋为戏,"两人对局,白黑棋子各六枚。《酉阳杂俎》引《世说新语》:"弹棋起自魏室。"俗称魏宫妆奁之戏。

⑳打揭、大小猪窝、族鬼、胡画、数仓、赌快:皆古代博戏。揭又作"楬"或"褐"。

㉑藏酒、搳蒱、双蹙(cù)融:古代博戏名称。

㉒选仙、加减、插关火:皆古代博戏名称。

㉓质鲁任命:博法简单,胜负全靠运气。

㉔象戏、奕棋:象戏,象棋。奕棋,围棋。

㉕采选:即彩选,又名彩选格。古代一种博戏。宋代徐度《却扫编》:"彩选格起于唐李郃……博戏中最为雅训。"颇类后世升官图游戏。

㉖勍(qíng)敌:强敌。勍,强,劲,有力量。

㉗文采:此指花样。

㉘二十马:图谱序作"二十四马"。

㉙互度:禁忌和规则。互,同枑,禁忌、禁止。度,法度。

㉚随事附见:在规则条文的后边附有自己的见解。

㉛儿辈图之:子侄辈们作为学习的标准。图,法度,标准。

㉜十一月:又作"十有二"(《癸巳类稿》、《图谱原序》)

㉝易安室:李清照书斋名。又作"易安居士李清照"。(夷门广牍本《马戏图谱》、《古今女史》等)

【汇评】

明·陶宗仪:李易安因依经马取其赏罚互度,每事作数语,精妍工丽,世罕其俦;不仅施之博徒,实足贻诸同好。韵事其人,两垂不朽矣。(《说

郭·打马图序》)

明·朱凯:打马为工,其来久矣。宋易安李氏以为闺房雅戏。相传有格一卷,不著作者名氏。复有郑寅子敬撰(图式)一卷,用马三十。李氏《图经》用马二十。盖三者互有不同,大率与古撔蒱相似。今虽不行,而《图经》间存。(《欣赏编·打马图跋》)

明·胡应麟:叶子、彩选之戏,今绝不可考。惟李易安《打马序》云:长行、叶子……打马简要,又苦无文采云云。据此,则叶子与彩选,迥然不同。叶子,宋世已无能者。彩选,宋晚尚能为之。然李称彩选丛繁,难遇勍敌,则此戏政未易言,非若今官制之易。又今纸牌,童孺皆能,李何有不传之叹,杨(慎)说之误,明矣。(《少室山房笔丛》)

李所举当时博戏,又有打褐、大小、猪窝、族鬼、胡画、数仓、赌快等,今绝不知何状。又称选仙、加减、插关火、质鲁任命,无所施人巧智。按《选仙图》见《郑氏书目》,与彩选连类。而此以为"质鲁任命"者,详之,正与今《选官图》类。盖与彩选形制相似而实不同也。亦犹序中所举长行、撔蒱、双(陆)三戏相类而实不同。……《打马图》今尚传,吴中好事者习之,迩年颇有能者。(同上)

明·周履靖:《打马图》始自易安,号称雅戏。义成有取,法久无传。良由则例未明,遵行罔措。近编《欣赏》,亦复废弛。日者,客从陪都来,手挟一图,指授诸法,颇为详具,多有纷更,用意牛毛,贻讥蛇足,固不终而令人厌心生也。兹以游息余闲,特加参订。凡则例起自易安,见于《欣赏》者,疏其抵牾,补其略阙,付之阙手,藏之斋头。爰集友朋,以代博弈。闻我逸志,耗彼雄心,固匪徒为之,狄贤抑微独贻诸好事者已也。(《夷门广牍·〈马戏图谱〉跋》)

明·赵世杰等:("自南渡以来"一段眉批)颠沛中犹不忘,是其精妙于博者。("打马世有二种"一段眉批)曲读工巧,游于自然。(《古今女史》卷三引)

明·朱锡虹:为博家作祖,亦不免为荡子作坑堑。(《古今女史》卷三引)

明·钱希言:唐太宗问一行世数,禅师制叶子格进之。……李易安以长行、叶子为世无传者。(《戏瑕》卷二)

清·周亮工：予按李易安《打马图序》云：长行、叶子、博塞、弹棋，世无传焉。若云双陆即长行，则易安之时，已无传矣。岂双陆行于当时，易安独未之见？或不行于当时，反盛于今日耶？则长行非双陆明矣。（《书影》卷五）

徐君义谓打马之戏，今不传。予友虎林陆骧武，近刻易安之谱于闽，以犀象蜜蜡为马，盛行其中。近淮上人颇好此戏，但未传之北地耳。（同上）

清·王士禄：（打马图序）尧、舜、桀、纣，掷豆起蝇一段，议论亦极佳，写得尤历落警至可喜。女子乃有此妙笔。易安动以千万世自期，以彼之才，想亦自信必传耳。昔人谓鸡林宰相，以万金购香山诗一篇，真赝辄能辨。文至易安，到眼自不同，如此语不虚也。乃其集十三卷，目见于史，而今所传不数篇，能毋珠玉锁沈之叹哉！（《宫闺氏籍艺文考略》）

清·周中孚：《打马图》一卷，宋李清照撰。……宋人撰打马书者非一，惟用五十马者居多，独此用二十马。观其前有绍兴四年易安自序，乃其晚年消遣之作，而文词工雅可观，非他人所及也。（《郑堂读书记》补遗）

清·胡玉缙：《打马图经》一卷，宋李清照撰。……是书记打马之戏，有图、有例、有论。论皆骈语，颇工雅。前是绍兴四年自序，及《打马赋》一篇。序称："打马世有二种……知命辞打马，始自易安居士也。"据此，则打马虽旧法，而是书则清照创新意为之矣。（《许庚学林〈打马图经〉跋》）

徐北文等：这篇序文，紧扣"博弈"之事，为《打马图经》作了总括说明，起到了序言的作用，达到了为序的目的。本文有叙有议，有社会面貌的特定镜头，有个人心理的自然流露，通篇和谐自然、舒卷自如。（济南出版社《李清照全集评注》）

《打马图经》例论

【题解】

这是李清照根据《打马图经》对打马的基本规则所作的阐释和论述。

"取其赏罚互度,每事作数语,随事附见"(引自《打马图经序》),是对打马条例(规则)的阐释和论述,也是对有关经验教训的总结。"论皆骈语,颇工雅。"(清胡玉缙《许庼学林〈打马图经〉跋》)

例论凡十三则,杂于《打马图经》各项条例之中。所论虽为打马,实则表现了李清照主战抗敌、收复失地的爱国主义思想。尤在篇末开诚布公,明确表达了忠于国家的赤诚之心。这是研究李清照生平思想的重要材料之一。

《打马图经》明代周履靖《夷门广牍》本题作《马戏图谱》,附有图示。笔者收录,以备研考。

在"例论"原文中,在每则骈语前均有"打马规则",后来辑李清照著作者(包括"全集"),均删去规则,只取李清照文。笔者以为"全集"当力求其"全",故补之,但因其极直白,不予注释。

一、"铺盆例"①论

凡置局,二人至五人,均钱置盆中,临时商量,多寡从众,然不可过四五人之数,此处据丽则本采交错,多致喧闹矣。

既先设席②,岂惮攫金③。便请着鞭④,谨令编埒⑤。罪而必罚,已从约法之三章;赏必有功,勿效绕床之大叫⑥。

【注释】

①铺盆例:打马规则之一。初设局时,聚钱于盆,以充赏金。例,条例,规则。参与者商量后均得遵守。

②设席:设置打马戏局。

③攫(jué)金:因下睹注而输钱。不怕输钱,赌徒"共认"。

④着鞭:开始打马,走棋。

⑤埒(liè):矮墙。原特指射马场地的围墙,这里将钱码放成堆。

⑥绕床之大叫:打马时得胜者喧闹的情状。床,坐席,坐位。

二、"本采例"①论

凡第一掷谓之本采,如掷赏罚色,即不得认作本采,到飞龙院,真本采方许过,如皂鹤是真本采,凡十二大枪之类,皆是傍本采也。

公车射策②之初,记其甲乙;神武挂冠③之日,定彼去留。汝其有始有终,我则无偏无党。

【注释】

①本彩例:打马规则之二。"凡第一掷,初下马之色,谓之本采。"(《马戏图谱》)

②公车射策:指打马比赛。公车,官车。汉以官车接送应试于京城的举人。射策,考试。汉代主试人将所提问题分甲乙两科书之于策,考生据以解答,故称射策。

③神武挂冠:指比赛胜负已定。据《南史·陶弘景传》:"(陶)永明十年,脱朝服,挂神武门,上表辞禄。"苏轼《再送蒋颖叔帅熙河》诗云:"归来趁别陶弘景,看挂衣冠神武门。"

三、"下马例"①论

凡马每二十匹用犀象刻成,或铸铜为之,如大钱样,刻其文为马文,各以马名别之。或只用钱,各以钱名为别,仍杂采染其文。堂印、碧油,桃花重五,雁行儿,拍板儿,满盆星,真本采,傍本采,承人真撞掷赏色,别人掷撞自家真本采,别人掷自家傍本采傍撞上次掷罚采余散采。

夫劳多者,赏必厚;施重者,报必深。或再见而取十官②,或一门而列三戟③。又昔人君每有赐,臣下必先乘马焉。秦穆公悔赦孟明,解左骖而赠之是也④。丰功重锡,尔自取之,予何厚薄焉？

【注释】

①下马例：打马规则之三。有关下马后根据所遇情况打与非打的规定。

②十官：士卒十人之长。

③一门三戟：唐制三品以上官员可以官邸院门前立戟。张俭兄弟三人及崔琳兄弟三人皆可立戟，人称三戟张家和三戟崔家。三戟泛指高官人家。

④"秦穆公"句：典出《左传·僖公三十二年、三十三年》，秦晋崤之战中秦将孟明被俘，后因文赢请求而放还，晋襄公及至悔而使阳处父追杀，"则在舟中矣，释左骖以公命赠孟明"，为之已晚。此句中"秦穆公"应为晋襄公。或清照笔误，或传抄讹误。若"悔赦"是指孟明回秦后不被怪罪，则又无"解左骖而赠"之事。此处清照用典有误。秦穆公，即赢任好，春秋时秦国国君。孟明，即百里孟明视，秦国大夫。

四、"行马例"①论之一

凡马局十一窝，遇入窝不打，赏一掷。

九，阳数也②，故数九而立窝③；窝，险涂也，故入窝而必赏。既能据险，以一当千；便可成功，寡能敌众。请回后骑，以避先登。

【注释】

①行马例：打马规则之四。"凡马局十一窝。遇入窝不打，赏一帖。后来者即多马不许越，亦不许打。"（《马戏图谱》）

②九：《易经》以阳爻为九。

③窝：打马图谱中屯马的营垒。立窝，即指占据窝而屯驻，应得赏。

五、"行马例"论之二

凡垒成十马,方许过函谷关。十马先过,然后余马随多少得过。自至函谷关,则少马不许逾别人多马,不马不礙。

行百里者半九十,汝其如乎?方兹万勒①争先,千羁竞辏②。得其中道,止于半途。如能叠骑先驰,方许后来继进。既施薄效,须稍旌甄③。

【注释】

①勒:本指带嚼子的笼头。以代指其马。

②羁:本指马络头。此指马。辏(còu):集中在车毂上的车辐条,引申为聚集。

③旌甄(zhēn):旌别、甄别,指小心谨慎,保持清醒。

六、"行马例"论之三

凡垒足二十马,到飞龙院,散采不得行,直待自掷真本采,堂印、碧油、雁行儿、拍板儿、满盆星诸赏采等,及别人掷自家真本采,堂印、碧油、雁行儿、拍板儿、满盆星诸赏采等,及别人掷自家真本采,上次掷罚采方许过。

万马无声,恐是衔枚①之后;千蹄不动,疑乎立仗②之时。如能翠幕张油,黄扉③启印;雁归沙漠,花发武陵。歌筵之小板初齐,天发之流星暂聚。或受彼罚,或旌己劳。或当谢事之时,复过出身之数。语曰:邻之薄,家之厚也④。以此始者,以此终乎。皆得成功,俱无后悔。

【注释】

①衔枚:进军袭敌中,士兵口中横咬竹木棍儿,马以嚼衔之以防出声。

②立仗:指马参与宫廷礼仗队,分立于宫庙及门户的行为。立仗时不动不鸣。"终日无声而食三品,一鸣则斥之"(《唐书·李林甫传》)这里形容严阵以待。

③黄扉:黄阁,宰相官署,此指宰相。《西清诗话》杨休诗云:"皇朝四十三龙直,身到黄扉止四人。"

④邻之薄,家之厚:邻人的实力薄弱了,就等于自家的实力雄厚了。据《左传·僖公三十年》载,秦、晋围郑,郑派烛之武说秦伯时说:"焉用亡郑以陪邻?邻之厚,君之薄也。"

七、"打马例"①论之一

凡多马遇少马,点数相及,即打去马。马数同,亦许打去。任便再下。

众寡不敌,其谁可当;成败有时,夫复何恨。若往而旋返,有同虞国之留②;或去亦无伤,有类塞翁之失③。欲刷孟明五败之耻④,好求曹刿一旦之功⑤。其勉后图,我不弃汝。

【注释】

①打马例:打马规则之五。吃子规则之一。"凡多马遇少马,点数相及,即去打马。马数同,俱得打去。任便再下。"

②虞(yú)国之留:比喻暂得小利而招大祸。春秋时,晋献公以名马、白璧赂虞国,借道攻虢(guó),但灭虢后又灭虞而取回名马、白璧。见《春秋谷梁传·鲁僖公二年》。

③塞翁之失:比喻暂时受小的损失,因此得到大的好处。《淮南子·人间训》:"近塞上之人,有善术者,马无故亡而入胡,人皆吊之。其父曰:'此何遽不为福乎?'居数月,其马将胡骏马而归,人皆贺之。"

④孟明五败之耻:指春秋时秦国大夫孟明率兵伐晋失败故事。孟明崤之战兵败被俘,放回后再伐晋又败,次年三次伐晋,终至大败晋军而雪耻。

⑤曹刿(guì)一旦之功:曹刿,春秋时鲁国人。曾与鲁庄公论战,陪乘庄公,取得了齐鲁长勺之战的胜利。在两国会盟时,"曹沫(即曹刿)执匕首劫齐桓公",迫使"桓公乃遂割鲁侵地"(《史记·刺客列传》),成"一旦之功"。

八、"打马例"论之二

凡打去人全垛马,倒半盆,被打人出局。如愿再下者亦许。

赵帜皆张①,楚歌尽起②。取功定霸,一举而成。方西邻责言③,岂可蚁封④共处;即南风不竞⑤,固难金埒⑥同居。便请回鞭,不须恋厩⑦。

【注释】

①赵帜皆张:典出《史记·淮阴侯列传》:"信(韩信)所出奇兵二千骑……驰入赵壁,皆拔赵旗,立汉赤帜两千……以为汉皆已得赵王将矣,兵遂乱,遁走,赵将虽斩之,不能禁也。"此谓出奇制胜。文中"赵帜皆张"应为"汉帜皆张"。或清照笔误,或传抄讹误。

②楚歌尽起:典出《史记·项羽本记》:"项王军壁垓下,兵少食尽,汉军及诸侯兵围之数重。夜闻汉军四面皆楚歌,项王乃大惊曰:'汉皆已得楚乎?是何楚人之多也!'"足见楚之败局已定。

③西邻责言:近邻责备的话。这里指失利的同伴相互间的抱怨。

④蚁封:蚁穴外高起的小土堆。

⑤南风不竞:比喻士气不振,衰败无力。《左传·襄公十八年》中师旷曾说:"南风不竞,多死声,楚必无功。"后以"南风不竞"喻无功,或失利。

⑥金埒(liè):射马场的围墙,此指骑射的场地。金,极言其坚固,固若金汤之意。

⑦恋厩:厩,马棚,泛指牲口住处。此句指不应该恋马厩,即不可恋战。

九、"打马例"论之三

被打去全马,人愿再下。

亏于一篑,败此垂成。久伏盐车①,方登峻坂;岂期一蹶,遂失长涂②。恨群马之皆空,忿前功之尽弃。素蒙剪拂③,不弃驽骀;愿守门阑④,再从驱策。溯风骧首⑤,已伤今日之障泥⑥:恋主衔恩⑦,更待明年之春草。

【注释】

①盐车:运盐的车子,比喻重载之车。《战国策·楚策四》中有良骥"服盐车而上太行","伯乐遭之,下车攀而哭之"的故事。

②长涂:即长途,涂通"途"。

③剪拂:洗涤拂拭,比喻细心培育。

④门阑:门前的栅栏。此引申为养马的栅门。

⑤溯:逆流而上,此指逆风而上。骧:良马。这句意为良马。

⑥障泥:马鞍鞯,垫于鞍下垂于两侧以挡泥土。

⑦恋主衔恩:留恋主人,内心不忘恩惠。

十、"倒行例"①论

凡遇打马,遇垒马,遇入窝,许倒行。

唯敌是求,唯险是据。后骑欲来,前马反顾。既将有为,退亦何害?语不云乎:日暮途远②,故倒行而逆施之也。

【注释】

①倒行例:打马规则之六。"凡遇打马,遇叠马,遇入窝,许倒行。"(《马戏图谱》)

②"日暮途远":典出《史记·伍子胥列传》:"伍子胥曰:'吾日莫(暮)途

远,吾故倒行而逆施之。'"此处是说为达目的,可以变通行事。

十一、"入夹例"①论

凡马到飞龙院,进三路,谓之夹。散采不许行。遇诸夹方许行。(《马戏图谱》)

昔晋襄公以二陵而胜者②,李亚子以夹寨而兴者③,祸福倚伏④,其何可知。汝其勉之,当取大捷。

【注释】

①入夹例:打马规则之七。

②"昔晋襄公"句:典出《左传·僖公三十二年》之秦晋崤之战。秦老臣蹇叔哭送秦师时曾说:"晋人御师必于崤。崤有二陵焉:其南陵,夏后皋之墓也;其北陵,文王之所辟风雨也。必死是间,余收尔骨焉。"此战果然秦败于晋。

③"李亚子"句:典出《新五代史·伶官传》:"(庄宗)即位于太原,……攻其(后梁)夹城,破之,梁军大败,凯旋告庙。"李亚子,后唐庄宗李存勖的小名。

④祸福倚伏:指事物的相互依存、影响和转化。语出《老子》:"祸兮福所倚,福兮祸所伏。"

十二、"落堑例"①论

凡尚乘局下一路谓之堑,不行不打,虽后有马到亦同。落堑谓之同处患难,直待自掷诸浑花赏采、真本采,别人掷自家真本采、傍本采,上次掷罚采、下次掷真傍撞,方许依元初下马之数飞出。飞尽为倒盆,每飞一匹,赏一帖。

凛凛②临危,正欲腾骧而去;骏骏③遇伏,忽惊阱堑④之投。

项羽之骓,方悲不逝⑤;玄德之骑,已出如飞⑥。既胜以奇,当
旌其异,请同凡例,亦倒金盆。

【注释】

①落堑(qiàn)例:打马规则之八。

②凛凛:本指寒冷,引申为恐惧。

③骎(qīn)骎:马飞驰貌。

④阱堑:陷坑和壕沟。

⑤"项羽"两句:典出《史记·项羽本纪》:"项王则夜起,饮帐中。有美
人名虞,常幸从;骏马名骓,常骑之。于是项王乃悲歌慷慨,自为诗曰:'力
拔山兮气盖世,时不利兮骓不逝,骓不逝兮可奈何,虞兮虞兮奈若何!'"

⑥"玄德"两句:典出《三国志》裴松之注引《世语》:"(备)所乘马名的
卢,骑的卢走,堕襄阳城西檀溪水中,溺不得出。备急曰:'的卢,今日危矣,
可努力!'的卢乃一踊三丈,遂得过。"刘备,字玄德,三国时蜀汉先帝。

十三、"倒盆例"①论

凡十马先到函谷关,倒半盆,打去人全马,倒半盆。全马
先到尚乘局为细满,倒倍盆。遇尚乘局为粗满,倒全盆。落
堑马飞尽,同粗满,倒全盆。

瑶池宴罢②,骐骥皆归。大宛③凯旋,龙媒④并入。已穷长
路,安用挥鞭?未赐弊帷⑤,尤宜报主。骥虽伏枥⑥,万里之志
常存;国正求贤,千金之骨⑦不弃。定收老马,欲取奇驹。既
以解骖⑧,请拜三年之赐;如图再战,愿成他日之功。

【注释】

①倒盆例:打马规则之九。该例具体规定了赏贴的原则和方法。其论
则别有发挥,充满了"骥虽伏枥,万里之志常存"的壮志豪情。明确地提出

了"国正求贤,千金之骨不弃","收老马"、"取奇驹"广纳贤才,为抗金雪耻而"再战"的主张,最后以"愿成他日之功",表达了热切的希望和真诚的祝愿。清照之心,赤诚爱国,令人感佩。

②瑶池:神话传说中为西王母所居处。西王母以所产蟠桃寿宴群仙,谓之瑶池之宴。

③大宛:古西域国名,其地独产良马,因以指代良马。后亦称良马为"大宛"。

④龙媒:指骏马。语出《汉书·礼乐志》:"天马徕(来),龙之媒。"

⑤弊帷:破旧帷幕,多用为埋马之具。

⑥伏枥:马关在栏里饲养。曹操《步出夏门行》:"老骥伏枥,志在千里;烈士暮年,壮心不已。"

⑦千金之骨:典出《战国策·燕策》:郭隗以古之君人以重金买得千里马之骨,"于是不能期年,千里马至者三"为喻,劝说燕昭王只有礼贤下士,才得广招人才。千金之骨比喻求贤之切之真。

⑧解骖:此典出处有二。一是《史记·管晏列传》中所说晏子解左骖以赎身为囚徒的贤人越石父;一是《左传》秦晋殽之战后晋襄公派阳处父追秦俘孟明,以左骖相赠,孟明婉拒说:"三年将拜君赐。"一语双关,真意是三年之内将报仇雪耻。纵观全文,李清照之意当为后者。骖,古代车配四马,两边的马叫骖。

【汇评】

明·唐寅:若以象棋观之,车有冲突之用,马有编列之势,士有护内之功,卒有犯前之力,斯可以论兵矣。……斯可以论文矣。则二家之戏,虽不及司马光与刘敞之意义,然亦非漫然酒次之物也。固书谱后云。(《双谱后序》)(《双谱》乃明·唐寅(唐伯虎)所刻双陆、打马图二谱——编者注。)

明·铁心道人:易安居士自序云:"打马世有二种……使千万世后,知命辞打马,始自易安居士。"唐寅《双谱后序》谓打马等戏,其法具在,……如在坡仙纸窗竹屋间……(《题打马图式》)(《双谱》附打马图或手抄稿,见本书附图,编者注。)

清·朱凯:打马为戏,其来久矣。宋易安李氏,以为闺房雅戏……李氏

《图经》用马二十，……李氏乃元祐文人格非之女，有才艺，适赵丞相挺之子明诚。明诚著《金石录》，乃共相考究而成，綦是名重一时。此特其为戏耳。（《打马图》跋之欣赏编）

清·周履靖：《打马图》始自易安，号称雅戏，义诚有取，法久无传。……闲我逸志，耗彼雄心……（《打马图》跋之夷门广续编）

清·伍崇曜：在《打马图经》一卷，宋李清照撰。……打马戏今不传，周栎园《书影》称：予友虎朴陆骧武近刻李易安之谱于闽，以犀象蜜蜡为马，盛行，近淮上人颇标此戏云云，而今实来见，殆失传矣！《打马图》跋之粤雅堂丛书）

赵濬之：文人三昧，虽游戏亦具大神通。……幽情深意（眉批选）　颂不忘戒（眉批选）　五陵豪士面目，三河开少肝肠（眉批选）　（《从古今女史》卷一）

清·胡玉缙：论皆骈语，颇工雅。（《许庼学林《打马图经》跋》）

黄盛璋：她（李清照——编者）的理解力，也有超过一般人之处，具体表现就在弈博的方面……在这一段话中不难看出她对自己的智慧何等自负，采选丛繁，能通者少，她不但能通，而且还难遇勍敌……（《李清照与其思想》）

打马赋①

岁令云徂②，卢或可呼③。千金一掷，百万十都④。樽俎⑤具陈，已行揖让之礼；主宾既醉，不有博弈者乎！打马爰兴，撋蒲遂废⑥。实小道之上流，乃闺房之雅戏。齐驱骥骤⑦，疑穆王⑧万里之行；间列玄黄⑨，类杨氏五家之队⑩。珊珊佩响，方惊玉蹬之敲；落落星罗，忽见连钱之碎⑪。若乃吴江枫冷⑫，胡山叶飞⑬，玉门关闭⑭，沙苑草肥⑮。临波不渡，似惜障泥⑯。或出入用奇，有类昆阳之战⑰，或优游仗义⑱，正如涿鹿之师⑲。

或闻望久高,脱复庾郎之失㉒;或声名素昧,便同痴叔之奇㉑。亦有缓缓而归,昂昂而立。鸟道惊驰,蚁封安步㉒。崎岖峻坂,未遇王良㉓;跼促盐车㉔,难逢造父㉕。且夫丘陵云远,白天在天,心存恋豆㉖,志在著鞭。止蹄黄叶,何异金钱㉗。用五十六采之间㉘,行九十一路之内㉙。明以赏罚,核其殿最㉚。运指麾于方寸之中,决胜负于几微之外。且好胜者,人之常情;游艺者,士之末技。说梅止渴,稍苏奔竞之心;画饼充饥,少谢腾骧之志。将图实效,故临难而不四;欲报厚恩,故知机而先退。或衔枚缓进,已逾关塞之艰;或贾勇争先,莫悟阱堑之坠。皆由不知止足,自贻尤悔。况为之不已㉛,事实见于正经;用之以诚,义必合于天德。故绕床大叫,五木皆卢㉜,沥酒一呼,六子尽赤㉝。平生不负,遂成剑阁之师㉞;别墅未输,已破淮淝之贼㉟。今日岂无元子㊱,明时不乏安石㊲。又何必陶长沙博局之投㊳,正当袁彦道布帽之掷也㊴。辞曰㊵:佛狸定见卯年死㊶,贵贱纷纷尚流徙,满眼骅骝杂骡骃㊷,时危安得真致此㊸?木兰横戈好女子,老矣不复志千里,但愿相将过淮水。

【题解】

这是李清照于《打马图经》成书时所写的一篇骈体赋,它与《打马图经序》联袂成文,交相辉映。可称双璧,"序"于"打马"重在介绍,而"赋"于"打马"意在发挥。面对当时金兵频频大举南侵,南宋小朝廷节节仓皇败退的危急形势,作者在《打马赋》中,借谈论博弈之事,引用大量有关战马的典故和历史上抗战杀敌的威武壮举,热情地赞扬了像桓温、谢安等名臣良将的忠勇,暗含着对南宋统治不识良才、不思抗敌、庸碌无能昏庸无能的愤懑和谴责。作者还在赋作中通过典故的运用寄寓着对收复失地的热切愿望,以及对历代抗敌英雄的崇敬,亦有个人"烈士暮年,壮心不已"的殊深感慨。这是一篇借题发挥的爱国主义情怀的佳作妙文。

【注释】

①赋:古代文体名称。"赋者,古诗之流也。"(班固《两都赋·序》)最早以赋名篇的是战国荀况的《赋篇》。至汉代赋体盛极一时,南北朝以后,赋体对于句式的对仗、平侧、押韵更为讲求,人称之为律赋。《打马赋》便是一篇律赋的代表之作。

②岁令云徂(cú):一年已经过去。云,语助词,不为义。徂,往,逝去。杜甫《今夕行》有"今夕何夕岁去徂"的诗句。云,观自得斋本《马戏图谱》等本又作"聿"。

③卢或可呼:即呼卢,博者掷骰子时,大声喊"卢",以期得胜。古时樗蒲博戏,共用五子而掷,一面涂黑,一面涂白。黑面全朝上者就是最佳采,当时人称为"卢"。见唐·李肇《国史补》。

④百万十都:百万,极言钱之多。十都,"都"为博戏中之计数单位,岳国钧据《艺文类聚》卷七十四引《风土记》藏钩时,"一藏为一筹,三藏为一都"等资料,以"都"为以三为进位。

⑤樽(zūn)俎(zǔ):古代盛酒肉的器皿,即后世杯盘之类。樽,本作尊,酒杯。俎,古代祭祀时盛牛羊等祭品的礼器。

⑥樗蒲遂废:樗蒲,也写作"樗蒲",或"摴蒲"。汉代流行的一种博戏,以掷骰决胜负。其彩色有卢、雉、犊、白等。见唐·李肇《国史补》卷下《叙古樗蒲法》。遂废,《图谱》等本又作"者退"。

⑦骥騄:赤骥和騄耳,传说周穆王的八骏中的良马名。

⑧穆王:周穆王,即姬满。传说"穆王乘八骏宾于王母,觞于瑶池之上,一日行万里"。(《逸周书·周穆王篇》)

⑨间列:《癸巳类稿》等作"别起"。玄黄:指黑色、黄色的各种马。玄,黑色。

⑩杨氏五家之队:杨贵妃五家姐妹随驾的队伍。据《唐书·杨贵妃传》:"玄宗每年十月幸华清宫,国忠姊妹五家扈从。每家为一队,著一色衣,五家合队,照映如百花之焕发。"

⑪连钱:古有良马称连钱骢。碎:指分散。

⑫吴江枫冷:吴江枫叶飘落。唐代崔信明诗有"枫落吴江冷"句。吴

江,水名,即太湖最大的支流吴淞。冷,各本又作"落"。用此形容博者行马受挫。

⑬胡山叶飞:胡山树叶飘零。胡山,胡地之山。唐·张固《幽闲歌吹》:乔彝京兆府试解为《渥洼马赋》:"一喷生风,下胡山之乱叶。"

⑭玉门关闭:玉门,古代关隘名,在今甘肃省敦煌县西。"玉门关闭"典出《汉书·李广利传》:"太初元年,以广利为贰师将军,发属国六千骑及郡国恶少年数万人以往……人少不足以拔宛,愿且罢兵,益发而复往。天子闻之大怒,使使遮玉门关曰:'军有敢入,斩之。'贰师恐,因留敦煌。"作者用此典以喻行马过关(马戏图中有函谷关)之难。

⑮沙苑草肥:沙苑,一名沙阜,在今陕西省大荔县南洛水、渭水之间,宜于牧畜,"沙苑草肥"指打马时屯兵不发的棋法。

⑯障泥:即马鞯,垫在鞍下垂于马背两旁用以挡泥土。"惜障泥"典出《晋书·王济传》:"济善解马性,尝乘一马,着连线障泥。前有水,不肯渡。济曰:'必是惜障泥。'使人解去,便渡。"作者借此形容博者举棋不定的样子和心态。

⑰昆阳之战:汉代推翻王莽统治的一次大战役。据《汉书·王莽传》和《后汉书·光武纪》记载,王莽地皇四年(公元23年)刘秀以精兵三千突袭敌军中坚,大败王莽百万大军。这是我国历史上有名的以少胜多、以弱胜强的战例。作者借此说明打马博戏中善用奇兵、以少克多的棋法。昆阳,今河南叶县北。

⑱优游仗义:从容不迫,游刃自如,正义在握。优游,从容不迫的样子。仗义,主持正义。《图谱赋》又作"从容馨控"(善于御马),可。

⑲涿鹿之师:传说上古黄帝讨伐蚩尤的正义之师。据《史记·五帝本纪》:"蚩尤作乱,不用帝命。于是黄帝乃征师诸侯,与蚩尤战于涿鹿之野,遂擒杀蚩尤。"涿鹿,在今河北省涿鹿县东南。

⑳庾郎之失:庾郎坠马失误可笑。庾郎,即晋人庾翼,向来以骑术精湛闻名。据《世说新语·雅量》说,他在岳母前盘马,为表现一下自己,结果"始两转,坠马堕地。"

㉑痴叔之奇:据《世说新语·赏誉》和《晋书·王湛传》记载,晋人王湛,

兄弟宗族皆以为痴,后侄子王济发现他不仅有非凡的骑术,而且对《易经》有精妙的见解。因此当晋武帝又一次戏问"痴叔"之时,王济便理直气壮地回答:"臣叔不痴。"其才"在山涛(竹林七贤之一)以下,魏舒(武帝之司徒)之上。"王湛"于是显名",时称"大奇"。

㉒蚁封安步:蚂蚁封穴的土堆。《世说新语·赏鉴》载有王湛为其侄王济相马,以为其马不称,便有"蚁封盘马,果倒蹄"的故事。蚁封安步,比喻良马履险如夷。范成大《次韵徐子礼提举莺花亭》有"蚁封盘马竞难工"的诗句。

㉓王良:春秋时晋国著名的驭手,见《孟子》。

㉔盐车:运盐的重载车。据《战国策·楚策四》说"夫骥之齿至矣,服盐车而上太行。蹄申膝折,尾湛(同沉)胕(同跗,脚背)溃,漉汗洒地,白汗交流,中阪迁延,负辕不能上。伯乐遭之,下车攀而哭之,解纻衣以幂之。骥于是俯而喷,仰而鸣,声达于天。"

㉕造父:周穆王的著名驭手。据《史记·秦本纪》和《史记·赵世家》,"造父以善御幸于周穆王","缪王使造父御,西巡狩,见西王母,乐之忘归。而徐偃王反,缪王日驰千里马……大破之。"

㉖心存恋豆:恋豆,指马贪恋槽中的草料,比喻只顾眼前小利而无远大志向。《晋书·宣帝纪》:"驽马恋栈豆,必不能用也。"心存,据上书当作"心无"为妥。

㉗止蹄黄叶,何异金钱:黄叶,诗人或以黄叶比喻金钱,如黄庭坚《题扇诗》中有"黄叶委庭观九州","金钱满地无人费"的句子,"黄叶"与"金钱"对举。据《打马图经·下马例》:"凡马每二十匹用犀象刻成,或铸铜为之,如大钱样。"行打马戏时,将对方的马打下去,即有赏帖,可赢得金钱,所以说"止蹄黄叶,何异金钱"。

又,命辞打马例,遇钱文下马,故曰"止蹄黄叶,何异金钱"。(黄墨谷《重辑李清照集》)

㉘五十六采:据《打马图经·采色例》,全戏共五十六采,其中赏色十一采:堂印、碧油、桃花重五、雁行儿、拍板儿、满盆星、黑十七、马军、靴檀、银十、撮十;罚色二采:小浮屠、小娘子;杂色四十三采。

㉙九十一路:据《打马图谱》,从赤岸驿上马至尚乘局下马,其行马共九十一路。

㉚核其殿最:仔细地核查胜负名次。殿最,古代考核政绩、武功,上等的称"最",下等的称"殿"。班固《答宾戏》中有"犹无益于殿最也。"李善注引《汉书音义》:"上功曰最,下功曰殿。"

㉛况为之不已:《图谱原赋》及《癸巳类稿》作"况乃为之贤已",且其上又有"当知范我之驰驱,勿忘君子之箴佩"两句,黄墨谷《重辑李清照集》本取此,且引《论语》:"饱食终日,无所用心,难矣哉。不有博奕者乎,为之犹贤乎已。"和《孟子》:"良(王良)不可,曰:吾为之范我驰驱,终日不获一;为之诡遇,一朝而获十。"以此为注。

㉜绕床大叫,五木皆卢:形容打马戏时得胜者喧闹的情状。据《晋书·刘毅传》:"后在东府聚,摴蒲大掷,一判至数百万。余人并黑犊以还,惟刘裕及毅在后。毅次掷得雉(次彩),大喜,褰衣绕床叫。谓同坐曰:'非不能卢(最胜彩),不事此耳。'裕恶之,因接五木久之,曰:'老兄试为卿答。'既而四子皆黑,其一子转跃未定。裕喝之,即成卢焉。"床,古之坐席。《打马图谱原赋》、《癸巳类稿》等本作"故宜绕床大叫"且其上另有"牝乃叶地类之贞,反亦记鲁姬之式。鉴髫堕于梁家,溯洧循于岐国"四句二十六字。黄墨谷重辑本取此。

㉝沥酒一呼,六子尽赤:典出宋代郑文宝《南唐近事》。据载刘信攻南康时,曾被义祖(五代十国时吴国大臣徐温)怀疑,假博戏之机,酒酣,掬六骰于手曰:"令公疑信欲背者,倾西江之水,终难自涤。不负公,当一掷遍赤。"结果"投之于盆,六子尽赤。义祖赏其精诚昭感,复待以忠贞焉。"《五代史·吴世家》中也有类似的记载。沥酒,酌酒而饮。沥,清酒。此以"六子尽赤"连同上句"五木皆卢",说明打马时须用心赤诚,方能合天德遂人意。

㉞平生不负,遂成剑阁之师:王仲闻校注:指桓温取蜀事。桓温未至剑阁,此为借用。《世说新语·识鉴》:"桓公将伐蜀。在事诸贤,咸以李势在蜀既久,承籍累叶,且形据上流三峡,未易可克。唯刘尹云:伊必能克蜀。观其蒲博,不必得,则不为。"

㉟"别墅"句:据《世说新语·雅量》载,公元383年八月,前秦王苻坚发兵八十七万,分道南侵,意欲一举灭掉东晋,形势危急,晋京震怖,惟宰相谢安无惧色,且派其弟谢石、侄玄领兵八万拒敌于淝水,自己却于别墅与人对奕。后报捷书信至,谢安对奕如常,人问及,则"答曰:'小儿辈大破贼。'"《晋书·谢安传》及《资治通鉴·晋纪》皆有类似记载。这就是所谓"别墅未输,已破淮淝之贼"。这里将谢安两次围棋事浓缩一处。

㊱元子:东晋名将桓温,字元子。

㊲安石:谢安,字安石。

㊳陶长沙博局之投:据《晋书·陶侃传》:"诸参佐或以谈戏废事者,乃命取其酒器蒲博之具,投之于江"。陶侃,封长沙郡公,故称陶长沙。

㊴袁彦道布帽之掷:据《世说新语·任诞》载,桓温少时,因博戏输钱被债主所逼而求救于袁彦道,袁"遂变服,怀布帽,随温去,与债主戏。……十万一掷,直上百万数,投马绝叫,帝若无人,探布帽掷,对人曰:'汝意识袁彦道不!'"事又见《晋书·袁耽传》,袁彦道,即晋人袁耽。

㊵辞曰:《诗女史》《古今女史》《打马图谱》及《癸巳类稿》作"乱曰"。

㊶佛狸:北魏太武帝拓跋焘的小名。此处借喻金主完颜昌为首的侵略者。卯年:据《宋书·臧质传》,刘宋时曾有童谣:"虏马饮江水,佛狸死卯年。"李清照《打马赋》作于绍兴四年甲寅,而第二年正好是卯年。此句表达了作者期待来年消灭金兵收复中原的愿望。

㊷骅骝、骙骓:皆骏马名。传说周穆王八骏马中马名,据《事林广记》载《打马图》,列有六十四马,一一皆取古良马之名命之,八骏马名亦列入。故云:"满眼骅骝杂骙骓"。

㊸时危安得真致此:袭用杜甫诗句,杜甫《题壁上韦偃画马歌》有"时危安得真致此,与人同生亦同死"。

【汇评】

宋·陈振孙:《打马赋》一卷,易安李氏撰。用二十马,以上三者(另有无名氏《打马格局》一卷,郑宣子《打马图式》一卷)各不相同,今世打马大约与古之摴蒱相类。(《直斋书录解题》卷十四)

明·赵世杰等:"各驱骅骝"(一段)——眉批:日月云霞之彩,喷薄而出。旁批:以境形容。"吴江枫落"——旁批:以时形容。"或出入用奇"——旁批:叙用意。"崎岖峻坂"——旁批:出打。"说梅止渴"(一段)——眉批:幽情深意。旁批:隐喻无聊排遣。"皆困不知止足"——旁批:颂不忘戒。"故绕床大叫"(一段)——眉批:五陵豪士面目,三河年少肝肠,何为么麽所得。旁批:形容豪放,一段尤不可少。(《古今女史》前集卷一《打马赋》批语)

明·赵如源:文人三昧,虽游戏亦具大神通。(《古今女史》卷一引《打马赋》评语)

清·王士禄:《神释堂脞语》云:易安落笔即奇工,《打马》一赋,尤称神品,不独下语精丽也。如此人自是天授,湖州乃为"帘卷西风"损却三日眠食,岂不痴绝。(《宫闺氏籍艺文考略》)

清·李汉章:予幼读《打马赋》,爱其文,知易安居士不独诗余一道冠绝千古,且信晦翁之言,非过许也。长游齐鲁,获睹其图,益广所未见。然余性暗于博,不解争先之术,第喜其措词典雅,立意名隽,洵闺房之雅制,小道之巨观,寓锦心绣口游戏之中,致足乐也。若夫生际乱离,去国怀土,天涯迟暮,感慨无聊,既随事以行文,亦因文以见志,又足悲矣。暇日检点完篇,手录一过,贻诸好事,庶有见作者之心焉。

王仲闻:在一篇游戏的文章《打马赋》里,她说:"今日岂无元子,明时不乏安石。"希望南宋能够像东晋那样偏安江左的时候,还在桓温、谢安这样的人,或者能够出击,收复部分失地;或者敌人前来进犯,能够击溃他们。她又说:"佛狸定见卯年死。"可见她对抗敌前途也是抱着乐观态度,有胜利信心的(那时金人正在向南宋发动进攻,李清照自己也从杭州逃到了金华)。在这篇文章最后,她还说:"老矣谁能志千里,但愿相将过淮水。"……我们不能不承认,它们代表了当时爱国者的强烈的呼声,表示了爱国精神。

有的本子载这一篇《打马赋》,末段还有"木兰横戈好女子"一句……如果确实是她写的,那更可以说明她直欲拿起武器来驰赴保卫祖国的前线了。(《李清照集校注·后记》)

黄墨谷:绍兴四年,清照居金华,作《打马图经序》和《打马赋》,这是一部博奕游戏之作。作者是有意识想通过游戏来表达恢复中原的意念。"望梅止渴,稍苏奔竞之心;画饼充饥,少谢腾骧之志”、“生平不负,遂成剑阁之师;别墅未输,已破淮肥之贼”、“今日岂无元子,明时不乏安石”。先说“望梅止渴”、“画饼充饥”,这是惨酷的现实;继云:“成剑阁之师”、“破淮肥之贼”;又云“今日岂无元子,明时不乏安石”是写理想,写愿望。结尾云:“……木兰横戈好女子,老矣不复志千里,但愿相将过淮水。”当时秦桧为相,到处是天罗地网,无人敢言兵,李清照却通过游戏,呼喊过淮,所以黄蘗山人《题打马图》诗云:庙堂只有和戎策,惭愧深闺打马图。(《重辑李清照集•李清照评论》)

徐北文等:这篇赋作,平仄相叶,对偶工整,铿锵有声,以大手笔、大场面抒写了虽为女子而不让须眉的大丈夫之气,字里行间洋溢着忧国忧民的热烈感情,充分表现了李清照一片赤诚的拳拳爱国之心,是一篇富有爱国主义精神的好作品。(济南出版社《李清照全集评注》)

祭赵湖州文①

白日正中,叹庞翁之机捷②。坚城自堕,怜杞妇之悲深③。
(见谢伋《四六谈麈》卷一)

【题解】

这是李清照祭奠亡夫赵明诚祭文中残存的一组骈文对句。从中不难体味李清照对赵明诚于乱离之中暴病身亡的无限悲痛,深表自己不尽哀痛。直言嫌不足,比喻寄深情。出句中先以宠翁父女对死亡的超脱态度和禅机的敏捷而反衬自己对人生的执着和一往情深,对句以杞妇哭堕夫亡之城墙寄托难言的哀思而自况。一“叹”一“怜”,一“机”一“悲”,十分恰切地表达了悼亡时极度伤痛的深情。

【注释】

①赵湖州:此指赵明诚。南渡后于建炎三年(1129年)五月,赵明诚被

旨知湖州,六月赴京城领旨。七月,清照自池阳赴京城探病,八月十八日,赵明诚卒,清照为文以祭。后仅存此断句,为宋人谢伋《四六谈麈》所引用,今读者可从管中窥豹,推想原文之深情。

②"白日"句:典出宋代释道原《景德传灯录》卷八:襄州居士庞蕴将入灭(佛教称僧人死亡为入灭),令其女灵照观日之早晚来报。其女回报说:"日已中矣,而有蚀也。"待父出门观看时,其女"即登父坐,合掌而亡。"父见其状,夸其女"锋捷",庞延至七日之后乃亡。此句谓明诚先己而亡,死得其所,较己之后亡者之处境为好,以此聊示自慰,寓己悲痛之深。

③"坚城"句:典出杞梁妻哭夫的故事。《孟子·告子下》中有"华周杞梁之妻善哭其夫而变国俗"的话。刘向《说苑·善说》:"昔华舟杞梁战而死,其妻悲之,向城而哭,隅为之崩,城为之阤(zhì 溃塌)。"堕,与"隳"(huī)通。此句意谓己之悲伤同于杞妇,而"坚城"一词,语涉双关,且以暗示赵明诚为国之长城,社会中坚。明诚早逝,家国之痛,娇妻何悲!

【汇评】

宋·谢伋:赵令人李,号易安。其《祭湖州文》曰:"白日正中,叹庞翁之机捷。坚城自堕,怜杞妇之悲深。"妇人四六之工者。(《四六谈麈》卷一)

明·姜南:宋赵明诚内子李易安居士,有才致,能诗文,晦庵亦称之。其《祭湖州文》曰:"白天正中,叹庞翁之机捷。坚城自堕,怜杞妇之悲深。"(《蓉塘诗话》卷八)

王仲闻:清照祭赵明诚文,当作于建炎三年八月明诚下世之时,非后来所作。"白日正中"事,必卒时所用。(《李清照集校注》)

贺人孪生启①

无午未二时之分②,有伯仲两楷之似③。既系臂而系足④,实难弟而难兄⑤。玉刻双璋⑥,锦挑对褓⑦。(此题为元人伊世珍撰《琅嬛记》卷上引《文粹拾遗》,并见《宋稗类钞·俪句》)

【题解】

这是见于署名元伊世珍撰《琅嬛记》中所引"贺启"的片断,此文四六骈对,紧扣"孪生"生发,连用典故,造语流畅。笔者近日浏览《宋稗类钞·俪句(十)》,亦见录有此文,并称作者"曾有注曰:'任文二子孪生,德卿生于午,道卿生于未。张伯楷、仲楷兄弟形状无二。白汲兄弟,母不能辨,以五彩绳一系于臂,一系于足。'"

【注释】

①贺人孪生启:此断句,系题名元代伊世珍《琅嬛记》引所谓《文粹拾遗》中的文句,按《琅嬛记》系明人伪造之书,其引李清照之逸文,亦待考证真伪。

②"无午未"句:没有午时与未时之分,指此孪生兄弟巧在同一时辰出生。古代记时以十二支为序,每两小时为一个时辰,午时指上午十一点至下午一点,未时指下午一点至三点。据《琅嬛记》引注:"任文二子孪生,德卿生于午,道卿生于未。"则此孪生兄弟并非生于同一时辰。

③伯仲两楷:据《琅嬛记》引注:"张伯楷、仲楷兄弟形状无二。"此句的"似"或作"侣",当是"佀"(似的异体)字之误。

④系臂、系足:据《琅嬛记》引注:"白汲兄弟,母不能辨,以五彩绳一系于臂,一系于足。"

⑤难(nán)弟、难兄:难以分辨谁是弟弟谁是哥哥。《世说新语·德行》中本指兄弟功德相同。

⑥玉刻双璋:意指孪生二子。璋,玉器名。《诗经·斯干》:"乃生男子……载弄之璋。"后以生男孩为"弄璋"。

⑦锦挑对褓:用锦缎绣的一对襁褓。褓,即襁褓,包裹婴儿用的衣被。挑,挑花,刺绣。

【汇评】

元·伊世珍:李易安《贺人孪生启》中有云:"无午未二时之分,有伯仲两楷之似。既系臂而系足,实难弟而难兄。玉刻双璋,锦挑双褓。"注曰:"任文二子孪生,德卿生于午,道卿生于未。张伯楷、仲楷兄弟,形状无二。

白汲兄弟,母不能辨,以五彩绳一系于臂,一系于足。"(题伊世珍撰《琅嬛记》卷上引《文粹拾遗》)

王仲闻:《文粹拾遗》更不知为何书。宋只有《宋文粹》,见宋《秘书省续四库书目》,亦即《宋史·艺文志》之《圣宋文粹》,不闻有《文粹拾遗》。俞正燮《易安居士事辑》引作《宋文粹拾遗》,更为无稽。此启是否清照所作,尚无法断定。(《李清照集校注》)

汉巴官铁量铭跋尾注①

此盆色类丹砂②。鲁直石刻云③:"其一曰秦刀,巴官三百五十戊,永平七年④第二十七酉。"余⑤绍兴庚午⑥岁亲见之。今在巫山县治。韩晖仲云。"

【题解】

这篇"尾注",原载赵明诚《金石录》卷十四,因文内记年有"绍兴庚午"(1150 年),在赵死后,有人疑此文为李清照所作,可从。

【注释】

①巴:地名。在今四川省东部。铁量铭:铁制量器上所刻的铭文。其铭文为:"巴官永平七年三百五斤第二十七"。

②丹砂:朱砂,红色或棕红色。

③鲁直:黄庭坚,字鲁直,北宋著名诗人和书法家。《入蜀记》卷六载其《盆记》石刻,大略言:"建中靖国元年,予弟叔向嗣直自涪陵尉摄县事。予起戎州,来寓县廨。此盆旧以种莲。余洗濯,乃见字。"

④永平:汉代明帝刘庄年号。永平七年,即公元 63 年。

⑤余:见过这则铭文的韩晖仲自称。(按,明代曹学佺在《蜀中广记》卷六十八引此文作"韩晖仲跋"。)

⑥绍兴庚午:宋高宗赵构年号为绍兴,庚午为绍兴二十年,即公元

1150 年。此时赵明诚已死（死于公元 1129 年），而此事涉及 1150 年事，故后人以为为此跋作注者必是李清照。但李清照从未到过蜀地，自然不可能"亲见"量器。这则文在《金石录》卷十四，故人们仍多作李文。有专家还认为这可能是李清照留下的最后文字。笔者亦作如是观。

【汇评】

王仲闻：赵明诚死于建炎三年（1129 年），而此注则叙及绍兴二十年（1150 年）事，近人颇以为此注乃清照所作。唯清照未尝至蜀，无由亲见量器。明曹学佺《蜀中广记》卷六十八引作韩晖仲跋。如为韩晖仲跋语，则颇似后人所附。"余绍兴庚午岁亲见之"，极似绍兴之后之语，或非李清照所加注。（《李清照集校注》）

附　录

李清照年表

时间	有关大事举略	传主简况
宋神宗元丰七年甲子公元1084年	清照生于山东历城西南之章丘明水镇。 夏大举攻宋。苏轼49岁。 司马光完成巨著《资治通鉴》。	父李格非"苏门后四学士"之一。宋史有传,有《洛阳名园记》等著述传世。 母王氏元丰宰相王珪长女,善文词。 清照一岁,在乡随父母生活。
元丰八年乙丑公元1085年	神宗卒,哲宗即位,皇太后高氏听政。 起用司马光、苏轼等人、新法罢。 王珪卒。(此前任左仆射)	2岁。生母卒。
元祐元年丙寅公元1086年	李格非官太学,转博士,以文章受知苏轼。 苏轼为翰林学士,知制诰。 四月,王安石卒(66岁),九月,司马光卒(67岁)。	3岁。在故乡,随伯父母生活。
元祐二年丁卯公元1087年	李格非撰《廉先生序》。	4岁。在乡,随伯父母生活。
元祐三年戊辰公元1088年	李格非由"学录"转为"学正"。	5岁。随伯父母在乡生活。

时间	有关大事举略	传主简况
元祐四年己巳公元 1089 年	李格非官太学正,赁屋东京径瞿西。晁无忌作《有竹堂记》,记此事。	6 岁。由乡来东京,随父生活,学文化。
元祐五年庚午公元 1090 年	李格非晋为左奉议郎。著述颇丰,计有《济北集》、《史传辨志》(五卷)等。	7 岁。随父在东京生活、学文化。
元祐六年辛未公元 1091 年	李格非撰《元祐六年七月哲宗幸太学君臣唱和诗碑》。录有 36 人,中有赵挺之。赵挺之由楚州入为国子监司业。	8 岁。当有继母王氏(王拱辰孙女)来家。她亦善诗文。清照随父母生活、学习。
元祐七年壬申公元 1092 年	李格非著《礼记说》数十万言,为人称道。	9 岁。随父母生活,习诗文。
元祐八年癸酉公元 1093 年	李格非"苦心于词章,陵轹直前,无难易可否,笔力不少滞"。	10 岁。随父母生活,习诗文。
绍圣元年甲戌公元 1094 年	李格非外放为广信军通判,其穷治妖道之奸的正义之举,清照知晓,深为感动。	11 岁。其是非观渐成。
绍圣二年乙亥公元 1095 年	李格非为校书郎,撰《洛阳名园记》。随迁著书佐郎,始为礼部员外郎。	12 岁。随父母生活,学写诗文,日渐成气。
绍圣三年丙子公元 1096 年	李清照诗词习作渐显"皎若太阳升朝霞""灼若芙蓉出绿波"之姿。	13 岁。随父母生活,诗词习作受人关注。
绍圣四年丁丑公元 1097 年	李格非曾与友人谈到女儿才华。有人引语赞云:"中郎有女堪传业"。	14 岁。其诗词习作与时俱进。

时间	有关大事举略	传主简况
绍圣五年戊寅 元符元年 公元 1098 年	清照诗词家传之上,自有创新,为时人传颂。	15 岁。随父母生活,是年当有春、秋两游溪亭。
元符二年己卯 公元 1099 年	随父作诗,结识前辈晁补之,为忘年交。"学诗三十年"当由此始。	16 岁。是年,当有《如梦令》(常记溪亭)、《双调忆王孙》(湖上风采)等词作。
元符三年庚辰 公元 1100 年	李格非在樊口送别张耒,饮酒赋诗,并同游庐山。 清照得识张耒。 正月,哲宗死,徽宗立。苏轼等召回。韩忠彦荐举清照父、祖父。	17 岁。作《和张文潜》二首、《如梦令·咏海棠》,点绛唇(蹴罢秋千)、《浣溪沙》(小院闲窗)等诗词。
宋徽宗靖国 建中元年辛巳 公元 1101 年	李格非仍为礼部员外郎,赵挺之为吏部员外郎。 李清照适赵明诚。明诚为太学生。 苏轼卒,享年 64 岁。	18 岁。是年,当有《渔家傲》(雪里已知)、《减字木兰花》(卖花担上)、《庆清朝慢》、《鹧鸪天》(暗淡轻黄)等词作。
崇宁元年壬午 公元 1102 年	七月,李格非被列为"元祐党籍",在余官第 26;遣出京 17 人,李在第 5。 六月,赵挺之除尚书右丞;八月,除尚书左丞。 李格非出为京东提刑,又以党籍罢。	19 岁。曾上诗公公赵挺之救父,存"何况人间父子情"句,"识者哀之"。

237

时间	有关大事举略	传主简况
崇宁二年癸未 公元 1103 年	四月，赵挺之除中书侍郎；明诚亦"出仕宦"。九月，庚寅诏禁元祐党人子弟居京。李清照被迫离京，返明水老家。明诚始任鸿胪少卿。	20 岁。当有《一剪梅》（红藕香残）等词作。
崇宁三年甲申 公元 1104 年	六月，合定元祐、元符党人名单，共 309 人，李格非仍列第 26。清照为党争株连，往返乡京两地。 李格非流放广西象郡。	21 岁。作怨别词多首。《小重山》（春到长门）、《醉花阴·重阳》、《玉楼春》（红酥肯放）、《行香子》（草际鸣蛩）。
崇宁四年乙酉 公元 1105 年	三月，赵挺之为尚书右仆射兼中书侍郎，蔡京罢相。六月，赵挺之为避蔡京嫉，引疾乞罢右仆射。徽宗赐赵家宅院，加封三子。十月，明诚及二兄皆为官。	22 岁。曾献诗赵挺之，存句"炙手可热心可寒"，刺之。
崇宁五年丙戌 公元 1106 年	正月，大赦天下，毁《元祐党人碑》，除党人一切之禁。李格非去广西后，无下文。仅知 61 岁卒。李清照返京。赵明诚仍在京任鸿胪少卿。	23 岁。有《多丽·咏白菊》、《满庭芳》、《小阁藏春》等词作。
大观元年丁亥 公元 1107 年	正月，蔡京复相；三月，赵挺之罢相，后五日卒，年 68 岁。卒后三日，亲属在京者被捕入狱。查无事实，七月，狱罢。 郭氏率子明诚，媳清照归居青州。	24 岁。当有"晓梦"等词作。

时间	有关大事举略	传主简况
大观二年戊子 公元 1108 年	赵明诚撰《金石录》,清照相夫治学,"笔削其间",甘终老是乡。 赵明诚、李清照为隐居金华晁补之贺寿(55 岁)。	25 岁,居青州。有《词论》等文作。有《新荷叶》等词作。
大观三年己丑 公元 1109 年	蔡京以罪罢。 文及甫观赵明诚藏《蔡襄进谢御赐诗卷》。	26 岁,居青州。修订《词论》。
大观四年庚寅 公元 1110 年	晁补之卒,享年 57 岁。 晁尝对客"称清照之诗词"。	27 岁,居青州。继续整理《金石录》。
政和元年辛卯 公元 1111 年	郭氏奏请乞赠夫司徒。 王寿卿跋赵明诚藏徐铉《小篆千文字》。	28 岁,同上。
政和二年壬辰 公元 1112 年	诏蔡京三日一至都堂议公事。 赵明诚言取访遗书事。 赵存诚、思诚复出为官。	29 岁,同上。
政和三年癸巳 公元 1113 年	刘歧以《汉张平子残碑》遗赵明诚。 楚公钟在嘉鱼县出土,王寿卿以墨本遗赵明诚。	30 岁,同上。
政和四年甲午 公元 1114 年	赵明诚题《易安居土画像》。其画像真伪待考定,其题词当为赵之心声。	31 岁,同上。
政和五年乙未 公元 1115 年	金建国号。 周邦彦提举大晟府。	32 岁,居青州。夫妇花前月下,赋赏花诗。

时间	有关大事举略	传主简况
政和六年丙申 公元 1116 年	刘跂以《汉张平子残碑》墨本寄赵明诚。 下邳县民耕地得《汉祝长严近碑》,赵明诚收入《金石录》。	33 岁,居青州。《金石录》整理已具规模。
政和七年丁酉 公元 1117 年	《金石录》成书。明诚撰自序。刘跂为《金石录》前三十卷作序,题为《〈金石录〉后序》。	34 岁,居青州。她为此书付出了多年心血。
重和文年戊戌 公元 1118 年	遣马政使金,约夹攻辽。 古器六在安州孝感县出土,献于朝。《金石录》卷十三记之。	35 岁,居青州。《金石录》乃继欧阳修《集古录》后金石学名著,奠定中国金石学基础。
宣和元年己亥 公元 1119 年	赵李夫妇仍居青州,生活平静安逸。	36 岁,居青州。同上。
宣和二年庚子 公元 1120 年	夫妇仍居青州。明诚有时外出,赴齐州、泰山等地访碑考文。清照留青州。	37 岁,居青州。有咏小别之作《木兰花令》。
宣和三年辛丑 公元 1121 年	赵明诚守莱州。清照独留青州。 八月初,清照赴莱州途中,晚止昌乐驿馆。八月十日至莱州。	38 岁。居青州时,作《凤凰台上忆吹箫》送别丈夫。赴莱州作《蝶恋花·题止昌乐馆寄姊妹》;继作《念奴娇》(萧条院庭)、《点绛唇》(寂寞深闺)。
室和四年壬寅 公元 1122 年	夫妇继续整理充实《金石录》。 明诚继续搜辑古碑文。	39 岁,居莱州。为《金石录》校勘题跋。她已成当时最优秀的金石学家。

时间	有关大事举略	传主简况
宣和五年癸卯 公元 1123 年	童贯发辽,败归。 临淄县出土古器物数十件,有齐钟十枚,明诚曾摹拓其铭文。	40 岁,居莱州。重易标装《唐富平尉颜乔卿碣》。
宣和六年甲辰 公元 1124 年	诏蔡京复领三省事。	41 岁,居莱州。继续整理《金石录》。清照用力尤勤,文字质量升华。
宣和七年乙巳 公元 1125 年	金兵南侵,徽宗传位钦宗。	42 岁。曾以张九龄与柳三变作对联,嘲之。
宋钦宗靖康 元年丙午 公元 1126 年	赵明诚守淄州,得白居易书《楞严经》,"因上马疾驱归,与细君共赏"。 十二月,金兵破东京。	43 岁,居淄州。与夫共赏《楞严经》。
靖康二年丁未 高宗建炎元年 公元 1127 年	四月,金俘徽钦二帝及宗室数千人,并辅臣工匠等北去,北宋亡。 五月,高宗即位,建南宋。 十月,明诚复知江宁。 十二月青州兵变,家毁。	44 岁。由淄州返青州,整理文物拟南运。后青州兵变,家毁,赴金陵。有夏日绝句等诗作。
建炎二年戊申 公元 1128 年	赵明诚知金陵(后改建康)。 后"缒城宵遁",明诚失节。清照荣辱与共,难以严苛。	45 岁。有"南渡衣冠少王导"、"南来尚怯吴江冷"等句。又有《分得知字》等诗,《新荷叶》词。 冬及次年春,有循城游览寻诗事。

时间	有关大事举略	传主简况
建炎三年己酉公元1129年	二月,明诚罢官。五月,夫妇至池阳,被旨知湖州。安家池阳,明诚独赴召,清照留此。八月,明诚病危,有张飞卿即携玉壶(实珉)视明诚便携去。十八日明诚卒,葬毕,清照大病。闰八月,王继先以黄金三万两从赵家市古器物,兵部尚书谢克家奏请止。当时有书二万卷,金石拓本二千卷,寄放明诚大妹夫李擢处。他时任兵部侍郎,守洪州。十一月,金兵破洪州,清照所寄文物尽弃。	46岁。所作甚多。如《蝶恋花》、《鹧鸪天》、《南歌子》、《声声慢》、《祭赵湖州文》等。
建炎四年庚戌公元1130年	为"玉壶颁金"传言,李清照追踪高宗,欲"投进",未遂。流沛越州、台州、明州、温州、福州、泉州等地。 谢克家任参知政事。	47岁。作《咏史》等诗作。《诉衷情》、《好事近》、《渔家傲》等词作。
绍兴元年辛亥公元1131年	秦桧任参知政事。 李清照由衢州赴越州。	48岁。居钟氏宅,文物被盗,重金收赎。后,张居正对此殊不平,尝辞退会稽籍钟姓部吏,人心颇快。
绍兴二年壬子公元1132年	高宗逃至杭州,李清照追至杭州。赵存诚卒。 张汝舟巧言惑其弱弟以骗婚。不久,诉离。依宋律李应"徒二年",仅系九日,为明诚表亲搭救。	49岁。秋冬作《摊破浣溪沙》词。为谢人搭救,有《投内翰綦公密礼启》。

时间	有关大事举略	传主简况
绍兴三年癸丑 公元 1133 年	韩肖胄使金。 庄绰《鸡肋编》成。	50 岁。作《上枢密韩公诗》古、律各一首,气概不凡。
绍兴四年甲寅 公元 1134 年	九月,金、齐进犯杭州。十月,李清照避难金华,择居陈民宅。 赵思诚知台州。	51 岁。八月,在杭州作《〈金石录〉后序》。十一月,作《打马赋》、《打马图经》并序,另有《钓台》等诗作。
绍兴五年乙卯 公元 1135 年	五月三日,诏令婺州索取故直龙图阁赵明诚家藏《哲宗皇帝实录》缴进。此录前一百卷,后录九十四卷,原为赵挺之保存,此时已由李清照保藏。此乃朝廷大事,有违禁性。李清照不久离婺州府治金华以避之。	52 岁。有《武陵春》(风住尘香)词作,有《题八咏楼》诗作。
绍兴六年丙辰 公元 1136 年	岳飞请恢复中原,不允。	53 岁。由金华返临安。
绍兴七年丁巳 公元 1137 年	金人废刘豫。	54 岁。当有《转调满庭芳》(芳草池塘)等词作。
绍兴八年戊午 公元 1138 年	高宗定都临安。 张揆序李格非《洛阳名园记》。	55 岁,居临安。
绍兴九年己未 公元 1139 年	宋与金通和,大赦天下。金归宋河南陕西等地。	56 岁,居临安。
绍兴十年庚申 公元 1140 年	诏岳飞班师。 朱弁作《风月堂诗话》,收李格非诗若干首。此书为朱使金时所作,故李诗必在建炎前作。	57 岁,居临安。

时间	有关大事举略	传主简况
绍兴十一年辛酉 公元 1141 年	谢伋作《四六谈尘》,载李清照《祭赵州文》断句。 秦桧矫旨杀岳飞。	58 岁,居临安。
绍兴十二年壬戌 公元 1142 年	綦崇礼卒,六十岁。	59 岁,居临安。
绍兴十三年癸亥 公元 1143 年	学士院始恢复进帖子词,百官赐春幡胜。自建炎以来久废,至是始复之。	60 岁,居临安。教韩玉父学诗。作《端午帖子》等。《金石录》表进于朝。
绍兴十四年甲子 公元 1144 年	朱弁卒,年六十。	61 岁,居临安。
绍兴十五年乙丑 公元 1145 年	二月,宋增太学生额七百人。 五月,宋颁行女真小字。	62 岁,居临安。
绍兴十六年丙寅 公元 1146 年	曾慥《宋府雅词》成,分上中下三卷,其下卷收李清照词 23 首。	63 岁,居临安。
绍兴十七年丁卯 公元 1147 年	赵思诚卒。 胡仔《苕溪渔隐丛话》(前集)称李清照"尝忆京洛旧事"。	64 岁,居临安。有《永遇乐·元宵》、《添字丑奴儿》(窗前谁种)等词作。
绍兴十八年戊辰 公元 1148 年	胡仔为其"丛话"(前集)作序。"丛话"卷六十,载李清照词、词论、再婚反目、作谢启等事。	65 岁,居临安。
绍兴十九年己巳 公元 1149 年	王灼《碧鸡漫志》成,书载李清照再嫁讼离等事。	66 岁,居临安。
绍兴二十年庚午 公元 1150 年	韩肖胄卒。 李清照携所藏米芾墨迹,两访其子米友仁,求其作跋。	67 岁,居临安。注《金石录》汉巴官铁量铭。

时间	有关大事举略	传主简况
绍兴二十一年辛未 公元1151年	晁公武《郡斋读书志》成，书载："格非之女，先嫁赵诚之，有才藻名……晚节流落江湖间以卒"。米友仁卒。洪适跋《赵明诚〈金石录〉》于临安。洪跋云："赵君无嗣，李又更嫁。"	68岁，居临安。欲以所学传后人，遭婉拒。
绍兴二十二—二十五年壬申—乙亥 公元1152—1155年	陆游《夫人孙氏墓志铭》云："夫人幼有淑贞，故赵建康明诚之配李氏，以文辞名家，欲以其学传夫人。时夫人始十余岁，谢不可，曰：'才藻非女子之事也。'"（详见陆游《渭南文集》卷三十五《夫人孙氏墓志铭》）。此文可作确证，李易安晚年欲以其传于孙氏。孙氏云："才藻非女子事也。"据此推断李清照当卒于此后不久。孙氏卒于绍熙四年，年五十三，推知她生于绍兴十一年。孙氏谢绝李清照时约十五六岁，故可推知李清照逝时当在七十三岁左右。"天独厚其才而啬其遇"，惜哉，痛哉！	69～73岁，居临安，悄然逝世。绍兴二十五、六年间，《金石录》版行于世。朱熹称之"煞做得好"。（详见周密《浩然斋雅谈》卷上）

宋代以来各总集收录李清照词一览表

乐府雅词

南歌子（天上星河）

渔家傲（天接云涛）

如梦令（昨夜雨疏风骤）

菩萨蛮（风柔日薄）

浣溪纱（莫许杯深）

前调（暗淡荡春光）

一剪梅

前调（暖雨晴风）

小重山（春到长门）

临江仙（云窗雾阁）

好事近（红酥肯放）

行香子（草际鸣蛩）

转调满庭芳（芳草池塘）

如梦令（常记溪亭）

多丽·咏白菊

前调（归鸿声断）

前调（小院闲窗）

凤凰台上忆吹箫（香冷金猊）

蝶恋花（泪湿罗衣）

鹧鸪天（寒日萧萧）

怨王孙（湖上风来）

醉花阴·重阳

诉衷情（夜来沉醉）

全芳备祖

如梦令（常记溪亭）

醉花阴·重阳

添字采桑子（窗前谁种）

如梦令（昨夜雨疏）

忆秦娥（临高阁）

鹧鸪天（暗淡轻黄）

花庵词选

渔家傲（天接云涛）

如梦令（昨夜雨疏）

一剪梅

醉花阴·重阳

如梦令（常记溪亭）

凤凰台上忆吹箫（香冷金猊）

前调（暖雨晴风）

念奴娇（萧条庭院）

草堂诗余

如梦令（昨夜雨疏风骤）

一剪梅

凤凰台上忆吹箫（香冷金猊）

醉花阴·重阳

武陵春(风住尘香)　　　　　怨王孙(梦断漏消)

梅苑

渔家傲(雪里已知)　　　　　满庭芳(小阁藏春)

阳春白雪

前调(淡荡春光)　　　　　　念奴娇(萧条庭院)

永遇乐·元宵

韩墨大全

蝶恋花(永夜恹恹)　　　　　青玉案·送别

诗余图谱

凤凰台上忆吹箫(香冷金猊)　一剪梅

醉花阴·重阳

彤管遗编

如梦令(昨夜雨疏)　　　　　凤凰台上忆吹箫(香冷金猊)

一剪梅　　　　　　　　　　醉花阴·重阳

武陵春(风住尘香)

草堂诗余类编

如梦令(昨夜雨疏)　　　　　凤凰台上忆吹箫(香冷金猊)

一剪梅·红藕香残　　　　　醉花阴·重阳

念奴娇(萧条庭院)　　　　　武陵春(风住尘香)

怨王孙(梦断漏消)　　　　　怨王孙(帝里春晚)

词林万选

如梦令(常记溪亭)作无名氏词　声声慢(寻寻觅觅)

点绛唇(蹴罢秋千)　　　　　添字采桑子(窗前谁种)

浪淘沙(帘外五更)作六一居士词

花草粹编

南歌子(天上星河)　　　　　如梦令(常记溪亭)

古今女史

草堂诗余续集

点降唇(寂寞深闺)　　　　　　　浣溪纱(髻子伤春)

浣溪纱(绣面芙蓉)　　　　　　　浪淘沙(素约小腰)作李清照词

草堂诗余别集

蝶恋花(暖雨晴风)

古今词统

如梦令(昨夜雨疏)　　　　　　　凤凰台上忆吹箫(香冷金猊)

一剪梅　　　　　　　　　　　　前调(暖雨晴风)

醉花阴·重阳　　　　　　　　　念奴娇(萧条庭院)

怨王孙(梦断漏消)　　　　　　　怨王孙(帝里春晚)

声声慢(寻寻觅觅)　　　　　　　浣溪纱(髻子伤春)

浣溪纱(绣面芙蓉)

词综

凤凰台上忆吹箫(香冷金猊)　　　一剪梅·红藕香残

醉花阴·重阳　　　　　　　　　念奴娇(萧条庭院)

武陵春(风住尘香)　　　　　　　怨王孙(帝里春晚)

声声慢(寻寻觅觅)　　　　　　　浪淘沙(帘外五更)

点降唇(寂寞深闺)　　　　　　　浣溪纱(髻子伤春)

历代诗余

南歌子(天上星河)　　　　　　　渔家傲(天接云涛)

如梦令(常记溪亭)　　　　　　　如梦令(昨夜雨疏风骤)

多丽·咏白菊　　　　　　　　　浣溪沙(小院闲窗)

前调(暗淡荡春光)　　　　　　　凤凰台上忆吹箫(香冷金猊)

一剪梅·红藕香残　　　　　　　蝶恋花(泪湿罗衣)

前调(暖雨晴风)　　　　　　　　鹧鸪天(寒日萧萧)

小重山(春到长门)　　　　　　　怨王孙(湖上风来)

临江仙(云窗雾阁)　　　　　　　醉花阴·重阳

行香子(草际鸣蛩)　　　　　　　添字采桑子(窗前谁种)

念奴娇(萧条庭院)　　　　　　　武陵春(风住尘香)

怨王孙（梦断漏消）　　　　　　渔家傲（雪里已知）
满庭芳（小阁藏春）　　　　　　蝶恋花（永夜恹恹）
青玉案·送别　　　　　　　　　怨王孙（帝里春晚）
声声慢（寻寻觅觅）　　　　　　点绛唇（蹴罢秋千）作李清照词
采桑子作李清照词　　　　　　　浪淘沙（帘外五更）作六一居士词
点降唇（寂寞深闺）　　　　　　浣溪纱（髻子伤春）
前调（病起萧萧）　　　　　　　玉楼春（红酥肯放）
殢人娇（玉瘦香浓）　　　　　　庆清朝慢（禁幄低张）
浣溪纱（绣面芙蓉）　　　　　　浪淘沙（素约小腰身）作李清照词

词律

凤凰台上忆吹箫（香冷金猊）　　一剪梅·红藕香残
醉花阴·重阳　　　　　　　　　武陵春（风住尘香）

词谱

凤凰台上忆吹箫（香冷金猊）　　行香子（草际鸣蛩）
添字采桑子（窗前谁种）　　　　武陵春（风住尘香）
青玉案·送别　　　　　　　　　怨王孙（帝里春晚）
声声慢（寻寻觅觅）　　　　　　庆清朝慢（禁幄低张）

宋以来收录整理李清照词集一览表

作者或出版单位	书名·集名	出书时间(或概评)
南宋曾慥	乐府雅词	收李清照词 23 首
明代毛晋	诗词杂俎·漱玉词	收李清照词 17 首
清代王鹏运	四印斋所刻词·漱玉词·补遗	收词颇多
清代况周颐	《漱玉词》笺	收词多注释较好
李文裿辑	《漱玉集》五卷	收词 78 首,误多
赵万里校辑	《校辑宋金元人词·漱玉词》	有相当规范性
中华书局上海所编	李清照集	1962 年出版
王延梯编注	漱玉集注	山东人民出版社 1963 年
唐圭璋编辑	全宋词·李清照词	中华书局 1965 年
王学初校注	李清照集校注	人民文学出版社 1979 年
黄墨谷辑	重辑李清照集	齐鲁书社 1981 年
蓝天等	李清照诗词评释	广东人民出版社 1983 年
郑孟彤	李清照赏析	黑龙江人民出版社 1984 年
侯健等	李清照诗词评注	山西人民出版社 1985 年
周振甫等	李清照词鉴赏	齐鲁书社 1986 年
李汉超主编	李清照词赏析	中国妇女出版社 1988 年
刘渝	漱玉词欣赏	黄河出版社 1988 年
徐兆文主编	李清照全集评注	济南出版社 1990 年
陈祖美选注	中国诗苑英华·李清照卷	山东大学出版社 1997 年
刘瑜编著	李清照全词	山东友谊出版 1998 年
杨合林编注	李清照集	岳麓书社 1999 年

民国期间李清照研究主要论著表

作者	书名(或文题)	出版单位及时间
胡云翼	李清照评传	晨报副刊 1925 年 8 月
傅东华	李清照	商务印书馆 1934 年
王宗浚	李清照评传	国风半月刊 1935 年 5 卷 2 期
龙沐勋	《漱玉词》叙论	词学季刊 1936 年 3 卷 1 期
汪曾武	李易安居士传	国艺 1940 年 6 月 1 卷 5、6 期
缪 铖	论李易安词	真理杂志 1944 年 1 卷 1 期
季维真	大词人李清照	妇女月刊 1944 年 3 卷 4 期

台湾李清照研究重要专著一览表

书名	作者	出版单位及时间
漱玉清芬·李清照	雪 岗	台北市:万卷楼出版 1990 年
李清照传	若 童	台北市:国际文化 1991 年
李清照集	李清照	台北市:国家 1993 年
李清照集校注	鼎文书局	台北市:鼎文 1990 年
李清照年谱	于中航	台北市:台湾商务 1995 年
李清照和她的作品	王光前	高雄市:前程 1991 年
李清照的人生哲学:婉约人生	余芳、舒静	台北市:扬智文化 1999 年
李清照传记资料(九册)	朱传誉主编	台北市:天一 1982—1985 年

后　记

热爱是最好的老师。这是我竭力编著《李清照全集》的理由和动力。从1958年入大学以来一直在潜滋暗长,但心痒而已,自知肤浅,岂敢贸然? 至古稀初度,似觉尚可,乃有小试。

她是"一代词宗"、"九百年间一词后"、"词中女皇",亦是大诗人、大散文家、大金石家,还是书法、绘画一流高手。这有其作品为证。近来,梁衡先生在其《跨越百年的美丽》一文中写道:"居里夫人一直是我崇拜的少数名人中的一个。如果说到女性的名人她就更是非第一莫属了,余后大概还有一个中国的李清照。"这一评判于我心有戚戚焉。爱因斯坦曾不无深慨地说:"在所有世界著名人物中,玛丽·居里是唯一没有被盛名宠坏的人。"此知人论世之语,移用于李清照亦恰到好处。然玛丽最终誉满全球,至今群口争颂,而清照"三十四年之间(终其一生则为七十二之间),忧患得失,何其多也"? 最终与诗人伍,孤凄惨逝,至今众说纷纭! 何其痛哉?!

她实为两宋一部活的历史,当时社会的百科全书,那时万象的确切写真。是世人认识两宋了解中国的最佳向导。国际天文学会把水星上的一座环形山命名为"李清照"。这是她的殊荣,亦是世人对中国古代文学、文化、文明的首肯。

半个世纪以来,我搜罗书刊满满一架,复印资料何止盈丈? 编此薄册,十易寒暑,个中甘苦,实难言状。

是书能成,首先要诚谢崇文书局社长李尔钢编审。从选题提出，论证直到责编选定，给予全程关怀。责编王重阳主任耗费了大量心血。这亦师亦友之情，铭刻肺腑。

我院图书信息咨询室周玲主任，华中科技大学文献传递系统和联合参考咨询及文献传递网络的老师们也给了不少帮助，特鸣谢致礼。

还应特别申明，本书大量采集了前贤时彦的研究成果，限于体例与篇幅，仅"汇评"中注明原文作者及出版单位，余则未一一注明，特此致歉并致谢。

本书原稿有不少是柯敏（武汉市社科院）、柯戎（武汉市公安局）打字和扫录的，其力当不可没。

校订斯书，愧悚交集，自知"功有所不全，心有所不任，力有所不足"（宋濂《潜溪邃言》）。虽用力甚勤，但错漏难免，尚祈方家指正。

柯宝成

2009 年 8 月 26 日

己丑七夕之夜

于汉口知困斋

图书在版编目（ＣＩＰ）数据

李清照全集 / 柯宝成编著. -- 武汉：崇文书局，
2015.8（2024.1 重印）
（中国古典诗词校注评丛书）
ISBN 978-7-5403-3156-6

Ⅰ．①李… Ⅱ．①柯… Ⅲ．①宋诗－诗集②宋词－选
集③古典散文－散文集－中国－宋代 Ⅳ．① I214.412

中国版本图书馆 CIP 数据核字（2015）第 153054 号

丛书策划　王重阳
项目统筹　程可嘉
责任编辑　李慧娟
责任校对　董　颖
责任印刷　李佳超

李清照全集

出版发行　🐉长江出版传媒｜🔷崇文书局
地　　址　武汉市雄楚大街 268 号 C 座 11 层
电　　话　（027）87677133　邮政编码　430070
印　　刷　中印南方印刷有限公司
开　　本　880mm×1230mm　　1/32
印　　张　8.625
字　　数　250 千字
版　　次　2015 年 8 月第 1 版
印　　次　2024 年 1 月第 12 次印刷
定　　价　42.00 元
（如发现印装质量问题，影响阅读，由本社负责调换）

中国古典诗词校注评丛书

（已出书目）